나는 헤픈 여자가 좋다

에세이집

나는 헤픈 여자가 좋다

마 광 수

철학과현실사

머리말

　나는 얼굴이 예쁜 여자보다 사랑이 헤프고, 애무가 헤프고, 화장이 헤프고, 섹시한 옷차림이 헤픈 여자가 더 좋다. 그런 여자들은 마음도 헤퍼서 개방적으로 탁 트인 성격을 갖고 있다.

　이른바 '야한 여자'를 찾아 헤매는 데 나는 온 평생 힘을 기울였다. '야한 문학' 역시 나에게는 지상(至上)의 과제였다. 야한 여자나 야한 문학이나 다 같이 마음이 헤퍼야만 가능하다. 꽉 닫힌 인색한 마음을 갖고서는 절대로 사랑스러운 성애(性愛)와 문학을 이루어내지 못한다.

　우리 사회의 문화풍토는 아직까지도 너무나 닫힌 채로 있다. 시대의 변화를 수용하지 못하고 언제나 과거에만 집착하고 있다. 그러다 보니 '문화의 민주화'는 아직도 요원한 것이 되었고, 국민 개개인의 행복 또한 실제적 쾌락과는 거리가 멀게 되었다. 참으로 안타깝고 짜증나는 일이다.

　우리는 한시바삐 이중적 양면성을 극복해야 한다. 솔직한 성의식은 물론이고 솔직한 윤리의식 또한 체화시켜야 한다. 그렇게 하려면 먼저 마음의 문을 활짝 열어놓을 필요가 있다. 스스로의 육체적 본성에 천진해질 필요가 있다. 도덕보다는 본능을, 이성보다는 감성을, 획일보다는 다원(多元)을 소중하게 생각해야 할 것이다.

　솔직한 사랑을 찾아 미칠 듯이 헤매 다닌 것이 지금까지의 내 삶이었다. 이런저런 시행착오 끝에 내가 얻어낸 결론은, 아무리 시대의식이 변한다 하더라도 원초적 본능은 그 작동을 멈추지 않는다는 사실이다. 본능에 정직한 삶, 스스로의 감각을 좇아가는 삶, 그런 삶만이 우리에게 진정한 행복과 향락과 성취를 가져다줄 수 있다. 그리고 그 밑바탕을 이루는 것은 역시 철저한 '자유정신'이다.

우리는 속으로는 자유로운 사랑과 섹스를 동경하면서도 겉으로는 그것을 방종이라고 매도한다. 자유로운 쾌락문화를 바라면서도 그것의 실현을 은근히 두려워한다. 무의식과 의식의 이러한 괴리현상은 결국 우리를 불행으로 이끈다.

나라고 해서 예전부터 통일된 신념과 감성을 갖고 있었던 것은 아니다. 나도 많이 헷갈렸다. 그러한 헷갈림의 기록이 바로 이 책이라고 할 수 있다. 씌어진 시기가 글마다 다 다른 만큼, 내용도 가지각색이고 소재도 다 다르다. 그러나 그렇게 헷갈리고 방황했다는 것 자체가 나는 자랑스럽다. 굳건한 신념만큼 위험한 것은 없다. 인류의 역사는 결국 굳건한 신념을 가진 몇몇 개인들에 의해 늘 파국을 자초하곤 했기 때문이다.

명실상부한 표현의 자유와 정직한 쾌락추구의 자유가 한시바삐 이루어져야 한다. 자유를 외치면서도 자유를 억압하는 지성계의 기득권자들은 엎드려 반성하고 스스로의 벌거벗은 알몸을 드러내야 한다.

섹스가 헤픈 여자를 찾아 헤매는 나의 노력이 더 이상 폄하되지 않고 정직하고 진실된 모습으로 받아들여지기를 바라면서, 두서없이 엮은 이 책을 독자들에게 감히 내놓아본다.

2007년 10월

馬 光 洙

차례

제2장   바람 피우고 싶다

제3장   이젠 남성해방 시대

제4장 계속 야하고 싶다

제5장   일평생 연애주의

제6장 오라, 내 사랑

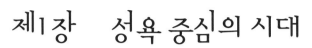

제1장   성욕 중심의 시대

장마가 시작되었습니다.
아침에 비가 와서 우산을 들고 나갔다가
비가 그치면
돌아올 땐 어김없이 손이 허전합니다.

함께 나갔던 그 우산,
어디엔가 떨어져 있겠죠.
주인이 찾으러 올 때를 기다리며……

사랑도 그런 거라네요.
사랑은 잊혀진 우산처럼 남겨져도
기다릴 줄 알아야 하는 거라네요.

당신, 그래도 사랑할 수 있겠어요?

— 시「외로운 우산」전문

나는 사랑이 헤픈 여자가 좋다

'사랑이 헤픈 여자'라는 말이 우리나라에서는 아주 나쁜 의미로 쓰이는 경우가 많았다. 예부터 '남자는 배짱, 여자는 절개'라는 말이 남성과 여성의 가치를 측정하는 기준처럼 전해 내려왔기 때문인지도 모른다. 그래서 바람직한 여성상으로 늘 제시돼 왔던 인물이 바로 '춘향'이고 춘향은 그녀의 외모와 성격과는 별도로 오직 '절개' 하나 때문에 한국의 대표적인 여성상 역할을 해왔던 것이다. 그렇지만 『춘향전』을 자세히 들여다보면, 춘향이도 일종의 헤픈 여자에 속한다는 느낌을 받게 된다. 그녀는 이몽룡을 만나자마자 급히 사랑에 빠져들어 가지고 결혼식도 치르기 전에 이도령과 관계를 맺기 때문이다. 그녀는 변학도의 유혹을 뿌리치고 일부종사(一夫從事)를 하긴 했지만, 혼전의 순결 이데올로기를 당차게 지켜나가진 못했다. 그래서 나는 한국 사람들이 『춘향전』에 매료되는 이유가 춘향이의 절개 때문이 아니라 그녀가 가지고 있는 이러한 '헤픈 정열' 때문이 아닌가 하고 생각할 때가 많다. 왜냐하면 독자들로부터 사랑을 받는 동서고금의 명작들이라는 것이 대개는 '사랑이 헤픈 여자'를 주인공으로 삼고 있기 때문이다. 『마농레스코』가 그렇고 체호프의 『귀여운 여인』에 나오는 '올렌카'가 그렇고 『카르멘』이 그렇다. 소설의 주인공은 아니지만 우리나라의 '황진이' 역시 사랑이 헤픈 여자의 전형일 것이다.

나는 사랑이 헤픈 여자를 좋아한다. 내가 말하는 '사랑이 헤픈 여자'는 무조건 이 남자 저 남자를 바꾸어가며 사랑을 하는 '잡식형(雜食型)'의 여자를 가리키는 것은 아니다. 춘향이처럼 한 번 사랑에 빠져들면 섹스(내가 말하는 섹스는 '성교'만을 의미하는 것은 아니다. 오히려 '페팅'의 의미에 더 가깝다)에 용감한 여자, 그런 여자를 나는 '사랑이 헤픈 여자'로 본다.

사랑은 역시 속전속결로 해야 제맛이 난다. 점잖게 뜸을 들여가며 '정신적 사랑'을 운위하다 보면 사랑은 그 실체를 잃어버리고 공허한 '말놀음'으로 끝나버리기 쉽다. 헤어질 때 헤어지더라도 순간의 본능에 솔직해야 하는 것이 사랑이다. 그리고 순간의 본능은 포근한 '성적 포옹' 즉, 살갗접촉을 위주로 하는 페팅을 통해서 그 빛을 발하게 되는 것이다. 나는 대학에서 남학생들과 얘기를 나누어본 결과, 애인이 있는 남학생들이라 할지라도 연애에 별 재미를 못 느끼고 지내는 학생이 상당히 많다는 사실을 알게 되었다. 남자 대학생들은 대부분 20대 초반의 나이이기 때문에 성적 욕구로 충만되어 있는데 그들의 애인은 그렇지가 못하기 때문에 앙앙불락하고 있다. 그러다 보니 둘이서 데이트를 할 때는 고상한 체 토론이나 하면서 시간을 죽이고, 집에 돌아와서는 애인을 생각하며 아쉬워하는 게 그런 남학생들의 연애행태였다.

물론 여자가 성에 헤퍼서는 안 된다. 아무래도 남자보다는 여자 쪽에 사랑에 대한 피해가 많이 돌아가기 때문이다. 그러나 일단 서로 사랑을 확인한 사이라면, 자연스런 페팅 정도는 부담 없이 나눌 수 있어야 한다. 너무 점잖을 빼면서 '방어위주'로만 나가다 보면 오히려 졸지에 당할 우려가 있다. 말하자면 '살갗접촉'에 어느 정도 면역이 되어 있어야만 진짜 '순결'도 지킬 수가 있고 설사 여러 남자들을 섭렵하게 되더라도 '뒤탈'이 없게 되는 것이다.

　나는 간지럼을 많이 타는 여자를 싫어한다. 여기서 내가 '간지럼 탄다'
고 한 것은 살갗접촉에 대해서 거부반응을 보이는 여자의 속성을 완곡하
게 표현한 것이다. 이를테면 블루스 춤을 출 때 가슴과 가슴이 살짝 부딪
치기만 해도 깜짝깜짝 놀라며 호들갑을 떠는 여자, 미니스커트를 입고
앉아 허벅지를 자랑스럽게 드러내고 있으면서도 무릎이라도 만질라치면
질겁을 하는 여자, 이런 여자가 바로 '간지럼을 많이 타는 여자'다. 이런
종류의 여자들은 설사 결혼을 한 뒤라고 해도 절대로 사랑이 헤퍼지지 않
는다. 그런데도 대학생 등 젊은 남성들이 울화를 꾹꾹 참아가며 데이트
할 때 그런 여자의 비위를 맞춰주는 까닭은 그들이 아무래도 여자경험이
부족하기 때문일 것이다. 이상하게도 한국 남성들 대부분이 '순결한 여
성'에 대해 무지막지한 미련을 가지고 있다. 그래서 여성들로 하여금 그
런 행동을 하도록 은근히 유도하고 있는지도 모를 일이다. 어떤 남학생
하나는 한 여학생을 열렬히 쫓아다니다가 그 여학생이 결국 키스를 허락
하게 되자 그만 그녀에게 환멸을 느끼게 되었다고 내게 고백해 온 적도
있다. 한 마디로 말해서 아직도 우리나라에서는 사랑이, 그리고 남녀관
계가 상호간의 쾌감교환으로서가 아니라 '정복하고 정복당하는' 양상으
로서만 그 존재의의를 갖고 있는 것 같다.

　물론 예전에 비해 볼 때 우리나라의 연애풍속도가 엄청나게 야해진 것
은 사실이다. 신촌에만도 백여 개의 모텔이 있고 모텔이 늘어나다 보니
이른바 '칸막이 술집'들이 거의 사라져버렸다. 칸막이 술집에서 안쓰럽
게 사랑을 나누는 것보다는 모텔에 들어가 편안하게 애무하는 것이 훨씬
더 낫기 때문일 것이다. 그렇지만 여기서 문제점으로 제기되는 것은 남
자도 여자도 성을 보는 시각이 너무나 큰 편차를 보이고 있다는 사실이

다. 극도로 개방적인 성관을 가지고 있는 젊은이가 있는가 하면 극도로 폐쇄적인 성관을 가지고 있는 젊은이도 있다. 그런 현상은 특히 젊은 여성의 경우에 더욱 심하다. 말하자면 중용의 도를 잃고 있는 것이다. 그러다 보니 좀 똑똑하다고 자부하는 여자들이 '내숭'을 떠는 것을 당연한 일로 여기게 되었다. 그리고 이른바 '사랑이 헤픈 여자'들조차 혼전섹스를 결혼의 담보물로 아는 사고방식이 유행하게 된 것이다.

나는 사랑이든 뭐든 연습을 많이 하면 할수록 좋다고 생각한다. 아니 '연습게임'으로서의 사랑이 아니라 '메인게임'으로서의 사랑이라 할지라도 사랑은 많이 할수록 좋다. 엘리자베스 테일러가 일곱 번이나 시집을 간 능력을 속으로 부러워하지 않는 여자가 어디 있겠는가. 평생 동안 '단 한 번 단 한 사람만을' 사랑하겠다고 다짐하는 여성이 있다면 한시바삐 어설픈 미망(迷妄)에서 벗어나야 한다.

이제부터 여자는 나비가 날아와 주기를 기다리는 꽃에 머물러서는 안 된다. 능동적으로 나비를 쫓아가는 꽃이 되어야 한다. 그렇게 되려면 한시바삐 '사랑이 헤픈 여자'가 되어야 하는 것이다.

나의 경험으로 보아 사랑에 헤픈 여자와 사랑을 하고 나면 전혀 후유증이 없어서 좋았다. 누가 누구를 찼다거나 누가 누구에게 차였다는 식의 치사한 '핑계거리'가 이별 후에 거론되지 않았다. 또 그런 여자들일수록 결혼에 초연하여, 결혼을 미끼로 남자를 들볶아대지 않아서 좋았다. 그렇다고 해서 내가 무조건 '엔조이'만을 하려고 연애했다는 것은 아니다. 사랑은 어디까지나 순간의 본능에 충실해야 하는 것이므로 '미래'라는 요소가 전혀 끼어들지 않았다는 말이다. 이별이 찾아온 것은 순전히 '운명적 결과'였을 뿐, 어느 한 쪽에서 책임질 성질의 것이 아니었다.

지금도 나는 '사랑이 헤픈 여자'를 찾아 미칠 듯이 헤매 다니고 있다.

스스럼없이 애무에 열중할 수 있는 여자, 간지럼을 안 타는 여자, 그리고 사랑 그 자체 이외의 요소를 사랑에 개입시키지 않는 여자, 이런 여자가 바로 사랑이 헤픈 여자요, 야한 여자다.

(2007. 1)

부부여! 과거지향적인 애정관에서 벗어나자

국민소득이 높아지고 자유민주주의 사상과 개인주의 사상이 고양될수록 결혼제도 및 결혼 후의 부부생활은 위기를 맞게 된다. 그러나 이러한 변화의 물결은 '위기'라는 말로 표현될 수는 있겠지만 반드시 부정적인 시각으로 보아야 할 성질의 것은 아니다.

요즘 땅에 떨어진 사회윤리와 기강을 한탄하면서 과거 유교시대의 윤리를 강조하는 사람들이 많은데, 그들의 말 중에는 삼강오륜 가운데 부부 간의 윤리문제도 꼭 끼어들곤 한다. 하지만 내 생각으로는, 해이해진 요즘의 사회질서를 걱정하는 것은 옳지만, 그것의 치유책으로 조선시대의 유교적 질서를 강조하는 것은 옳지 않다.

사회윤리란 언제나 가변적이게 마련이기 때문에, '전통'을 핑계삼아 당연한 변화의 물결을 억누르려 하는 것은 바람직한 태도가 아니다.

성윤리와 부부문제의 면에서 볼 때 최근의 우리나라는 혼전순결의 개념이 점차 무너지고 있고, 부부 간의 '백년해로' 개념 역시 뒤바뀌어 가고 있다. 그래서 미혼모가 늘어나고 인공적인 임신중절과 이혼이 증가하고 있다. 여자에게는 반드시 모성애가 있다고 믿어졌던 과거의 인식에 역행되게, '자식'보다는 '애인'을 택하는 여성들이 늘어나 이른바 '가정 파탄'을 초래하는 예도 많다.

이러한 현상은 앞으로도 당분간 지속될 전망이다. 여권신장이 이루어질수록 많은 여성들은 더 이상 가정부 노릇과 애엄마 노릇만을 하려고 들지 않을 게 뻔하기 때문이다.

과거에는 먹을 것이 부족했기 때문에 먹는 일이 최대의 관심사였다. 말하자면 모든 사람들이 지극히 동물적인 방법으로 생활을 영위했다고 볼 수 있다. 식욕의 충족이 최대의 관심사인 동물들은 성을 그다지 중요시하지 않는다. 그들은 일상적인 성생활의 즐거움을 누릴 겨를이 없기 때문에 일정한 기간, 즉 발정기 때에만 '마지못해' 성생활을 할 뿐이다. 성생활에 소모되는 에너지가 아깝기 때문이다.

인간은 농경기술의 개발과 가축의 사육, 그리고 주거환경의 개선 등으로 인해 발정기에만 성생활을 해야 하는 동물의 상태에서는 벗어났다. 그러나 절대빈곤에 허덕일 수밖에 없는 낙후된 경제구조하에서는 역시 동물과 다를 바 없이 생활해 나갈 수밖에 없었다. 그래서 식욕에 비해 성욕은 열등하고 타락된 욕망으로 치부될 수밖에 없었고, 성생활을 한다 하더라도 그것은 오직 '종족보존'을 위한 '필요악' 정도의 의미로 격하될 수밖에 없었다.

그러나 최근에 와서는 사정이 달라졌다. 아직도 빈부의 격차는 심각한 문제지만 이제 우리나라는 절대빈곤의 상태에서 벗어났다. 이러한 상황에서, 그동안 억제되어 왔던 성적 욕구가 한꺼번에 분출되는 것은 지극히 당연한 귀결이다. 그래서 이른바 성도덕이 문란해지고, 부부 간의 질서 역시 위기를 맞고 있는 것이다.

이럴 때 우리가 취할 수 있는 최선의 방법은 우선 현실을 직시하는 것이다. 너무 과거지향적인 애정관에만 매달리지 말고 현재의 실정을 냉철하게 관조해 볼 수 있어야 한다. 그래야만 그 나름대로의 해결책이 나올 수 있다.

　우선 미혼남녀의 경우라면, 결혼의 목적을 자기 나름대로 설정해 두어야 한다고 생각한다. 예전같이 아내의 따뜻한 내조를 바라거나 2세 기르기에 대한 낭만적 동경을 하고 있다면 재빨리 노선수정을 하는 것이 바람직하다. 그러려면 먼저 자기 자신이 생각하고 있는 이상적인 결혼관이나 가정관이, 스스로의 선택과 결단에 의해서 생겨난 것이 아니라 타성에 젖은 과거의 윤리에 의해 세뇌된 것이라는 사실을 명심해 둘 필요가 있다.

　미혼남녀들 가운데서도 특히 치기(稚氣) 어린 낭만적 결혼관을 가지고 있는 이들은 남성들이다. 그들은 시대의 변화를 감지하지 못한 채 배우자가 될 여성의 혼전순결을 따지고 고풍(古風)의 모성애를 기대한다. 그래서 결혼 후까지도 내적 갈등에 휩싸여 우울한 부부생활을 영위하는 사람들이 많다.

　물론 아직도 고전적인 여성관이나 '아내의 도리' 따위를 지키려고 하는 여성들이 전혀 없는 것은 아니다. 대체로 저학력(低學力) 여성들이 그런 쪽에 속한다고(아니, 할 수 없이 속하려 한다고) 나는 보는데, 고학력 여성에 비해 아무래도 경제적 능력이 떨어지기 때문이다. 그런데 많은 미혼남성들은 배우자를 선택할 때 고학력에다가 사회적 능력(다시 말해서 '맞벌이'), 그리고 모성애까지 바라니 문제가 아닐 수 없다.

　그러므로 내가 보기에 이제부터의 결혼은 점점 더 '우애결혼(友愛結婚)'의 성격을 띠게 될 것 같으므로, 남자든 여자든 '두 몸이 한 몸이 되어 완전히 결합하는' 구시대적인 부부관을 한시바삐 청산해야 한다고 본다. 말하자면 하숙을 할 때 같이 살 룸메이트를 구하는 것과 마찬가지로, 서로가 별개의 행동영역을 유지하면서 최소한 정성어린 '우정'으로 서로의 외로움을 달래주는 형태의 부부관계가 바람직하다는 말이다. 이럴 경우 자식을 낳는 문제는 '지극히 당연한 절차'로서가 아니라 양자 간의 '심각한 토론'을 걸쳐서 결행되는 '엄숙한 결단'의 성격을 띠어야 함은 물론이다. 성생활 역시 각자의 취향을 존중하여야 하고 과거와 같이 여성이 남성의 성욕 충족을 위해 '봉사'하는 형태에서 벗어나야 한다.

기혼남녀의 경우라면 문제가 한층 심각하다. 미혼남녀들처럼 새로운 결혼관과 자식관(子息觀)으로 새롭게 무장할 시간적 여유가 없기 때문이다. 특히 40대 전후의 중년부부들이 더 위기를 겪고 있다고 생각되는데, 50대 이후라면 어느 정도의 체념이 가능해지지만 40대 전후의 나이는 아직 '체념적 달관(達觀)'의 경지에 들 수가 없기 때문이다.

기혼남녀의 갈등의 원인은 무엇보다도 권태 때문이라고 할 수 있다. 예전에는 부부 간의 성적 권태나 성격차이 등이 사치스런 문제로 간주되었다. 그때는 평균수명도 짧아서 40세가 넘으면 벌써 노후를 준비하는 시기가 될 수밖에 없었고, 노후의 안락을 위해 '자식을 잘 기르는 문제'에만 모든 관심을 집중시킬 수 있었던 것이다.

요즘에 와서는 매스컴의 발달과 함께 성에 관한 정보가 많아지고, 평균수명도 연장되어 40이 넘어도 청춘시절과 같은 '성적 열정'을 유지할 수가 있다. 그렇기 때문에 많은 중년부부들은 '제2의 사춘기'를 맞아 고민할 수밖에 없는 상태가 되는 것이다.

이럴 경우 처방은 두 가지밖에 없다. 첫째는 부부 간의 권태가 아주 심각한 경우에 해당하는데, 이 경우 새로운 이성이 나타났든 안 나타났든 용감하게 이혼을 경험해 보는 것이다. 그러나 우리나라의 현재 실정에서 볼 때, 자식이 없는 부부라면 몰라도 자식이 있는 부부라면 이혼이 최상의 해결책은 될 수 없다고 본다. 이혼에 따르는 엄청난 부담감 때문에 이혼 후의 새출발 역시 크게 제한을 받기 때문이다.

　이럴 경우 두 번째 해결책은 '그냥 참고 사는 것'이다. 그러나 무조건 그냥 참고 살아가는 것이 아니고, 결혼상태를 유지하되 '각방별거(各房別居)'의 형태를 취했으면 한다. 말하자면 룸메이트 정도의 우정관계로 돌아가는 것이다. 그러면서 부부 각자의 연애나 혼외정사(婚外情事)를 서로가 인정할 수만 있다면 대충 권태감은 참아나갈 수 있지 않나 한다. 이럴 경우 여성이 직업을 갖거나 취미활동 등을 통해 자기성숙의 시간을 갖는 것이 필수적인 조건이라고 할 수 있다.

　아무튼 지금은 부부위기의 시대요, '홀로서기'의 시대다. 그러므로 우선 '부부의 금슬'에 지나치게 기대하지 않는 태도가 바람직하다고 본다.

(1997. 7)

　나는 헤픈 여자가 좋다

이 한 장의 사진

내 생애 중 가장 행복했던 시절

이 사진은 내가 홍익대학교에서 근무하던 1982년에 어떤 학생이 찍어준 사진이다.

지금 내가 보면 샘이 날 정도로 아주 젊고 야한(?) 얼굴을 하고 있다. 그때 나는 연극반 지도교수를 맡아 학생들과 함께 아주 열심히 연극을 했는데, 당시 어느 여학생이 찍어준 것 같다. 그 여학생은 미술대학 디자인과에 다니고 있었는데, 아주 얼굴이 예뻐서 내가 속으로 음탕한(?) 연심(戀心)을 품고 있던 여자였다. 그런데 바로 그 여학생이 연극반 동아리 방에서 나를 불시에 찍은 것이다. 지금 생각해 보면 나는 나이가 너무 젊은 교수였다. 사진을 자세히 보라. 꼭 날라리 같지 않은가? 아닌게 아니라 그때 나는 학생들에게 '존 레논'같이 생겼다는 얘기를 많이 들었다.

나는 28세 때 홍익대학교 국어교육과 교수로 부임했다. 홍익대는 내가 그 전부터 '야한 학교'로 알고 있어서, 나는 첫 직장을 홍익대로 잡을 수 있었다는 사실에 너무나 감격했다.

지금은 홍익대 앞 거리가 젊은이들의 '해방구' 역할을 하고 있다. 춤출 수 있는 클럽이 많고 멋진 카페도 와글와글 몰려 있다. 또 거리의 여인들이 모두 야하게 세련된 몸맵시를 자랑한다. 지금보다는 술집이 적었지만 그때도 거리의 낭만적이고 야한 분위기는 마찬가지였다.

그래서 나는 학생들과 어울려 거의 매일 저녁을 홍익대 앞 카페에서 술을 마시며 보냈다. 워낙 젊었는지라 아무리 술을 마셔대도 견딜 만했던 것이다. 그리고 연극반 학생들과 어울려, 여름방학과 겨울방학 때 꼭 산으로 바다로 놀러가곤 했다. 특히 제일 많이 찾아갔던 내설악과 해운대가 잊히지 않는다.

나를 감옥까지 가게 한 소설 『즐거운 사라』의 '사라'도 홍익대 서양화과 학생으로 나온다. '사라'가 너무나 파격적인 성행동을 보여줘서 나를 잡아가기까지 했지만 그 당시 홍익대에는 사라 같은 여학생이 무척 많았다. 그런 여학생들과의 교제 경험에 상상을 덧붙인 것이 바로 그 문제의 소설 『즐거운 사라』인 것이다.

정말 치기만만하고 한껏 발랄했던 시절이었다. 나는 강의를 할 때도 담배를 피우면서 강의했고, 학생들에게도 담배를 피울 수 있게 허락했다. 그래서 여학생들도 강의를 들으며 담배를 피워댔다. 미술대 여학생들과 친하게 지낼 수 있었던 건 내가 맡은 교양과목에 그네들이 대거 몰려들어왔기 때문이었다. 또 그 당시의 홍익대는 미술대 학생들이 전체 학생의 반을 차지했다.

다시 사진을 들여다본다. 지금의 나와 너무나 비교가 된다. 지금의 나는 머리카락이 많이 빠져나간 처량한 얼굴을 갖고 있다. 새삼 세월의 무게를 실감한다. 그래서 날 쫓아다니는 여학생이 한 명도 없다. 아, 이 서글픈 중년……!

홍익대 재직 당시에 나와 가장 찐한 연애를 했던 것은 미술대 공예과에 다니던 K였다. 그녀 역시 연극반이었다. 춤을 잘 춰서 뮤지컬 연극을 할 때면 언제나 주인공을 했다. 그녀와 함께 나이트클럽에 놀러간 적도 물론 많았다. 가장 자주 찾아갔던 곳은 타워호텔 나이트클럽이다. 당시엔 그곳이 가장 '물좋은' 나이트클럽이었다. 그녀와 함께 블루스를 추던 그때가 새삼 가슴 뭉클하게 기억 속에 떠오른다.

(2006. 11)

하이힐 굽은 뾰족하고 높아야

나는 굽 높은 뾰족구두, 즉 전통적인 펌프스 하이힐을 매우 좋아한다. '긴 손톱'과 '뾰족 샌들'은 나의 2대 '페티시'인데, 둘 다 날카롭게 쭉 뻗은 선(線)이 섹시해서다.

요즘은 '플랫폼 슈즈'가 여성들 사이에 유행이라고 한다. 이런 유형의 구두가 유행한 것은 사실 요즘 일만은 아니다. 이른바 '통굽'이라고 불리는 구두가 예전부터 잘 팔리고 있기 때문이다. 그러나 예전의 통굽 하이힐은 요즘 플랫폼 슈즈와는 달랐다. 앞창에만 두터운 굽을 댔을 뿐 뒷굽만큼은 어느 정도 뾰족하고 높은 스타일을 유지했기 때문이다.

그런데 요즘 유행하는 플랫폼 슈즈는 모두 앞굽과 뒷굽을 연결시켜 뭉툭한 모양으로 만들고 있다. 그래서 신기에는 편할지 모르지만 보는 사람에게는 아주 답답하고 둔탁한 느낌을 주는 것이다. 특히 나 같은 페티시스트(fetishist)의 입장에서 볼 때는, 여성들의 미의식이 '섹시함'이나 '야함' 쪽으로부터 점점 멀어져가고 있는 것 같아 안타깝기 그지없다.

예전부터 많은 멋쟁이 여성들은 '일부러 불편하게 하기'의 원칙을 좇아 스스로의 미(美)를 가꾸었다. 중국의 전통인 '전족'이나 서구의 '하이힐'이 대표적인 예이고, 그 다음으로는 꽉 끼는 코르셋과 무거운 가발, 무거운 장신구 등을 꼽을 수 있다. 모두가 '불편함'을 감수하고서라도 섬세하고 야한 아름다움을 창출해 내기 위한 수단으로 사용되었던 것들이다. 그 중에서 하이힐은 서구 사회에서 여성 정장차림의 중요한 요소로서 확정되었다. 하이힐을 착용하지 않은 정장이란 상상조차 불가능했다.

그러나 20세기 말에 이르러 전형적인 뾰족구두는 많은 여성운동가들에게, 남성들의 관음욕구(觀淫欲求) 충족을 위한 '희생 표상(表象)'이라는 이유로 배척되기 시작했다. 그리고 많은 의사들이, 뾰족구두가 여성의 건강을 해칠 수 있다는 이유로 하이힐 착용에 반대하기 시작했다. 그러면서 동시에 사회적으로 여권신장이 이루어져 하이힐은 점점 푸대접을 받기 시작했다.

그렇지만 나는 여성들이 '남자들에게 잘 보이기 위해' 뾰족구두를 신는다는 주장에 동의할 수 없다. 내가 생각하기에는, 여성들이 갖고 있는 '나르시시즘'이 하이힐에 대한 애착을 낳게 되었다고 본다. 말하자면 대다수의 여성들은 남자의 시선에 별 신경을 쓰지 않고 스스로의 자기애적(自己愛的) 만족을 위해 뾰족구두가 가져다주는 '불편함'을 감수했다고 보는 것이다. 나는 여성의 진짜 애인은 '거울'이며, 거울에 비친 자기 자신이 일차적 연애상대가 된다고 믿는다.

하이힐은 부정적 측면 외에 긍정적 측면 또한 가지고 있다. 하이힐을 신게 되면 엉덩이가 처지지 않는다. 그리고 엉덩이는 뒤로 불거지고 배는 안으로 들어가 본래의 모습보다 더 날렵하게 아름다운 체형을 만들어주는 것이다. 그리고 걸음을 조심조심 움직이게 되어 묘한 마조히즘(masochism) 역시 맛볼 수 있다.

플랫폼 슈즈의 유행과는 반대로, 하이힐의 굽은 점점 더 높아지는 경향을 보이고 있다. 예전엔 10센티미터가 제일 높은 굽이었는데, 요즘에는 12센티미터 높이의 하이힐도 많이 판매되고 있다.

아름다움의 본질은 역시 '야함'에 있고, '야한 아름다움'은 '불편함'에서 나온다. 플랫폼 슈즈를 즐겨 신는 여성들이여, 이젠 둔한 짓 제발 그만두고 본래의 '야한 여자'로 돌아가라!

(2006. 8)

체질 궁합

　남자는 배우자를 택할 때 자기 어머니를 닮은 여자를 택하고, 여자 역시 자기 아버지를 닮은 남자를 배우자로 택한다는 말이 있다. 소위 오이디푸스 콤플렉스니 일렉트라 콤플렉스니 하는 심리학적 가설에서부터 나온 이야기인 것 같은데, 내 경험으로 보나 또 주변 사람들의 경우로 보나 그 이론이 대충 맞아떨어지는 경우가 많은 것 같다. 이것은 자식이 의식적으로 부모를 사랑하든 안 하든 아무런 상관이 없다. 오직 잠재의식에 의해서 일어나는 일종의 '운명적 결정'이기 때문이다.

　나는 사람의 체질이나 성격을 나누는 여러 가지 유형 중에 사상의학(四象醫學)을 가장 믿을 만한 이론이라고 생각한다. 서구에서는 히포크라테스의 분류법인 '담즙질', '다혈질', '점액질', '우울질'의 네 가지 성격 분류가 예전부터 있어 왔고, 또 최근에 우리나라에서도 유행하고 있는 네 가지 혈액형에 의한 성격 판정법도 있다. 또 융(Jung)의 분류대로 내향성, 외향성의 두 가지 분류법도 있는데 너무 간단해서 좀 싱겁다. 체격심리학에서는 '수척형', '비만형', '근육질형' 이 셋으로 나누는데 그건 좀 타당성이 있어 보인다.

　사상의학에서는 사람을 소음인(少陰人), 소양인(少陽人), 태음인(太陰人), 태양인(太陽人) 이 넷으로 나눈다. 소음인은 일종의 수척형이나 우울질에 가깝고, 소양인은 근육질형으로 담즙질에 가깝다. 그리고 태음인은 비만형으로 점액질에 가깝다. 태양인은 아주 희소하여 비교가 곤란한데, 카리스마형으로서 수척한 독재자형이다. 일종의 '권력지향형'이라고 할 수 있는데, 눈빛이 매섭고 몸이 건조하며, 간(肝)과 하체가 약하다.

태음인은 몸이 통통하고 전신에 땀이 많으며 사업가형이다. '재물지향형'인 셈인데, 탐심(貪心)과 성취욕이 강하고 도박을 좋아한다. 겁도 많고 샘도 많으나 좋은 점은 마음이 너그럽고 말수가 적어 상대에게 안정감을 준다는 사실이다. 그러나 안에 있는 것을 밖으로 나타내지 않아 우울증이나 노이로제에 걸리기 쉽다. 몸이 습(濕)하고 폐가 약하다.

소양인은 몸이 땅땅하거나 날씬한데, 근육이 발달했다. 눈빛이 예리하고 걷는 것이 불안하다. 일종의 '정신지향형'이다. 과거를 잘 잊고 앞날 걱정만 하여 뒤끝이 없다. 그러나 관능적 상상력이 부족하며 내세(來世) 걱정 등이 많아 종교에 천착하기 쉽다. 몸이 뜨거워서 겨울에도 찬 음식만 찾는다. 좀 경망스러운 점도 있으나 여자는 귀엽고 남자는 명확해 보인다. 신장이 약하다.

소음인은 몸이 수척하거나 날씬하고, 얼굴이 계란형이어서 미남·미녀가 많다. '관능지향형'이다. 위장이 약해 입맛이 까다롭기 쉬워 미식가가 많다. 관능적 상상력이 발달하여 예술가가 많고, 앞날 걱정보다 과거의 추억에 잠기거나 회한(悔恨)에 빠져드는 일이 많다. 몸이 차서 항상 뜨거운 음식만 찾고 기(氣)가 허하여 일생 잔병에 시달리기 쉽다.

대충 살펴본 이상의 네 가지 체질을 궁합 면에서 볼 때 소음인과 소음인의 결합이 가장 좋고 소양인과 소음인의 결합이 가장 나쁘다. 왜냐하면 입맛도 다를 뿐더러 성격취향도 정반대이기 때문이다. 또한 소양인과 소양인의 결합도 나쁘다. 항상 싸우기 쉽다.

태음인은 대충 다 맞기는 맞는데 잔정이 부족하고 좀 무덤덤하다. 태음인은 자식에 더 집착한다고 볼 수 있다. 태양인은 불임증 환자가 많다고 되어 있어, 결혼상대로는 부적합하다.

배우자를 결정하기 전에 자기 체질과 어머니나 아버지의 체질을 살펴보고 결혼상대를 골라야 한다. 어머니의 체질이 소양인이고 자기도 소양인이라면 오이디푸스 콤플렉스에 의한 잠재의식이 원하는 대로 소양인 배우자를 고르게 되어 있는데, 그럴 경우 재고(再考), 삼고(三考)해 봐야 한다.

결혼생활이 온통 성(性)만 가지고 이루어지는 것은 아니지만 그래도 성은 중요하다. 소양인은 성생활을 하기는 하나 그것을 소음인만큼 중요시하지는 않는다. 그래서 소양인과 소음인은 다투기 쉬운 것이다.

소양인과 소양인은 서로가 성을 중요시하지 않기 때문에 궁합이 나쁘다. 성생활 자체를 안 할 수는 없으므로 항상 상대방에게 무덤덤한 애정관계의 핑계를 돌리기 쉽기 때문이다.

(2002. 5)

21세기의 성(性)

'21세기의 성(性)'이라는 주제를 놓고 생각해 볼 때, 이전과는 다르게 가장 두드러지게 변화하는 것이 있다면 그것은 어떤 것이 될까? 내 생각에 아마도 그것은 '남성 주도의 성'이 '여성 주도의 성'으로 바뀌는 것이 될 것 같다. 한 마디로 말해서 '양(陽)'이 지배하던 세계가 '음(陰)'이 지배하는 세계로 바뀌게 되는 것이다.

20세기는 여러 가지 면에서 '성의 혁명'이 일어난 시대였다. 20세기에 이룩한 성의 혁명 가운데 가장 두드러지는 것이 있다면 그것은 역시 '경구용 피임약'의 개발이 될 것이다. 1960년대 이후로 여성용 피임약이 다량으로 보급됨으로써 여성들은 '임신의 공포'와 '육아의 부담'으로부터 해방되게 되었다.

그와 동시에 여성들은 '쾌락으로서의 성'에 훨씬 더 적극적일 수 있게 되었고, 남성들보다 한결 즐거운 성적 오르가슴을 더욱 당당하게 보장받게 되었다.

인간이 다른 동물들과는 다르게 갖고 있는 특성 가운데 가장 놀라운 것은 여성들이 갖고 있는 무한한 성적 능력이다. 인간의 여성은 격렬하면서도 다양한 오르가슴을 오랜 시간 동안 맛볼 수 있게 되어 있고, 또한 밤낮을 가리지 않고 성행위를 할 수 있도록 되어 있다. 남성의 '성욕'은 여성보다 강할지 몰라도 '성 능력' 면에서는 여성보다 뒤떨어진다. 아무리 정력이 센 남성이라 할지라도 밤낮을 가리지 않고 성교행위를 할 수는 없는 것이다. 그 까닭은 남성은 성교행위 시에 정액을 사출(射出)해야 하고, 정액의 사출은 피로를 동반하기 때문이다. 과거 중국에서는 남성이 평생 동안 사출할 수 있는 정액의 양이 일정량으로 한정되어 있다고 믿었다.

여성들은 그동안 '임신'과 '육아'로 인해 자신들의 성 능력을 마음껏 발휘할 수 없었다. 또한 남성 위주의 가부장제도 체제는 여성들로 하여금 '정절(貞節)'과 '모성(母性)'을 갖도록 강요함으로써 여성들의 성적 욕구를 막았다. 그러나 자유민주주의의 발달로 인한 여권의 신장과 피임약의 발달은, 여성들의 사회활동을 가능하게 해줌과 동시에 여성들의 사회적 신분상승과 여성의 성적 정체성을 새롭게 자각시켰던 것이다.

프로이트는 남성에겐 '거세공포증'이 있고 여성에겐 '남근(男根)선망'의 심리가 있다고 주장했다. 엄격한 여성통제와 가부장주의로 무장되어 있던 20세기 초엽까지의 유럽 사회에서는 그의 이론이 그런대로 적용될 수 있었다. 그러나 여성해방이 가시화되기 시작한 20세기 후반부터 프로이트의 이론은 현실에 맞지 않게 되었다.

상당수의 남성들은 이제 거세를 겁내는 게 아니라 오히려 거세를 원하고 있다. 성전환수술을 받고 여성이 되기를 바라는 남성들이 바로 그들인데, 그들은 남성의 성기를 가진 것을 수치스럽고 억울하게 여기며 어떻게 해서라도 거세를 해 여성이 되기를 바라고 있는 것이다. 또한 거세까지는 안 가더라도 여성처럼 꾸미고 싶어 안달복달하는 수많은 '복장도착자'들이 있다. 이에 반하여 남성처럼 되고 싶어하는 여성 복장도착자들은 그 숫자가 비교도 안 되게 적다.

기계문명이 발달하기 이전까지의 역사는 남성들로 하여금 '자식생산'에 골몰하도록 했다. 생태계에서 번식만큼 중요한 것은 없고, 또 인력(人力)을 대신할 만한 노동수단이 달리 없었기 때문이었다. 그래서 여성들이 성적 쾌감에 탐닉하지 않고 자식 낳기와 자식 기르기에만 전념하도록 하는 문화적 관습과 장치들이 만들어졌다. 이슬람교 사회에서 발달한 여성용 베일 착용의 관습은 여성들이 가정 밖에서 성적 교제의 기회를 갖는 것을 막기 위해 고안된 것이고, 아프리카와 중동의 일부 문화권에서 시행된 '클리토리스(음핵) 자르기'의 관습 역시 여성의 성적 본능을 억제하기 위해서 고안된 것이다. 부권(父權) 중심의 사회는 언제나 여성의 성감을 통제하는 데 온 힘을 기울였다.

　그러나 남녀평등 의식의 확산과 여성의 사회참여 확대는 여성들로 하여금 많은 성적 교제의 기회를 갖도록 만들어주었다. 그래서 여성의 혼외정사가 남성의 혼외정사만큼 많아지게 되었고, 결혼에 구속되기 싫어하는 여성 독신자들의 숫자도 늘어나게 되었다. 그와 동시에 인구의 폭발적 증가는 '생식적 성'보다 '비생식적 성', 즉 '쾌락을 위한 성'에 더 비중을 두게 만들어, 여성의 자유로운 섹스가 더욱 활발해지게 되었다.

　이런 변화에 결정적 촉진제 역할을 한 것은 역시 여성용 피임약의 개발이라고 할 수 있다.

(2002. 8)

사회 속에서 찾아야 할 야성(野性)

　야성(野性)을 가지고 세상을 살다간 사람으로는 장자(莊子), 디오게네스, 김시습(金時習), 세례 요한 등을 꼽을 수 있다. 이들은 한 마디로 말해서 '사회적 동물'로서의 인간이기를 거부하고 평생을 인간사회의 아웃사이더(局外者)로 살다간 사람들이다. 물론 이 사람들은 그들 나름대로 사회생활을 거부한 이유를 다 가지고 있었다. 세상이 너무나 썩고 타락했기 때문에, 그 속에 섞여들어 몸을 더럽히면서까지 잘먹고 잘살기보다는 차라리 산속으로 숨어 들어가 고결하고 청백한 삶을 누리겠다는 것이었다.

　하지만 내가 보기에 이들이 사회생활을 거부한 진짜 이유는, 세상이 썩어서라기보다 그들이 지닌 성격 자체가 대인관계에 있어서의 타협과 아부를 허락하지 않았기 때문이라고 생각된다. 만약 깨끗한 세상에서만 활동하겠다는 원칙을 자신의 인생철학으로 내세우는 사람이 있다면, 그 사람은 지나친 오만에 휩싸인 결벽주의자거나 아니면 자신의 무능력을 두려워하는 비겁한 사람이라고 생각되기 때문이다.

　노자(老子)나 장자, 또는 죽림칠현(竹林七賢) 등의 인물들은 우리들의 각박한 사회생활에 어떤 카타르시스를 주는 역할을 해주고는 있지만, 우리들이 그 사람들과 똑같은 삶을 영위하기란 불가능하다. 또 설사 그런 독자적 삶이 가능하다 할지라도 그것은 바람직한 삶의 자세가 아니라고 생각한다.

학창시절까지만 해도 자신의 속을 내보이는 데 별 거리낌이 없어 하고, 부당하다고 생각되는 것에 대해서는 가차없는 비판과 공격을 서슴지 않던 사람들이, 일단 직장생활을 시작하게 되면 그가 지녔던 젊은 패기와 이상을 졸지에 포기하고 어쩔 수 없는 현실의 중압에 못 이겨 '속물'로 떨어지고 마는 것을 우리는 종종 목격하게 된다. 그러니까 일단 사회생활을 하게 되면 '군중 속에서의 야인정신(野人精神)'은 그 실천이 도저히 불가능하다고 생각하게 되는 것이 요즘 사람들의 섭세관(涉世觀)인 것 같다. 그래서 결국 '반골(反骨)'이 아니면 '아첨꾼'이라는 두 가지 형태 중의 하나로 세상살이에 임하게 되는 것이 오늘을 살아가는 보통사람들의 삶의 양상인 듯하다.

그러나 사실 '반골기질'과 '야인정신'은 그 근본에 있어 전혀 다른 심리적 메커니즘을 지니고 있다. 즉, 반골기질은 우리를 둘러싸고 있는 기존의 질서나 체제에 대해 무조건적으로 저항함으로써 스스로의 정치적 야심을 성취해 보겠다는 욕구가 은폐된 이중적 심리다. 그러나 야인정신은 전혀 정치적 야심이나 출세에 대한 애착 없이 스스로의 본성적 기질에 충실하면서, 아주 당당하고 자연스럽게 자연아(自然兒)로서의 야성을 표출시키며 살아가려는 솔직한 심리에서 나온 것이라고 볼 수 있다.

복잡한 사회구조 속에서 우리가 '야인정신' 또는 '야성'을 잃지 않으면서도 속물이 아닌 상태로 살아갈 수 있는 방법은 어떤 것이 있을까? 내 생각에, 그렇게 되기 위해서는 우선 우리의 '야(野)한 본성' 자체에 대한 긍정적이고 확고한 주체성(identity)을 확립하는 것이 시급할 것 같다.

인간의 야성은 동물과 크게 다르지 않다. 식욕과 성욕이 우리 인생 목표의 전부라면 전부다. 그런데 인간은 동물과 좀 달라서 문제가 되는데,

식욕과 성욕 이외에 '명예욕'이 더 첨가되기 때문이다. 이 명예욕 때문에 우리들에게 이중인격적 생활태도가 생기고, 당위적 윤리와 자연의 본능 사이에서 우왕좌왕하며 겪게 되는 심리적 갈등이 생긴다. 식욕과 성욕을 추구하는 것은 우리들이 이 거칠고 험한 생태계에서 살아나가기 위해 필수적인 일이다. 식욕은 개체보존의 욕구이고 성욕은 종족보존의 욕구에서 비롯되는 것인데, 인간의 경우에는 이 가운데 성욕에 있어서만은 그것을 필요악의 존재로 취급하는 경향이 있어 문제가 생긴다. 그래서 그것이 명예욕으로 전이되어 갖가지 부작용을 일으키는 것이다.

명예욕을 추구하다 보면 거기서 '은폐된 본능'의 반동작용이 형성되고, 그 반동작용을 억누르기 위한 심리적 방어 메커니즘에 의해 더욱 이중적이고 위선적인 인생관이 생겨난다. 따라서 처세술이나 대인관계에 있어 간특하고 사술적(邪術的)인 쇼맨십과 자기위장이 필수적으로 동원되게 된다. 그래서 현대를 살아가는 인간들은 더욱더 본능과 사회적 윤리 사이의 괴리를 경험하면서 '속병'을 앓기 쉬운 것이다. 흔히들 말하는 각종 '신경성(또는 심인성)' 질환들은 이러한 '이중적 괴리상태의 심리'가 그 원인으로 작용하고 있다.

그러므로 우리가 이 풍진 세상에서 우리가 지니고 있는 진솔한 본성으로서의 야성을 어느 정도라도 유지시켜 나가면서 살아가기 위해서는, 예수나 석가가 말한 대로 우선 '마음을 비울' 필요가 있다. 예수는 "마음이 가난한 자가 복을 받는다"고 했고, 또 "너희가 어린애같이 되지 아니하면 천국에 들어갈 수 없다"고 했다. 석가모니는 '공(空)', '무애(無碍)' 등을 주장하면서 '공즉시색(空卽是色)'을 강조하였다. 예수나 석가나 다같이 천진난만한 원시성으로 돌아가는 것이 현실에 있어서도 웬만큼 행복을 쟁취할 수 있는 지름길이라고 말한 것이다.

마음을 비운다는 것은 무엇을 가리키는 것일까? 일체의 윤리적 선입관이나 도덕적 위장 없이, 그야말로 어린아이들이 갖고 있는 원시적 순수성 — 그러나 그 순수성은 도덕과 전혀 상관이 없다. 어린아이들은 거의 동물에 가깝기 때문에 가학적 욕구와 사랑에의 갈구 그리고 식욕만으로 가득 차 있다 — 을 그대로 보존시켜 나가라는 뜻이다.

　이러한 야성 또는 원시적 순수성을 지니고 살아간다고 해서 우리가 소위 '출세'를 못한다고 보면 오산이다. 톨스토이의 민화인 『바보 이반』을 보면, 똑똑하고 계산적이었던 두 형들보다, 오히려 '바보'에 가까웠던 막내동생 이반이 왕(王)이라는 감투까지 얻어 쓰게 되는 이야기가 실려 있다.

　사회를 완전히 등지고 장자나 노자처럼 살아가기는 힘든 일이고, 또 그렇다고 무작정 사회인들의 속물근성에만 매달려 살아갈 수도 없다. 이럴 때 우리는 어떤 처신의 '기술'을 발휘할 수 있어야 한다. 그 기술이란 다름 아닌 낮에는 '사회적 인간'으로서 갖춰야 하는 어느 정도의 사교술이 아닌 '예의'를 가지고 사람들을 대하며 살아가는 것이고, 밤에는 야인이 되어 스스로의 야성을 발휘하고 낮에 쌓였던 스트레스를 풀어버리는 것이다.

　어떠한 종류의 방법으로라도 남의 눈치 보지 말고(물론 남을 해쳐선 안 된다) 스트레스를 풀어버려라. 술도 좋고 연애도 좋다. 소위 카타르시스가 중요한 것이 바로 이 때문이다. 만약 낮에도 밤에도 계속 사회적 속물로 남아 이중인격자로서의 위선적 행동으로 시종일관한다면, 그 사람은 성공이나 출세하기 이전에 먼저 스트레스에 빠져 암이나 울화병으로 죽어버리기 쉽다.

(1993. 8)

상징적 사고(思考)

내가 펴낸 책들 가운데 문학이론서로서 가장 애착이 가고 또 어느 정도 만족스럽게 생각되는 책은 『상징시학(象徵詩學)』이다. 이 책은 1979년, 내가 스물여덟 살 때 박사학위 청구논문으로 씌어졌다. 그런데 그때만 해도 문학박사가 귀하던 시절이라 학위 수여자의 나이를 따질 때여서 정식으로 제출해 보지도 못하고 그냥 묵혀버리고 말았다.

요즘은 박사학위가 일종의 '교수자격증'처럼 되어서 학위과정에 입학한 지 3년 만에 학위를 받는 일이 흔한데, 그때만 해도 서른 미만의 나이에는 학위받기가 어려웠던 것이다. 결국 나는 박사과정에 들어간 지 8년째 되던 해인 1983년 가을에 『윤동주 연구』로 문학박사학위를 받았는데, 논문이 바뀐 이유는 『상징시학』이 국문학 논문이라기보다는 문학의 일반이론에 가깝다는 평 때문이었다. 아무튼 그래서 나는 학위논문을 두 번 쓰는 고생을 한 셈인데 그 덕분에 저서 두 권이 생겼다.

『상징시학』의 기본 테마는 "인간은 상징적 동물이다"라는 독일 철학자 에른스트 카시러(Ernst Cassirer)의 생각에 바탕을 둔 것이다.

예전부터 인간을 정의하는 말은 '상징적 인간' 말고도 많았다. '생각하는 동물', '도구를 만들 줄 아는 동물', '놀이를 즐기는 동물' 등이 그것이다. 하지만 나에게는 인간을 상징적 동물이라고 보는 카시러의 견해가 가장 마음에 들었다. 상징적 동물인 인간은 다른 동물들이 대상들 자체에 직접 반응하는 데 비하여, '대상들에 관하여' 생각하고 대상의 의미를 확장시킨다. 그 까닭은 다른 동물들이 대상들을 단지 신호(signal) 또는 기호(sign)로 볼 뿐인데, 인간은 대상물을 '상징(symbol)'으로 보기 때문이다. 신호에 대해서 반응하는 것에는 사고작용의 개입이 필요치 않다 (예컨대 교통신호 따위가 그렇다). 그러나 상징에 대해서 우리들은 깊은 사고의 과정을 거치게 되고 그 느린 반응속도 속에서 사고의 진보를 이룩하게 되는 것이다. 이를테면 '하늘'이라는 상징적 대상물에 대하여 우리들은 '희망', '천국', '하느님', '평화' 등 본래의 기호적 의미를 확장시켜 나가게 된다.

나는 1989년 1월에 수필집 『나는 야한 여자가 좋다』를 출간한 이후로 그 책에 대한 갖은 험구와 욕설에 시달려 왔다. 그런데 각종 신문 잡지 등에 실린 비난의 글들을 종합해 볼 때, 내 책 전체를 읽지 않고 쓴 것이 대부분이라는 것을 알 수 있었다(직접 확인한 것도 있다). 물론 그따위 저질스런 제목의 책쯤이야 안 읽어도 뻔하다는 선입관이 작동했을 것이다. 그래서인지 상당수의 글들이 수필집 날개에 실은 동명(同名)의 시를 가지고 비판을 하고 있었다. 그런 글들을 읽을 때마다 나는 마음속으로 고소(苦笑)를 금할 수 없었는데, 그 까닭은 시가 상징의 세계에 속하는 것이요, 상징까지는 못 가더라도 비유 또는 풍자의 세계에 속하는 것이라는 사실을 간과해 버리고 있었기 때문이다.

「나는 야한 여자가 좋다」라는 시는 1979년 『문학과 지성』에 발표한 작품인데, 사실 그때까지만 해도 나는 '양다리 걸치기' 식으로 시를 쓰고 있었다. 야하게 화장한 여자를 속으로는 좋아하면서도 겉으로는 그런 여자를 욕하는 시를 썼던 것이다. 그래서 「나는 야한 여자가 좋다」는 화장품이나 장신구 등으로 상징되는 각종의 위선과 겉치레로 자기의 속마음을 위장하며 살아가는 현대인들을 풍자한 시다. 그것은 시를 꼼꼼하게 읽어보면 금세 알 수가 있다.

"…… 아무것도 치장하지 않거나 화장기가 없는 여인은 / 훨씬 덜 순수해 보인다 거짓같다 / 감추려고 하는 표정이 없이 너무 적나라하게 자신에 넘쳐 / 나를 압도한다 뻔뻔스런 독재자처럼 / 적(敵)처럼 속물주의적 애국자처럼 / …… / 현실적, 현실적으로 되어 나도 화장을 하고 싶다 / 분으로 덕지덕지 얼굴을 가리고 싶다 / 현실적으로 / 진짜 현실적으로"

여기서 화장 안 한 여자를 독재자나 적으로 묘사한 것이, 얼굴 하나 붉어지지 않으면서 뻔뻔스럽게도 위선과 악행을 자행하는 사람들을 풍자한 것이라는 것을 알 수 있을 것이다. 그리고 마지막 부분에 가서 내가 '현실적으로 화장을 하고 싶다'고 한 것은, 나는 뻔뻔스럽지가 못하여 양심 때문에 붉어지는 얼굴빛을 화장으로 감추지 않고서는 위선적 처세를 감당할 수 없다는 내용의, 말하자면 은근히 자랑을 섞은 고백인 셈이다. 그런데도 대다수의 공박문에서는 이 시를 인용해 대면서도 그저, "화장을 덕지덕지 한 여자만 좋다고 하니 이 사람 도대체 미친 사람 아니냐?"라든지, "화장 안 하면 속물이라니, 여자의 순수한 자연미를 무시해도 분수가 있지……"라는 투의 내용이 대부분이었다.

시건 산문이건 문학은 풍부한 상징적 사고(思考)를 열어주는 계기로서의 역할을 한다. 내가 즐겨 쓰는 '긴 손톱'의 이미지도 그렇다. 원시시대의 인류에겐 가학적 용도로 쓰였던 손톱이 지금은 아름다움의 심벌로 변했다는 점을 중시한다고 나는 책 속에서 분명히 밝혔다. 그런데도 책 전체를 읽어보지 않은 채 나무만 보고 숲은 보지 못하는 식으로, "손톱을 기르고 어떻게 일을 할 수 있단 말이냐?"는 투의 내용이 대부분이었다.

상상력의 위축과 함께 '상징적 사고'가 완전히 숨을 죽이고 '기호적 사고'만이 판을 칠 때 한국 문화의 발전은 정말 요원한 일이 아닐 수 없다는 생각이 들어, 나는 정말 참담하리만치 우울하다.

(1989. 9)

놀이 문화

연세대학교의 개교기념일이 끼어 있는 이번 주에는 '무악축전'이 열린다. 내가 아직도 철없는 낭만주의자라서 그런지, 축제 때가 되면 공연히 가슴이 설레고 뭉클뭉클 사랑에의 충동이 솟아오른다. 송창식과 윤형주가 부르는 〈축제의 노래〉가 특별한 느낌으로 다가오는 게 바로 이맘때쯤이다. 그런데 최근 수년 동안 '무악축전'은 언제나 최루탄으로 얼룩졌다. 누구의 잘잘못을 가릴 것 없이, 우선 축제만은 곱게 즐기고 보자는 게 내 생각인데, 아직도 대학생들 가운데는 나 같은 '철없는 낭만주의자'가 많다고 생각되기 때문이다.

5월이 연두색 신록과 함께 찾아오면 대학마다 축제행사를 가지는데, 별다른 '축제문화'를 가지고 있지 못한 우리나라에서 대학축제가 갖는 상징적 의의는 자못 크다. 특히 장래에 대한 불안과 현실과 이상의 괴리 사이에서 갈등하는 젊은 대학생들에게, 계절의 여왕인 5월에 펼쳐지는 대학축제는 커다란 카타르시스 효과를 주기 때문이다.

인간의 행복을 결정짓는 세 가지 요소는 '일'과 '사랑'과 '놀이'다. 자기의 적성에 맞는 보람 있는 일과, 정신적·육체적으로 고른 사랑을 충족받을 때 인간은 일단 정서적 안정을 유지하게 되고 행복의 문턱으로 접어든다고 할 수 있다. 그러나 이 두 가지만 갖고서는 안 된다. 반드시 '놀이

(또는 유희)본능'을 충족시켜야만 비로소 완전한 행복의 상태에 이를 수 있는 것이다. 인간을 정의할 때, '생각하는 동물', '도구를 만들 줄 아는 동물' 등과 함께 '놀이를 할 줄 아는 동물'을 첨가시키는 것은 이 때문이다.

'놀이'에는 두 가지 종류가 있다. 하나는 혼자 또는 두세 명이 할 수 있는 놀이요, 다른 하나는 집단적으로 할 수 있는 놀이다. 전자의 경우는 자동차 운전(요즘 사람들이 자동차에 집착하는 것은 그것이 편리한 교통수단으로서보다는 '어른 장난감'의 역할을 해주기 때문이다. 물론 손수운전의 경우에 한한다), 그림 그리기, 바둑, 당구, 테니스, 등산, 낚시 등이 있는데, 이런 종류의 놀이는 국민소득이 증가할수록 점점 보편적으로 보급되게 마련이다. 그러나 사람은 이러한 소규모의 놀이만 가지고서는 만족하지 못하고, 반드시 대규모의 집단적 놀이를 희구하게 된다. 그래서 예부터 집단적 카타르시스의 수단으로 '축제문화'가 각 나라마다 생겨나게 되었다. 서구 예술의 기원이 고대 그리스의 '디오니소스제(祭)'에서 나왔다는 것은 이미 다 아는 사실이다. 디오니소스제는 요즘 브라질의 삼바축제와 비슷한 양상을 가진 광란(狂亂)의 축제였다. 그동안 억제해 왔던 동물적 본성과 잡다한 울분들을, 고대인들은 추수감사를 핑계삼아 한꺼번에 풀어버렸던 것이다. 이것은 동양의 경우도 같다.

그러나 문명이 발달해 갈수록 이런 원시 종합예술로서의 축제는 점차 없어지게 되고 말았다. 물론 그 대신 예술의 여러 장르들이 생겨나서 개별적인 '놀이'로 발전하고 몇몇 천재적인 예술가들을 탄생시켰지만, 민중 대다수는 오로지 '관람자'의 위치로 전락하고 말았던 것이다. 인간이 본능적으로 타고난 동물적 성욕을 부드럽게 완화시켜 주는 것이 바로 예술적 미의식(美意識)이고, 가학욕구(加虐欲求)를 적당히 대리배설시켜 주는 것이 스포츠다. 그런데 예술은 성욕의 경지를 떠나 오로지 고상하고 우아한 종교적 영역에만 머물고, 스포츠는 이데올로기적 대의명분을 내세운 '전쟁'을 통해서만 발산될 수 있었던 것이 바로 서양 중세기의 암흑시대였던 것이다. 성욕에 바탕을 둔 미의식과 적자생존의 법칙에서 나온 가학욕구가 한데 어우러져 가장 자연스럽게 카타르시스될 수 있는 것이 바로 '축제'인데, 중세기 이후 현대에 이르기까지 집단적 카타르시스로서의 축제문화는 그 명맥을 잃어버리고 말았다. 예술과 스포츠가 분리되고 민중의 능동적 참여가 없이 다만 '멍청한 관람자로서의 민중'만이 존재하는 현재의 '놀이문화'는 민중들의 놀이본능을 만족시켜 주지 못하고 감질만 나게 하며, 필연적으로 더욱 잔인한 가학욕구와 퇴폐적 미의식을 불러일으킬 수밖에 없는 것이다.

그래서 나는 이번 주일이 더욱더 불안하고 안타깝다. 학생들이 놀 땐 놀고 공부할 땐 공부할 수 있는 대학, 그리고 마음껏 축제를 즐겨도 철없는 낭만주의자로 매도되지 않는 대학풍토가 마련될 수 있다면 얼마나 좋을까.

노는 것과 일하는 것이 엇섞이지 않는 풍토, 개인적 적개심과 욕구불만이 집단적 가학욕구로 비화되지 않는 사회풍토 마련을 위해 우선 정치가, 학자, 예술가 등 '놀이 주도층'의 근본적 반성과 점검이 시급히 요구된다 하겠다.

(1991. 5)

무엇이 여성을 섹시하게 하는가

혼혈적인 것은 섹시하다. 동양적인 얼굴과 금발로 염색한 머리는 묘한 하모니를 이룬다. 성형수술로 쌍꺼풀을 만들고 코를 높여 동양적인 얼굴을 억지로 서양적인 얼굴로 만든 여성은, 그 어색하고 안쓰러운 조화감 때문에 오히려 관능적 매력을 풍긴다.

짝짝이인 것은 섹시하다. 사팔뜨기 여인의 눈은 관능적이다. 좌우의 길이가 다르게 커트한 '언밸런스 스타일'의 머리도 섹시하다. 손톱마다 다른 색깔의 매니큐어를 바른 여인, 특히 새끼손톱이나 엄지손톱을 다른 손톱보다 유난히 길게 기른 여인의 손도 섹시하다. 귀고리를 한 쪽만 달거나 양쪽 귀에 서로 다른 모양의 귀고리를 한 여인은 관능적으로 보인다.

뾰족하고 날카로운 것은 모두 다 섹시하다. 비수처럼 뾰족한 손톱, 송곳같이 뾰족한 하이힐, 눈 가장자리로 길게 뻗어나간 푸른색의 아이라인 등등.

어쩐지 으스스하고 그로테스크하게 보이는 것은 모두 다 섹시하다. 초록색이나 붉은색 혹은 흰색으로 머리카락을 염색한 여인, 흑장미색의 립스틱을 짙게 바른 여인, 금속성의 번쩍이는 푸른색 아이섀도를 눈두덩에 넓게 펼쳐 바른 여인, 눈썹을 아예 밀어버린 여인 등등.

불안하고 아슬아슬한 것은 모두 다 섹시하다. 얼기설기 끈으로만 매어져 있어 금방 흘러내릴 것 같아 보이는 비키니 수영복이나 탱크톱 스타일의 야회복, 여인이 눈물을 글썽거려 짙디짙은 눈화장이 엉망으로 얼룩져 버릴 것만 같은 위기의 순간, 임자 있는 남자와 섹스하는 여자, 속옷을 입지 않고 치마만 입고 다니는 여자.

엿보이는 것은 섹시하다. 속이 훤히 비치는 시폰으로 만든 드레스를 입은 여인, 옆트임이 길게 나 있는 롱스커트를 입은 여인, 엷은 연기빛 선글라스를 통해 들여다보이는 여인의 그윽한 눈동자.

옷깃을 올려 목과 얼굴을 살짝 가린 여자는 섹시하다. 머리카락을 늘어뜨려 이마와 두 뺨을 가린 여자도 섹시하다. 숏커트로 얼굴을 온통 드러낸 여자는 징그럽다. 무섭다. 너무 비밀이 없다. 엿보이는 것이 없다. 그래서 당당해 보이긴 하지만 관능적이지는 않다.

노출이 심한 옷을 입은 여자는 무조건 섹시하다. 가슴을 깊게 파 젖가슴을 반쯤 드러낸 여자, 스판덱스로 된 초미니스커트를 입어 앉아 있을 때 팬티가 살짝살짝 드러나는 여자, 골반 바로 위까지 훤히 드러나는 배꼽티를 입은 여자, 등을 허리까지 넓고 깊게 판 옷을 입은 여인 등등.

불편한 것, 불편해 보이는 것, 아니 일부러 불편하게 한 것은 모두 섹시하다. 엄청나게 길게 길러 휘어진 손톱(그녀의 손이 감미로운 권태감으로 불편해 보인다), 무지무지하게 높은 하이힐, 너무 좁고 꽉 끼어 걸어다니기도 불편할 정도의 초미니스커트, 팔을 움직이기 힘들 정도로 무거운 팔찌, 목이 기형적으로 가늘고 긴 여인, 그 여인의 목에 꽉 조이게 매어 있어 목을 마음대로 돌릴 수 없을 만큼 무겁고 폭이 넓은 목걸이, 두 발목 사이를 체인으로 이어 놓아 불편하긴 하지만 우아한 걸음걸이를 도와주는 족쇄 모양의 발찌.

과장적이거나 인공적인 것은 모두 다 섹시하다. 칫솔처럼 길고 뻣뻣하게 뻗어나간 인조 속눈썹을 붙인 여자, 머리카락을 미칠 듯이 부풀려 머리가 가분수처럼 커 보이는 여자, 눈 위쪽보다 눈 아래쪽에 긴 인조 속눈썹을 붙인 여자, 얼굴에 순백색의 파운데이션을 두껍게 발라 마치 가면을 쓴 것처럼 보이는 여자, 머리카락을 모두 위로 솟구치게 하고 거기에 무스를 발라 에펠탑처럼 뾰족한 헤어스타일을 한 여자, 눈에는 황금색 콘텍트렌즈를 끼고 입술엔 하늘색 립스틱을 칠한 여자, 땅에 질질 끌릴 정도로 머리카락을 길게 기른 여자, 10센티미터가 넘게 긴 인조 손톱을 붙인 여자 등등.

(2007. 9)

관능적 시각의 글

요즘 취직시험에 출제되는 작문 문제의 경향을 보면 대개 두 가지 형태로 나눌 수가 있다. 하나는 「봄」, 「등화가친」 등의 일정한 제목을 주고 쓰게 하는 전통적인 시험방법이다. 이러한 작문시험에 출제되는 제목들 가운데는 꼭 문예문(文藝文)다운 제목만이 아니라 「금강산 댐 문제에 대한 나의 견해」 등 시사적인 단평(短評) 등도 포함된다.

두 번째의 작문시험 형태는 대개 잡지사나 광고회사 등에서 부과하는 경우로서 일정한 제목을 주지 않고 창의적인 글을 지어보게 하는 경우다. 이번(1987) 가을에 있었던 Y잡지사 입사시험의 경우, 영어나 국어, 상식 등의 과목은 전혀 치르지 않고 작문 한 과목의 시험만 보게 했는데, 사진 한 장을 제시하고 그 사진의 내용에 맞는 이미지를 글로 쓰라는 문제였다. 일종의 환상적인 포토에세이를 쓰라는 것이다. 그 사진은 나신(裸身)의 여인이 강변을 가볍게 뛰어가는 모습이었다. Y잡지는 젊은 여성을 대상으로 하는 잡지였기에 그런 문제를 출제한 모양이다. 또 O광고회사의 경우엔 이런 문제가 나왔다. 「사탕공장에 비가 새어 창고에 쌓아둔 재고품이 모두 눅눅하게 되었다. 이 사탕을 잘 판매할 수 있는 문안 및 아이디어를 작성해 보라.」 이런 경우 회사에서 요구하는 것은 제품의 단점을 장점으로 끌어 올릴 수 있을 만큼의 멋진 판매전술을 구사할 수 있는 참신하고 기발한 아이디어다.

　입사시험 작문의 첫 번째 형태나 두 번째 형태나, 공통되게 중요한 것은 역시 기발하고 창의적인 아이디어겠지만, 특히 후자의 경우엔 더욱 그러한 글솜씨가 요구된다. Y잡지의 경우엔 아름답고 화려한 문학적 판타지를 구성하라는 것인데, 거기엔 기발할 뿐만 아니라 대담한 에로티시즘과 미적(美的) 센스를 곁들여야만 하는 것이다. 또 S잡지의 경우엔, 일정한 시간을 주고 시내 어느 곳에든지 가서 특별한 뉴스를 취재하여 그것을 르포 형식으로 작성해 오라는 문제도 있었다. 이러한 형태의 문제 역시 더욱 과감한 창의성과 내용상의 참신함이 요구됨은 물론이다.

　잡지사나 광고회사에서 이런 스타일로 작문 테스트를 하는 것은 무슨 까닭에서일까? 역시 대담한 아이디어맨을 필요로 하기 때문이다. 그러므로 그러한 직장에 입사하기를 원하는 사람은 문장실력이나 구성력 등도 중요하겠지만 우선 대담한 창의성과 기발하고 참신한 이미지를 구상할 수 있는 능력을 키워야만 한다. 이런 능력은 하루이틀에 배양되는 것은 아니겠지만, 나의 생각으로는 우선 자기 스스로의 시각(視角)을 과감하게 전환시킬 수만 있다면 단시일 내에 소기의 성과를 거둘 수도 있다고 본다.

　시각을 바꾼다는 것은, 우선 모든 논리적 사고방식에서 벗어나는 것을 의미한다. 우리들은 지금까지 감성보다는 이성, 육체보다는 정신, 본능보다는 윤리, 밤보다는 낮이 더 좋은 것이라고 교육받아 왔다. 그러나 새로운 아이디어 개발이나 참신한 이미지의 창조는 이성적 훈련에서보다는 감각적 훈련에서 이루어진다. 존 레논의 〈Love〉라는 노래에는 "Love is feeling, …… Love is touch"라는 가사가 들어 있는데, 대단히 의미심장한 말이다. 'touch'는 '만진다'는 뜻도 있지만 '감동시킨다'는 뜻도 있다. 그냥 이성적 설득이나 논리적 강요로는 안 된다. 육체언어(body language)를 통한 감각적 교류가 이루어져야만 진정으로 감동을 줄 수 있다는 뜻일 것이다.

사랑스러운 글을 쓰는 방법도 이와 같다. 'teach'할 것이 아니라 'touch'해야만 한다. 그렇게 되려면 글을 통한 '본능의 솔직하고 당당한 배설'이 이루어져야 하는 것이다. 더 쉽게 말하자면 글을 '야하게' 써야 한다는 뜻이다(야하다는 말은 '野하다'의 의미로서 본능적이고 동물적이라는 뜻이다). 모든 사물을 바라볼 때 쉽게 관능적 감동을 느끼는 사람은 글을 잘 쓴다. 관능적인 감각이야말로 인간의 감각 중에서 가장 발달된 감각일 것이다. 영문학 이론에서는 'taste'라는 용어를 자주 쓰는데 이 역시 '미각'이 발달한 사람이 글을 잘 쓴다는 뜻일 것이다. 미각과 촉각, 시각 등이 모두 관능적 감각에 속한다. 따라서 우리는 교과서에서 배운 상식이나 윤리, 도덕 또는 인과율(因果律) 등에서 벗어나 좀 더 야하게 발가벗지 않으면 안 된다. 감동을 주는 글이란 작자가 당당하게 발가벗은 글, 당당하게 배설한 글이기 때문이다. 특히, 경쟁을 통해 개성 있는 인재를 구하려고 하는 입사시험 작문의 경우엔 우리는 더욱 과감히 야해질 필요가 있다.

(1987. 7)

내가 바라는 목사상(牧師像)

　나는 내가 가르치고 있는 여학생들한테, "절대로 목사 부인은 되지 말아라" 하고 농담삼아 이야기하는 수가 있다. 대학교 상급반쯤 되면 여대생들은 결혼문제에 대해 걱정을 하게 마련이고, 그래서 자기가 이상형으로 삼고 있는 장래의 남편감에 대한 이야기가 심심찮게 오가게 된다. 그럴 때마다 나는 제일 골치 아픈 결혼상대가 바로 '목사님'이라고 이야기하곤 하는 것이다.

　그것은 목사라는 직업 자체가 나빠서가 아니라, 목사든 목사부인이든 거의 하루종일 24시간 동안을 '남의 눈치'를 봐 가면서 생활해야만 하기 때문이다. 우리나라 사회에서 특히 도덕적인 생활을 강요받고 있는 직업은 목사, 교수, 판사 등이라고 생각되는데, 그 중에서도 목사가 개인의 프라이버시를 가장 희생시켜야만 하는 직업 같다. 일요일 예배시간뿐만이 아니라, 각종의 기도모임이나 심방 등 신자들과 어울려 지내는 시간이 많기 때문이다.

　그래서 내가 보기엔 목사가 된다는 것은 크나큰 결심이 없이는 도저히 불가능한 일같이 생각된다. 가톨릭의 신부는 술이라도 마실 수 있고 담배도 피울 수 있지만, 개신교의 목사는 술담배를 할 수 없을 뿐더러, 신부들과는 달리 유달리 교회 신도들의 눈치를 봐야 하기 때문이다. 개신교는 가톨릭처럼 중앙집권적 권위의식이 있을 수 없고, 각 교회마다 자체적으로 꾸려나가는 까닭에, 신자들이 일종의 '고객' 역할을 하여 목사가 운신(運身)할 수 있는 폭을 좁게 만드는 것이다.

물론 성(性)의 문제에 있어서만은 개신교의 목사가 가톨릭의 신부보다는 훨씬 행복한 처지에 있다고 볼 수도 있다. 평생 동안 독신으로 지내야만 하는 신부보다는, 결혼을 할 수 있는 목사가 그래도 성문제에 있어서만큼은 덜 피곤할 수 있다. 하지만 만약 목사의 가정에 불협화음이라도 일게 될 때, 아무래도 일반인들보다는 이혼으로 가기가 어려워진다. 이혼까지는 안 가더라도 아니, 하다못해 부부싸움조차 한 번 신나게 해보기가 어렵다. 그래서 목사든, 신부든, 성적(性的) 구속을 받는 것은 어차피 마찬가지라는 생각이 든다. 교수로 있는 나 역시 사정은 매일반이다. 목사직보다는 덜하겠지만 그래도 남의 눈치를 많이 보게 되는 것은 마찬가지다.

내가 시, 소설, 수필 등 책을 냈을 때도, 나는 오직 내 직업이 교수라는 이유 하나만으로 구설수에 올라야 했다. 그 이후에 여러 권의 책을 내면서도 나한테는 항상 "아니, 교수가 어떻게 그런 글을 쓸 수가 있어?"라는 험담이 따라다녔다.

그래서 나는 이렇게 생각한다. 목사든 교수든, 우선 각자의 프라이버시를 보장받아야 한다고 말이다. 여기서 내가 말하는 '프라이버시' 가운데는, 사생활의 영역뿐만이 아니라 사고(思考)와 표현의 자유, 유희의 자유 등이 다 포함된다. 한 인간이 스스로의 기본적인 욕구를 채우지 못하게 되면, 그 사람의 성격은 이중적인 것으로 변하여 쓸데없는 위선을 부리기 쉽다. 그래서 자신도 망치고 남도 망치게 되는 것이다.

예수 그리스도는 늘 이렇게 말했다. "너희가 어린아이처럼 되지 못하면 결코 천국에 들어갈 수 없다"고 말이다. 또 "마음이 가난한 자가 복이 있다"고도 말했다. '마음이 가난한 자'와 '어린아이같이 되는 자'는 같은 말이다. 일체의 관념적 선입관이 없고, 도덕적 위선이나 이중적인 사고구조를 갖고 있지 않은 사람, 그런 사람이 바로 마음이 가난한 사람이요 어린아이 같은 사람이 아닐까.

그래서 나는 '바람직한 목사상(像)'은 우선 위의 두 가지 기준에 맞춰져야 한다고 생각한다. 신도들이 뭐라고 하든, 또 교단이 뭐라고 하든, 자기 스스로가 먼저 당당하게 '순진무구'해져야 한다고 말이다.

'순진무구'하다는 말에는 인위적인 도덕개념이 포함되어 있지 않다. 하느님의 도덕은 인간이 만든 도덕 위에 있다. 그래서 예수도 창녀나 세리들을 가까이 했고, 바리새인들의 위선을 꾸짖었던 것이다.

어린아이들은 순진무구하다. 그래서 그들은 화도 잘 내고, 웃기도 잘하며, 또한 잔인하리만치 떼를 쓰기도 한다. 맛있는 것을 맛있다고 하고 예쁜 것을 예쁘다고 한다. 어른들처럼 미운 사람을 보고도 체면치레로 예쁘다고 둘러대는 짓을 절대로 하지 않는다. 그들에게는 또한 정신적 명예욕 같은 것도 없다. 오직 자신의 육체적 '쾌락'만을 좇을 뿐이다. 그들은 거짓말을 하지 않는다. 그래서 부모의 은공도 모르고 무조건 '밥투정'을 해대는 것이다.

지금 우리나라의 종교계는 어딘가 병들어 있다. 허구헌날 늘어나는 것이 매머드 빌딩보다도 더 큰 대형교회들이요, 광신적 신비주의에 가득한 부흥회들이다. 예수는 기도할 때 골방에 들어가서 남모르게 기도하라고 했는데, 큰 고성능 스피커를 통해 오직 '남 들으라고' 하는 기도소리가 온 세상을 시끄럽게 만들고 있다. 목사들 가운데 어떻게 하면 좀 더 큰 교회에 부임하여 더 큰 승용차를 타고 더 많은 봉급을 받을 수 있을까 궁리하고 있는 이들이 많고, 사회적으로도 어떻게 하면 더 유명해질 수 있을까, 어떻게 하면 정치권과 손을 잡을 수 있을까 하고 노심초사하고 있는 이들도 많다. 모두 다 '어린아이 같지 않은' 목사들이다.

나는 우선 우리나라 목사들이 지나친 금욕주의로부터 벗어났으면 좋겠다. 지나친 '현세멸시사상'으로부터 벗어났으면 좋겠다. 그렇게만 되면 우선 하늘에다 보물을 쌓아두기 위해 지나치게 고심하는 일이 없어지겠기 때문이다.

하늘에다 보화를 쌓아두는 일은 물론 좋은 일이다. 그런데 그게 지나친 교회 팽창주의, 교세 팽창주의 쪽으로만 나가고 있으니 탈이다. 모두 다 목사 개인의 '쾌락'을 경시하는 나머지, 더 큰 '정신적 쾌락'을 좇기 때문에 빚어진 결과라고 생각된다.

앞으로의 교회는 클럽보다 더 재미있는 사교장이 되어야 하고, 술집보다도 더 편하고 화기애애하게 대화를 나눌 수 있는 장소가 되어야 한다. 목사 역시 가장 인간적인 면모를 보여줄 수 있는, 평범한 행복과 쾌락의 추구자가 되어야 한다. 신자들에게 웅변적인 설교로 일시적이고 마취적인 감동만을 줘서는 안 되고, 더 '인간적인 대화'로써 친근한 '보통사람'의 이미지를 주어야 한다. 다시 말해서 모든 문제에 대해 진정 솔직하게 얘기할 수 있는 사람이 돼야 한다는 말이다.

그러기 위해서 먼저 '남의 눈'을 지나치게 의식하지 않도록 노력하는 것이 필요하다고 나는 본다. 나는 목사보다는 훨씬 덜 힘든 대학교수지만, 내 나름대로 지금 그렇게 행동하려고 열심히 노력하고 있다.

(2003. 6)

화풀이의 이유

얼마 전에 일어난 나이트클럽의 '화풀이 방화(放火)사건'과 여의도 광장의 '화풀이 폭주(暴走)사건'은 내게 다시 한번 '인간의 비극성'을 실감시켜 주었다. 그리고 여러 가지 예방책을 생각해 보게도 했다.

우선 이번 사건의 일차적인 원인은 역시 우리 사회가 갖고 있는 구조적 모순에 있다. 나이트클럽 방화사건의 경우는 농촌과 도시 간에 존재하는 극심한 경제적·문화적 격차가 주된 요인으로 작용했다고 볼 수 있다. 장가조차 제대로 못 가는 농촌 청년의 눈으로 볼 때, 흥청망청 놀기에 바쁜 도시 남녀들이 정말 죽이고 싶도록 얄미웠을 것이다. 또한 훔친 자동차로 많은 사람들을 죽거나 다치게 한 사건의 경우는 시력이 나빠 막노동조차 제대로 할 수 없는 청년이 갖고 있는 뼈아픈 소외감과 억울함이 그런 파괴적 행동을 촉발시켰다고 생각된다.

그 청년의 경우는 가정상황에도 문제가 있었다. 어머니는 가출해 버렸고 아버지까지도 자살해 버렸다. 이런 악조건 아래서 정상적인 인격형성을 도모한다는 것은 무리였을 것 같다는 생각이 든다. 그러므로 이번 사건을 계기로 우리 모두는 부(富)의 분배와 사랑의 분배 문제에 좀 더 적극적인 관심을 기울여야만 한다. 나는 얼마 전 한 칼럼에서 「불길한 예감」이라는 제목으로 글을 쓴 바 있는데, 정부가 평등과 분배의 문제를 무시하고 무조건 경제성장 위주의 정책만 밀고 나가다가는 반드시 소외된 계층의 누적된 불만이 파괴적인 양태로 폭발할 것이라는 내용이었다. 그런데 그 글을 발표하고 나서 금방 이런 사건이 터지고 보니 착잡한 마음을 금할 수가 없다. 정부와 국민 모두가 바짝 긴장하여 정신차리지 않는 한, 이런 종류의 사건이 계속해서 일어날 것이 분명하다.

그러나 다른 한편으로 생각해 보면 이번 사건을 일어나게 한 사회적 요인 말고도 2차적인 원인으로 심리적 요인을 하나 더 추가할 수 있을 것 같다. 인간의 마음속엔 동물적 가학성과 원초적 적개심이 여전히 잠재하고 있게 마련이어서, 아무리 평등하고 안정된 사회라 할지라도 이런 류의 사건이 일어날 가능성은 얼마든지 있기 때문이다. 비록 후천적인 도덕교육 덕분에 가학성과 적개심이 적당히 억제돼 있는 상태이긴 하지만, 그것이 지나치게 억압돼 있을 경우에는 갑자기 어느 한순간에 우당탕 폭발해 버리고 마는 것이다. 사실 우리 인생은 아무리 좋게 생각해 보려고 해도 비극 그 자체라고 볼 수밖에 없다. 그래서 인간은 어떤 형태로든 열등감과 소외감을 가지고 있을 수밖에 없고, 그러다 보면 인생살이 자체가 역겨워질 수밖에 없다. 그럼에도 불구하고 대다수의 인간이 그럭저럭 삶을 지탱해 나가는 이유는 고통스런 인생살이 중간중간에 두 가지의 억압된 욕구를 조금씩이나마 대리배설할 수 있기 때문이다. 첫 번째 욕구가 바로 성욕이며, 두 번째 욕구는 바로 파괴욕이다.

물론 인간의 잠재의식은 동물적인 성욕과 파괴욕을 완벽하게 충족시키려고 발버둥친다. 그러나 문명사회에서의 인간은 그러한 원초적 욕구를 제한받을 수밖에 없다. 그래서 사람들은 이러한 욕구를 그때그때 자잘한 '대리배설'을 통해서 풀어버린다. 포르노 영화를 보는 것도 대리배설이요, 나처럼 야한 소설을 쓰는 것도 대리배설이다. 미국의 토머스 판사가 여비서에게 성적 추언(性的 醜言)을 한 것 역시 성욕의 대리배설의 예였다. 그런 것 가지고 청문회까지 열며 난리를 친 미국의 이중적이고 위선적인 문화구조가 나를 웃겼는데, 미국은 정말 성이 극도로 억압된 사회라는 사실을 입증해 준 사건이었다. 그래서 나는 우리나라가 지금 미국 문화의 영향권에 들어 있다는 사실을 생각하고는 공포에 떨지 않을 수가 없었다. 성이 극도로 억압된 사회는 국민들을 이중적이고 위선적인 인격으로 몰아가게 되고, 결국에 가서는 극우적(極右的)인 보수반동의 정치체제로 이어지기 때문이다.

파괴욕의 대리배설 역시 일차적으로는 '말'로 이루어진다. 술자리에서 쌍소리를 섞어가며 미운 놈을 씹어대는 것은 정말 정신건강에 이롭다. 그러므로 부부 간이나 부모자식 간에도 자주 말싸움을 하는 게 좋은 것이다.

그 밖에도 우리는 권투 등의 스포츠 경기를 관람한다든지 가끔씩 폭음을 하여 자학해 본다든지('자학'은 '가학'의 다른 이면이다) 하는 방법으로 적개심과 파괴욕을 대리배설시킬 수 있다. 그런데 평소에 지나치게 과묵한 생활을 하고 건전한 인격수양에만 힘쓰다 보니 그동안 쌓이고 쌓였던 성욕이나 파괴욕이 한꺼번에 대폭발을 일으켜 큰 비극을 초래하게 되는 것이다.

인간이 가진 동물적 본성 가운데는 또 더러운 것을 즐기고 싶어하는 욕망도 들어 있다. 어린아이들이 흙장난을 좋아하는 것은 바로 이 때문이다. 그러므로 평소에 지나치게 깨끗한 것만을 추구하여 청결벽(淸潔癖)에 빠져 있던 사람은 늙어서 노망이 나기 쉽다.

다시금 강조하거니와 나 혼자만 불행한 것이 아니라 인간은 누구나 불행하다. 돈이 많이 생기면 고질병이 들고, 명예욕이 충족됐다 싶으면 가정생활이 불행해진다. 돈과 명예, 그리고 사랑까지 한꺼번에 얻은 사람은 곧바로 심각한 '권태병(倦怠病)'에 빠져들게 되어 있다. 그러므로 우리가 인격파탄의 파국을 맞지 않으려면 예방주사 맞는 기분으로 이따금 소규모의 일탈(逸脫)을 뻔뻔스럽게 즐겨야만 한다. 과잉된 도덕감정은 도리어 우리의 영혼을 파괴시킨다는 사실을 명심하자. 이번 사건 같은 것이 다시 일어나지 않게 하려면, 평등한 복지사회를 건설하여 사회적 요인을 제거해 나가는 동시에, 각 개인의 내면 깊숙이 숨어 있는 '도덕적 억압'을 서서히 경감시켜 줘야 할 것이다.

(1991. 10)

무법천지

미국 영화를 보면 법정에서 재판하는 장면이 많이 나온다. 그런데 미국의 재판장면과 우리나라의 재판장면이 근본적으로 다른 점 두 가지는, 첫째는 배심원들이 앉아 있다는 점이고 둘째는 피고인이 평상복을 입고 앉아 있다는 점이다. 우리나라에서는 피고인이 시퍼런 수의(囚衣)나 한복을 입고 앉아 있는데 말이다.

배심원제도의 장단점을 여기서 논의할 생각은 없다. 다만 내가 여기서 문제 삼고 싶은 것은, 아직 유죄가 확정되지도 않은 피고인한테 왜 그런 옷을 입혀야만 하느냐 하는 문제다. 지난번 국회의원 비리사건 재판 때도, 우리는 국회의원들이 신사복이 아니라 죄수복을 입고 재판정에 입정하는 것을 사진을 통해 볼 수 있었다. 게다가 그들은 두 손에 수갑이 채이고 상체를 포승줄로 묶이기까지 했다.

아직 유죄판결이 나지도 않은 상태에서, 그리고 '도주의 우려'가 없는 상태에서, 죄수들이 입고 있는 옷에다가 수갑까지 채웠다는 사실은 우리나라의 법무행정이 얼마나 위헌적이고 비민주적인지를 단적으로 드러내 보여주는 예다.

검찰의 수사방법 역시 마찬가지다. 우리나라의 헌법은 모든 피의자들에게 일단 '불구속수사'를 원칙으로 하도록 규정하고 있다. 다만 도주의 우려가 있고 증거인멸의 우려가 있는 피의자들에게만 예외적으로 구속수사를 할 수 있도록 허락할 뿐이다. 그런데도 우리나라의 검찰은 대부분의 사건을 오직 수사의 편의를 위해서 구속수사로만 시종해 왔던 것이다.

지난번 ○○대학교 교내에서 일어난 학생과 교수 간의 폭행사건만 해도 그렇다. 교수를 때린 학생 하나가 구속되어 수사를 받는데 검찰 측의 발표문에도 그것이 '예외적'인 조치라고 부기(附記)되어 있었다. 그 대학생은 이렇게 보나 저렇게 보나 도주의 우려가 전혀 없는 학생임에도 불구하고, 다만 스승을 구타하기까지 하는 한심스런 대학풍토에 일침을 가해 땅에 떨어진 교권을 회복시켜 보겠다는 의도에서 구속수사를 결심하게 되었다는 설명이었다.

그러나 나는 구속수사의 이유야 어찌됐든 간에, 이번에 검찰 측이 취한 조치는 엄연한 위헌이요 위법이라고 생각한다. 검찰이 사회의 도덕이나 윤리를 지도 · 계몽까지 해야 하는 입장에 서 있는 기관은 아니라고 보기 때문이다. 검찰이나 법원은 오로지 법에 따라 수사하고 재판하는 것이 그 본연의 임무이므로, 아무리 그럴듯한 명분을 내세운다 하더라도 법의 형평성을 위배하기까지 해서는 안 된다.

○○대의 폭행사건을 자세히 들여다보니, 교수 측과 학생 측의 진술이 엇갈리고 있었다. 학생 측에서는 "교수가 먼저 욕설을 퍼부으면서 때렸기 때문에 화가 나서 때렸다. 또 그 사람이 교수인 줄도 몰랐다"고 했고, 교수 측에서는 교수가 학생한테 맞았다는 사실 하나만을 내세우며 땅에 떨어진 교권을 한탄하고 있었다.

만약에 학생의 말이 사실이라면, 그 전후 경위가 어찌됐든 간에 먼저 폭력을 휘두른 쪽에 죄가 있고, 설사 그 사람이 교수라고 해도 예외가 될 수는 없다. 외국에서는 부모가 자식을 과도하게 폭행해도 형사처벌을 당한다.

물론 학생을 고소하기까지 한 교수의 심정은 충분히 이해가 간다. 아직도 고등학교에서는 교사가 학생을 구타하는 일이 많고, 선생도 사람인이상 실수를 저지를 수도 있는 것이다. 그런데 대학생이라고 해서 교수가 신경질이 복받쳐 뺨 한 대 때린 걸 가지고 금세 폭력으로 대응해 왔다는 것은 정말로 분통 터지는 일이었을 것이다.

그러나 나는 확실한 전후사정을 잘 알지 못하기 때문에, 과연 누가 잘하고 누가 잘못했는지 판단을 내릴 수가 없다. 그것은 재판관이 밝혀줄일이고, 우선 검찰 측이 학생을 부당하게 구속수사한 사실만을 짚고 넘어가고 싶은 것이다. 더구나 그 교수가 나중에 고소를 취하했는데도, 검찰 측에서는 계속 학생을 붙잡아놓고 있었다는 것은 지나친 월권행위가아닐 수 없다.

민주와 자유가 게걸스럽게 외쳐지고 있는 이 시대다. 그런데도 불구하고 유죄판결이 나지 않은 피의자가 아직도 재판정에서 평상복을 입지 못하고 오랏줄에 묶여 있어야만 하며, 이런저런 핑계를 대어 멀쩡한 사람을 구속시켜 놓고 수사를 한다는 사실은 분명 앞뒤가 안 맞는 행태라고하지 않을 수 없다.

어떠한 피의자라 해도 우리나라의 헌법은 법원의 최종판결이 나기 전까지는 무조건 무죄로 인정하며, 수사방법 역시 불구속수사를 원칙으로하고 있다는 사실을 법무당국은 다시 한번 명심해 주기 바란다.

(1991. 4)

송년의 감상

오늘이 벌써 12월 31일, 어느새 올해의 마지막 날이 다가왔다. 세월은 참 빨리도 간다. 천성이 게으른 탓에, 나는 금년 정초에 받은 연하장들을 미처 정리하지 못하고 연구실 책장 모퉁이에 아직까지 그대로 쌓아두었는데, 요즘엔 다시 새 연하장들이 무섭게 몰려든다.

연하장을 뜯어보면 그 대부분의 내용은, 만난다 만난다 벼르면서도 만날 기회를 못 가진 채 다시금 새해를 맞게 됐다는 이야기들이다. 다람쥐 쳇바퀴 돌 듯 바쁘고 단조롭게만 돌아가는 우리의 일상들. 누가 뒤에서 쫓아오는 것도 아니건만, 우리들은 대부분 시간에 쫓기고, 일에 쫓기고, 술에 쫓기면서 한 해를 살아왔다.

그러나 새해를 맞는 기분은 항상 덤덤할 수밖에 없다. 12월 한 달이 원체 바쁘게 돌아가기 때문이다. 특히나 내 경우에는 더욱 그래서, 학기말 시험이 끝나면 곧 성적처리를 해야 하고 곧이어 대학 입학시험이 닥쳐온다. 시험감독과 주관식 문제 채점으로 한 일주일 몸살을 앓고 나서 한숨 좀 돌릴라치면 사은회를 비롯해서 각종 송년회 모임이 다가온다. 매일같이 술, 술, 술……. 그리고 만나는 사람에게마다 입에 발린 소리로 "새해 복 많이 받으세요"의 연발. 그러다 보면 술에 곯은 뱃속에서는 계속 구라파전쟁이 일어나고, 새해고 뭐고 다 귀찮다는 생각만 든다. 정초엔 다시 신년 하례회를 비롯하여 세배하고 세배받느라고 또 사나흘간 몸살을 앓아야 하기 때문이다.

나는 재작년(1989)까지만 해도, 아무리 연말이 바쁘다고 하더라도 크리스마스 이브나 12월 31일 밤에는 예쁜 여자와 단 둘이서 저녁시간을 즐겨보려고 노력했다. 그만큼 내가 철부지 낭만주의자였기 때문인지도 모른다. 그러나 작년부터는 그런 기회를 가질 수도 없었고, 또 특별히 가지려고 노력하지도 않았다. 내가 지금 몹시 외롭다는 사실을 이성적으로 절감하고 있기는 한데, 그것이 감성적으로까지 파급돼 오질 않는 것이다. 좋게 말하면 '초월적 체념'이고 정확하게 말하면 '무기력한 포기'다.

그래서 지난 24일 저녁엔 학교 연구실에서 원고를 끄적거리고 있었다. 어떤 일로든 바쁘다는 사실은 확실히 외로움을 잊게 만들어준다. 그러나 왠지 허전했다. 내가 철저한 크리스천도 아니건만, 어린 시절부터 미국 문화에 젖어서 자란 탓인지 크리스마스 이브에는 뭔가 화사한 분위기 속에 빠져들고 싶어지는 것이다. 그러나 그토록 많은 송년회 모임도 24일만은 피해 갔고, 전화 걸어주는 친구 하나 없었다. 한동안 멍청한 기분에 잠겨 있는데 구세주(?)가 나타났다. 서른 살이 넘은 노총각 제자들 세 명이 불쑥 내 연구실에 나타난 것이다. "혹시나 하고 왔는데 역시 계시군요"라고 약간 놀리는 어조로 말하는 그들이 얄밉지가 않았다.

그래서 우리 네 사람은 12시가 넘어서까지 술을 마셨다. 술에 취하고 나니 다들 외로움 타령뿐이었다. 외로움은 확실히 사람의 마음을 전투적으로 만든다. 끝에 가서는 언성이 높아져서, 애꿎은 사람들을 도마 위에 올려놓고 들입다 난도질을 했다. 안주 중에서 제일 좋은 안주는 역시 '남 씹는 것'이라는 사실을 확인했다.

오늘 저녁도 나는 약속이 없다. 그러나 별로 외롭지도 않다. 지난 일주일 동안 하루도 빠짐없이 술자리에 참석한 탓에 완전히 기진맥진해져 버린 상태이기 때문이다. 그러나 제야의 종소리가 울리는 시간이 되면, 나는 무척이나 씁쓰레한 감회에 젖어들 것이다. 덧없이 지나가는 세월 속에서, 별다른 사랑의 즐거움도 누려보지 못한 채 비실비실 늙어만 가는 나 자신이 처량하게 느껴질 수밖에 없기 때문이다.

  나는 토정비결 책을 꺼내 내년의 운세를 점쳐본다. 올해보다는 조금 나을 운세인 것 같아 안심이 된다. 내년에는 대체 어떤 일이 내게 닥쳐올까? "비켜라 운명아, 내가 간다!"고 잘난 체 일갈(一喝)하기엔 나는 너무 지쳤다. 아니 그건 나뿐만 아니라 이 세상 모든 사람들이 다 그럴 것이다. 바쁘게 뛰지 않고 천천히 소요(逍遙)하듯 걸어가도 되는 인생, 나는 내년엔 그런 인생이 우리 모두에게 펼쳐지기를 마음속으로 빌어본다.

(1991. 12)

제2장 바람 피우고 싶다

어차피 사위어지는 목숨
—— 야하디야하자

우리가 믿을 수 있는 건 관능뿐
—— 야하디야하자

육체가 정신을 지배할 수 있어야 사느니
—— 야하디야하자

너와 내가 죽음을 극복할 수 있는 유일한 길
—— 야하디야하자

— 시「야하디야하자」전문

여인들이여 황홀한 변신을……

여성의 아름다움을 '정신적 아름다움'과 '육체적 아름다움'으로 나눌 수 있다면 나는 역시 육체적 아름다움, 즉 외형적 아름다움을 더 중요시한다. 모든 남성들, 아니 모든 여성들 역시 내면의 아름다움이나 정신적 아름다움보다 외형적 아름다움에 더 가치를 매기고 있는 것은 아닐까? 내가 원하는 이상형의 여인은 겉과 속이 다 야한(나는 '야하다'의 의미를 '아름답다'의 의미와 같은 뜻으로 사용하고 싶다) 여자지만, 우선은 역시 겉으로만이라도 야한 여자에게 실컷 매료당해 보고 싶다.

정신적 아름다움은 쉽게 그리고 빨리 느껴지지 못하지만 육체적 아름다움은 쉽게 격정적으로 다가와 나로 하여금 판타스틱한 상태로 빠져들게 해준다.

내가 그리워하는 여자는 이런 여자다.

인간의 신체 가운데서 '발'은 아무래도 아름답게 느껴지지 않는다. 발가락은 손가락보다 짧고 둔탁해서 그렇다. 그러나 발톱을 한 3센티미터쯤 정성스레 길러 색색가지 매니큐어를 칠하고 하얀 맨발이 온통 드러나는 황금빛 샌들을 신고 있는 여자의 발이라면 그 아름다움은 오히려 그로테스크한 느낌으로 다가와 나의 온몸을 전율시킬 것이다.

지금까지 나는 여인의 긴 손톱의 아름다움에 대한 글을 주로 써왔는데,

1989년 5월부터 12월까지 『문학사상』에 연재했다가 1990년 1월에 단행본으로 나온 장편소설 『권태』에서 나는 여주인공 희수(본명은 '姬洙'지만 거기서 남주인공은 그녀를 '喜囚'라고 부른다. 즐거운 죄수, 즐거운 사랑의 포로, 즐거운 마조히스트라는 뜻이다)의 손톱만 길게 만들지 않고 발톱도 아주 길게 기르게 했다. 상상의 자유를 만끽하고 싶어서였는데, 써놓고 나서 보니 나 자신이 몹시도 흥분되는 것을 느꼈다. 맨발에 샌들, 그리고 끝이 구부러져 휘어들어갈 정도로 발톱을 길게 기른 여자는 확실히 관능적인 아름다움의 극치를 보여줄 것 같다. 긴 발톱은 동물들의 야한 발톱을 연상시켜 줄 것이므로. 그런 여자의 맨몸에 두터운 모피 코트 하나만을 입힌다면 그 또한 매우 멋있으리라. 모피가 주는 야성적 느낌과 금속성 샌들이 주는 차가운 느낌이 긴 발톱의 사디스틱한 이미지와 어울려 한결 야한 분위기를 풍길 것이다.

내가 생각해 보곤 하는 여인의 아름다움은 또 이런 것이다.

사랑하는 그녀와 키스를 하다 말고 살포시 젖가슴을 훔쳐볼 때, 그녀의 젖가슴엔 가시가 삐쭉삐쭉 돋아나 있는 빨간 장미가 문신되어 있다. 그러면 나는 빨간 장미꽃의 이미지가 주는 에로틱한 분위기와 그 아름다움 밑에 숨어 있는 장미 가시의 으스스한 느낌이 한데 어울려 빚어내는 고혹적인 아름다움의 하모니에 그만 두제곱으로 취해 버릴 게 틀림없다.

나는 또 여자가 화장을 할 때 '분장'에 가까울 정도로 짙게 메이크업하여 입체감을 살려주는 것을 좋아한다. 분장은 사람이 지닌 본래의 모습을 바꿔주기 때문이다. 타고난 그대로의 모습은 대개 아름답질 못하다. 그러나 아무리 못생긴 얼굴일지라도 분장 여하에 따라 아름다워질 수도 있다.

프랑스에서 활동하고 있는 우리나라 출신 여가수 키메라의 얼굴을 보

라. 그녀는 키도 작고 별로 예쁘지도 않은 얼굴이지만 화장이나 극채색 분장을 한 그녀의 얼굴은 얼마나 아름다운가. 얼마나 '야'한가(키메라 보고 천박하다고 욕하는 사람을 나는 아직 한 명도 못 보았다)!

현대의 여성들은 이제 단순한 기초화장에서 벗어나 독창적인 '분장식 화장술'의 개발에 노력해야 할 것이다. 그렇게 하면 여성 스스로도 자신의 변모에 깜짝 놀라게 되고 새로운 탄생의 기쁨, 새로운 변신의 기쁨을 맛보게 될 것이다. 또 그런 여인들이 마음속에 갖게 되는 건강한 나르시시즘은 이 사회를 밝은 분위기로 유도한다. 여성은 음양사상(陰陽思想)으로 볼 때 음(陰)에 속하는데, 음은 대지(大地)요, 물이요, 모성(母性)이다. 음이 제자리를 잡아야만 양(陽)인 남성 또한 제자리를 지켜 굳센 의지와 노력으로 사회발전을 위해서 헌신할 수 있는 원동력이 생긴다. 남성들은 모두 어머니인 여성의 모태로부터 나왔으므로.

아름다움은 평화와도 관계가 있다. 남자가 화장하고 전쟁터에서 싸울 수 있겠는가? 인류역사를 피로 얼룩지게 한 모든 전쟁은 창조적 아름다움을 퇴폐적 반자연(反自然)으로 몰아붙여, 오직 인간의 관심을 변태적 적개심으로만 몰고 갔기 때문에 빚어졌다. 스스로의 아름다움에 대한 나르시시즘적 자긍심이 충족될 수 없을 때, 인간은 곧 그에 대한 방어심리에서 아름다움을 비생산적이요 비윤리적인 것으로 비난하기 시작하는 것이다. 핵추방운동이나 비폭력운동 같은 것도 그러한 이데올로기 하나만을 가지고 실제적 실현을 구한다면 실패로 끝나기 쉽다. 거기엔 반드시 '관능적 아름다움'의 요소가 끼어들어야만 단순한 구호로서가 아니라 진정한 실천으로서의 비폭력이 가능해지는 것이다.

나는 가끔씩 백일몽(白日夢) 중에 진짜로 야하디야한 여인을 상상하곤 한다.

초미니스커트를 입은 여인(그 스커트는 양옆이 찢어져 있다). 그 여인의 목과 허리엔 황금으로 만든 비단뱀 모양의 목걸이와 허리띠가 둘둘 감겨 있다. 송곳같이 뾰족한 하이힐(물론 샌들형이다)에는 길게 구부러져 휘감긴 색색가지 발톱들이 뱀의 혓바닥처럼 날름거리고, 그녀의 백설탕처럼 흰 발목에는 역시 뱀모양의 발찌가 칭칭 둘러져 휘감겨 있다. 그녀의 머리칼도 초록색과 연두색, 그리고 노란색이 뒤범벅이 된 산더미처럼 큰 가발이다. 그 가발을 하나하나 벗길 때마다 다른 색깔의 가발들이 속에서 차례차례로 요염한 관능미를 풍기며 솟아 나온다…….

아름다운 여자는 관능적인 여자고, 관능적인 여자가 야한 여자다. 아, 그런 여자를 백일몽에서만이 아니라 실제로 어서 만나보고 싶다.

(1994. 2)

나는 야한 여자가 좋다

내가 좋아하는 여자는 '야한 여자'다.

내가 가장 자주 사용하는 말이 '야하다'라는 말인데, 처음에 이 말을 듣는 사람들은 "그게 정말이냐?"고 반문하는 경우가 많다. 나는 '야하다'는 말을 '최고로 아름답다'는 뜻으로 쓰기 때문이다.

아직도 '야하다'는 말은 '천박하다', '야비하다'는 뜻으로 사용되고 있다. 국어사전을 찾아봐도 '야하다'를 "깊은 맛이 없이 천하게 아리땁다"고 정의하고 있다. 하지만 나는 그렇게 생각하지 않는다. '야하다'의 어원을 나는 '野하다'로 보아 '본능에 솔직하다', '천진난만하게 아름답다', '동물처럼 순수하다'의 의미로 받아들이고 있다.

함석헌 선생의 대표적 에세이 가운데 「야인정신(野人情神)」이란 글이 있는데, 그 글에서 함 선생은 '야인(野人)'을 '문명인(文明人)'과 대비시켜 이야기하고 있다. 문명인이 이기적 명예욕과 윤리적 허위의식으로 가득 차서 윤리적 명분을 좇아 살아가는 사람이라면, 야인은 스스로의 본성에 충실한 자연아(自然兒)라고 설명한다. 그러면서 문명인의 대표적 인물로 공자를 들고, 야인의 대표적인 인물로 장자를 들고 있다.

함 선생의 글에는 물론 '야한 여자'에 대한 언급은 없다. 하지만 나는 남자건 여자건 야인정신을 가진 사람을 우선 '야한 사람'으로 간주하고 싶다.

그래서 '야한 여자'의 첫째 가는 조건은 우선 '야한 마음'이다. 흔히들 '야한 여자'를 '화장을 많이 한 여자', '화려하고 선정적인 옷차림을 한 여자'로 보고 있는데, 그 설명이 틀린 것은 아니지만 '겉으로만 야한 여자'를 가리키고 있기 때문에 불충분한 설명이라고 나는 생각한다.

물론 마음이 야하면 겉도 야해진다. 그러나 '진짜 야한 여자'가 되려면 겉과 속이 다 야해져야 될 것이다. 특히 요즘같이 '겉만 야한 여자'가 점점 늘어나고 있는 추세에서는 '겉만 야한 여자'를 보고 '진짜 야한 여자'로 속기 쉽다. 마음이 야하다는 것은 본능에 솔직하다는 뜻이다. 정신주의자가 아니라 육체주의자란 뜻이다.

우리가 갖고 있는 본능은 동물의 그것과 크게 다르지 않다. 즉 식욕과 성욕이 우리가 살아가는 원초적 이유이고 우리의 실존 그 자체가 된다. 그 가운데서 나는 성욕이 더 중요하다고 생각하는데, 사랑에 대한 욕구 없이는 식욕조차 충족시킬 수 없기 때문이다. 우리가 먹는 음식물들은 모두 자웅교배의 결과요, 사랑의 부산물이다. 그리고 '사랑'은 '성적 욕구'와 크게 다르지 않다.

그러므로 야한 마음을 가진 여자는 성적 욕구에 솔직한 여자이고, 성적 욕구에 솔직하다 보면 아름다움에 대한 욕구에도 솔직해진다. 아름다움이란 결국 이성에게 사랑을 받고 싶고, 이성의 눈에 쉽게 띄고 싶고, 이성에게 섹스어필하고 싶은 욕구의 결과로 나타나는 것이기 때문이다.

흔히들 말하는 '고상한 아름다움' 같은 것은 존재하지 않는다. 아름다움의 기준은 섹시하냐 그렇지 못하냐로 결정될 뿐이다.

그래서 '야한 여자'는 섹시한 여자이고 스스로를 섹시하게 꾸미는 데 당당한 여자다. 남이 뭐라든 화려하게 몸치장을 하고 선정적인 이미지로 자기 자신을 가꿔 나가는 여자다. 예컨대 손톱을 길게 기른 여자는 '야한 여자'다. 그러나 그 손톱에는 분홍색 같은 '고운' 빛깔의 매니큐어가 아니라 검은색이나 파란색 같은 '섬뜩한' 느낌을 주어 관능적 열정을 유발하는 빛깔의 매니큐어가 칠해져 있어야 한다.

송곳 같은 뾰족구두를 신은 여자는 '야한 여자'다.

화장을 그로테스크하게 한 여자도 '야한 여자'다.

그리고 사랑에 용감한 여자 또한 '야한 여자'다.

(1989. 1)

내가 쓴 소설들

　나는 지금까지 소설로 『권태』, 『광마일기(狂馬日記)』, 『즐거운 사라』, 『불안』, 『자궁 속으로』, 『알라딘의 신기한 램프』, 『광마잡담(狂馬雜談)』, 『로라』, 『유혹』 등을 썼다. 그 중에서도 가장 애착이 가는 소설은 뭐니뭐니해도 『즐거운 사라』다.

　이 소설은 1990년에 씌어지고 1991년에 서울문화에서 출판됐는데, 검열기관인 '간행물윤리위원회'의 심의에 걸려 판매금지 처분을 받았다. 그래서 내가 다시 항의의 표시로 낸 것이 1992년판(개정판) 『즐거운 사라』(청하출판사)다. 그랬더니 당국에서는 나에게 '괴씸죄'를 적용하여 1992년 10월 29일에 나를 전격 구속하였다. 우리나라에서는 물론 외국에서도 없었던 '외설작가 구속' 첫 번째 사건이었다. 그해 12월 28일에 내린 유죄판결로 인해 나는 '전과자'가 되었고 학교(연세대)에서도 잘렸다. 그리고 1994년에 내린 항소심 재판 결과도 '유죄'였고, 1995년 나온 대법원 최종심도 '유죄'였다. 그래서 지금도 『즐거운 사라』는 판매금지 상태로 있다.

　『즐거운 사라』는 오히려 일본에서 큰 환영을 받았다. 1994년에 일본에서 번역판이 나왔는데, 일본에서 번역 소개된 한국 소설 가운데 제일 많이 팔려 베스트셀러가 되었다. 그러고 보면 나는 일본에 한국 문학을 수

출한 공로자인 셈이다. 그런데도 아직 한국에서 그 책이 판매금지라는 것은 진정 아이러니라 하지 않을 수가 없다.

『즐거운 사라』 다음으로 애착이 가는 소설은 2005년 해냄출판사에서 낸 『광마잡담』이다. 이 소설은 옴니버스 형식으로 구성된 일종의 전기소설집(傳奇小說集)이다. 처녀귀신, 도깨비, 꽃의 요정, 외계인 여성 등과 갖는 연애담을 위주로 한 몽환적 판타지 소설이다. 우리나라 소설의 전통은 원래 '전기(傳奇)'에 있는데, 나는 그것을 현대까지 계승시켜 보려는 목적으로 『광마잡담』을 썼다.

연작소설집으로는 『광마일기』와 『알라딘의 신기한 램프』가 있다. 『알라딘의 신기한 램프』는 두 권으로 된 아주 두꺼운 책인데, 역시 섹슈얼 판타지를 다루고 있다. 그리고 『광마일기』는 나의 체험에 바탕을 둔 사소설(私小說) 형식으로 되어 있다. 독자들한테는 이런 연작소설집이 크게 환영받았다. 아마도 단편은 장편에 비해 읽는 속도감이 빠르기 때문이 아닌가 한다.

나는 지금까지 소설과 시를 쓰면서 편집자들로부터 원고를 거절당한 경우가 많았다. 너무 야하다는 것이 주된 이유였다. 요즘은 사실 야한 이야기들이 보편화되어 있는데, 유독 내가 쓴 작품들만 '찍혀' 있다는 인상을 강하게 받았다. '표현의 자유'는 아직도 우리나라에선 머나먼 신기루인 것 같다. 그건 우리나라가 아직도 '문화적 후진국'이기 때문일 것이다.

나는 단편을 쓸 때 글의 분량을 차츰 줄여나가고 있는데, 우리나라 단편들은 길이가 너무 길다고 생각하기 때문이다. 단숨에 읽히려면 분량이 짧아야 한다. 그래서 나는 '콩트'와 '단편'의 구별은 필요없다고 생각한다.

소설의 발전을 위해서는 일체의 '금기'가 사라져야 한다. 소설(또는 시)

은 '금지된 것에의 도전'이어야 하고 '기성 윤리에 대한 반항'이어야만 하는 것이다. 기성 도덕이나 윤리를 쫓아가다 보면 작가의 개성과 '끼'는 질식되고 만다.

시에서건 소설이나 수필에서건, 나는 늘 '반항정신'을 소중한 재료로 사용하고 있다. 체제에 순응한다면 그것은 문학이 아니다. 그런 반항정신에 약간의 '퇴폐'와 '감상(感傷)'을 섞어 넣는 것이 나의 문학 작법(作法)이라고 할 수 있을 것이다.

(2007. 4)

자살의 명예성에 대하여

솔직히 말하여 나는 민충정공(閔忠正公)을 존경하지 않는다. 확실한 사료에 의한 증거를 제시할 순 없지만, 어쩐지 그가 민비(閔妃)와 인척관계였기 때문에 남보다 쉽게 높은 직위에까지 올라간 것 같은 생각이 들기 때문이다.

물론 그가 꽤 똑똑한 인물이요, 의협심과 정의감이 넘치는 사람이었다는 것은 인정한다. 하지만 그가 단지 을사보호조약이라는 국가적 치욕에 분개하여 자결했다는 이유 하나만으로 숭앙되고 있다는 사실에 대하여 나는 의아심을 가진다. 자살한 게 뭐가 그리 대단한가?

인생의 마지막 장(章)을 명분 있는 자살로 마감하여 유명하게 된 이는 민영환 말고도 여러 명 있다. 이준 열사도 그 중의 하나요, 구한말의 꼿꼿한 선비였던 황현 선생도 그 중의 하나다.

또 예술가 가운데도 자살하여 더욱 유명해진 이들이 많다. 시인 김소월과 이장희, 극작가 김우진과 가수 윤심덕(이 두 사람은 정사(情死)다) 같은 이들이 그렇다. 네덜란드의 화가 빈센트 반 고흐도 그렇다.

우선 이런 것을 한번 생각해 보자. 어떤 수단을 쓰든 어떤 경로에 의해서든 일단 일정한 지위에 올라간 이가, 막판에 가서 자살이든 무슨 선언이든 아무튼 간에 대의명분이 뚜렷한 어떤 데몬스트레이션을 했다고 해서 그 사람을 높이 평가할 수 있을 것인가 하는 문제다.

이 문제에 대해 생각할 때마다 내게 항상 찜찜한 느낌을 주는 것은 바로 충정공 민영환의 존재다. 만약에 그가 높은 벼슬에 있지 않은 필부에 불과했다면 그의 자살이 이토록 기리어졌을까?

사람은 늙어서 노탐(老貪)이 없어야 하고 말년에 추한 꼴을 보이지 말아야 한다는 말에는 전적으로 동조하지만, 그 사람의 마지막 행동(정의감에 의한 것이든 명예욕에 의한 것이든) 하나만 가지고 그 사람의 좌충우돌식 인생역정이나 파렴치한 출세과정이 너그럽게 덮어질 수 있다는 식의 생각에는 찬동할 수 없다.

나는 세간에서 꽤 고상한 직업이요 양심적 직업이라고 인정받는 대학교수로 지내온 지난 20여 년 동안 위와 같은 의문을 여러 번 느껴볼 기회가 있었다. 대학교수라는 직업(또는 지위)에 투신하기 위해 수단방법 안 가리고(더 구체적으로 말하자면 있는 빽 없는 빽 동원하여) 날뛰던 사람이, 일단 교수라는 직함을 자기 이름 석 자 위에 붙이게 되고 나면 소위 민주인사나 양심적 학자로 둔갑하는 경우를 많이 목격했기 때문이다.

특히 내가 전임강사를 시작한 게 유신 말기여서, 그 뒤에 10 · 26과 5 · 18, 그리고 6 · 29 등의 격동기를 지나왔기 때문에 더욱 그런 사람들을 많이 보게 되었는지도 모른다.

대학교수는 일단 한 번 임용되면 여간한 죄목이 아니고서는 면직되지 않기 때문에 더욱 그런 것 같다. 이를테면 5공화국 전두환 정권 시절 소위 낙하산 인사로 교수가 된 사람이, 6공화국이 시작되자마자 급격히 민주적 발언이나 양심선언 같은 것으로 곡학아세(曲學阿世)하는 것을 많이 보았기 때문이다.

학생이나 일반인들은 그래도 대학교수라면 일단은 봐주고 들어가는 게 있기 때문에 그런 카멜레온 같은 교수가 벌이는 한판 쇼에 쉽게 속아 넘어가게 되는 것 같다. 내 생각에 그런 교수는 어용교수보다 더 파렴치하고 후안무치한 기회주의자인 것같이 보인다.

또 이런 것도 한 번 생각해 보자. 자살이 왜 그렇게 칭찬받아야만 하는가 하는 문제다. 실연해서 자살하면 감상적인 자위행위고 염세자살이면 병신짓인데 대의명분에 들어맞는 유서 한 장 남기고 죽으면 무조건 열사나 의사가 될 수 있는 것일까?

어떻게 죽든 간에 죽는다는 사실에 있어서는 똑같은 죽음이다. 자살 역시 어떤 식으로 자살하든지 똑같은 자살이요 비겁한 포기행위다. 그런데 같은 자살이라도 '막판 뒤집기' 여부에 따라 그토록 상반된 가치평가를 받아야만 하는 것일까?

나는 고등학교 국어교과서에 김동리의 소설 『등신불(等身佛)』을 수록해 놓은 것에 대해 오래 전부터 불만이 많았다. 한창 희망을 갖고 자라나야 하는 청소년들에게 자살을 미화시키는 내용의 소설을 모범적인 소설의 본보기로 가르친다는 게 도무지 말도 안 되는 것 같아서였다.

소신공양(燒身供養)이 자살과 무슨 차이가 있을 수 있는가? 게다가 주인공이 자기의 온몸에 기름을 먹여서 되도록이면 오래 타도록 하고서 분신자살하는 『등신불』의 내용은 생각만 해도 끔찍하다. 그건 불교의 정수와는 너무나 거리가 멀다. 특히 대승불교에서는 극단적 정신주의나 극단적 육체주의도 다 함께 부정하는 중도(中道)의 사상이 핵심이 되기 때문이다. 나이 어린 고등학교 학생들은 『등신불』을 읽고 자칫하면 불교적 가르침의 핵심이 극단적 자기학대나 쾌락부정(고행)인 것으로 알아버리기 십상이다.

그래서 나는 요즘같이 정치적으로 어지러운 세태 속에서 많은 지식인들이 철저한 명예욕 추구 때문에 변칙적 명분주의로 흐르는 것을 안타깝게 생각한다. 결과가 좋다고 해서 과정이나 수단을 정당화할 수는 없다. 빽 써서 출세한 사람이 아무리 자유와 민주를 외치더라도 그 말에 속아서는 안 된다.

또 그 사람이 최후의 수단으로 명분 있는 데몬스트레이션을 위해 자살까지 간다고 하더라도(사실 거기까지 가는 지식인은 드물지만), 그의 신경질적으로 용감한(?) 행위가 무조건 칭찬받아서는 안 된다.

그 따위 용감보다는 차라리 비겁한 침묵이 낫다.

(1998. 7)

봄바람이 불 때면

여자만 봄을 앓는 게 아니라 남자도 봄을 앓는다. 봄은 역시 사랑의 계절이기 때문이다. 봄엔 우선 여자들의 옷차림이 화사해지고 또 가벼워지기 때문에 욕정의 불길이 활활 타오르지 않을 수 없다.

나는 봄이 올 때마다 채동선 작곡의 가곡 〈망향〉을 자주 부르곤 하는데, 박화목 시인이 쓴 가사가 애절한 멜로디와 너무나도 썩 잘 어울리기 때문이다.

꽃피는 봄 4월 돌아오면
이 마음은 푸른 산 저 넘어
그 어느 산 모퉁길에
어여쁜 님 날 기다리는 듯
철따라 핀 진달래 산을 덮고
머언 부엉이 울음 끊이지 않는
나의 옛고향은 그 어디멘가
나의 사랑은 그 어디려가
날 사랑한다고 말해 주렴아, 그대여
내 마음속에 사는 이 그대여

이런 가사로 되어 있는 〈망향〉은 고향에 대한 그리움과 함께 '마음속에 사는 님' 그러니까 '미지(未知)의 님'에 대한 그리움을 노래한다. 고향에 대한 그리움이 님에 대한 그리움과 함께 겹쳐서 몰려오는 까닭은 '고향'이 갖고 있는 상징적 이미지가 '자궁'의 이미지와 통하기 때문이다. 인간은 누구나 어머니의 자궁 속으로 돌아가고 싶어하는 본성을 지니고 있는데, 그곳은 정말 고향처럼 아늑하고 포근했던 곳이라서 그럴 것이다. 특히 자궁을 가지고 있지 않은 남자는 여자보다 더 자궁을 그리워할 수밖에 없고, 따라서 자기를 어머니처럼 포근하게 돌봐줄 구원(久遠)의 님을 그리워하지 않을 수 없다.

여자들은 봄이 되면 자기에게 '씨'를 흩뿌려줄 남성을 그리워하게 되고, 남자들은 '어머니 같은 님'을 그리워하며 긴긴밤을 고독으로 몸부림치게 된다.

하지만 그런 '님'이 과연 이 세상에 존재할 수 있을까? 한평생 찾아다닌다고 해도 우리는 그런 '님'을 도저히 만날 수 없을 것이다. 그래서 김영랑 시인은 「내 마음 아실 이」라는 시에서 이렇게 노래하였다.

내 마음을 아실 이
내 혼자 마음 날 같이 아실 이
그래도 어디나 계실 것이면

내 마음에 때때로 어리우는 티끌과
숨김없는 눈물의 간곡한 방울방울
깊은 밤 고이고이 맺은 이슬 같은 보람을
보밴 듯 감추었다 내어 드리지

내 마음을 알아줄 그 '님'이 언젠가 나타난다면, 나는 그 님에게 마음의 '티끌'과 '간곡한 눈물'과 '이슬 같은 보람'을 선물로 드리겠다는 것이다. 하지만 이 시의 마지막 부분은 "사랑도 모르리, 내 혼자 마음은"으로 끝나, 결국 그런 완벽한 님을 만난다는 것은 헛된 신기루에 불과하다는 결론을 내리고 있다.

하지만 인간은 그것이 실현 불가능인 줄 알면서도 한평생 진짜 사랑을 찾아 헤매다니게 되는 운명을 지고 태어났다. 그래서 우리는 시나 영화나 소설을 통해서, 그것이 비록 허구인 줄 뻔히 알면서도 아쉬운 대로 사랑에 대한 갈증을 대리충족 받는 것이다.

나 역시 마찬가지여서, '진짜' 님은 아직껏 만나지 못한 채 내가 쓴 시에다가 그런 님을 창조해 놓고서 안쓰러운 대리충족감을 맛보고 있다.

내 사랑, 언제나 나의 허무를 관능으로 메꿔주는
내 사랑, 언제나 나의 고독에 노예처럼 매달리는

내가 쓴 「연가」의 일절이다. 아, 이 봄엔 제발 꿈 속에서나마 그런 님을 만나보고 싶다. 그래서 산들거리는 봄바람 속에 함께 둥실둥실 녹아들고 싶다.

(2004. 4)

폴린 레아주의 소설 『O의 이야기』

    내가 폴린 레아주(Pauline Reage)의 『O의 이야기(*Histoire d'O*)』를 처음 접한 것은 1984년의 일이다. 그때 나는 성심리문학에 관심을 갖기 시작하여 동서양의 성심리소설들을 이것저것 구해서 탐독하고 있었는데, 우연히 연세대 도서관에서 1960년에 출간된 『O의 이야기』 한국어 번역본을 발견하게 되었다. 조잡한 발췌역이었지만 내용이 무척 마음에 들어서 나는 그 뒤로 미국에 주문하여 영역본을 구해 읽었고 이 책에 대한 소개문을 『현대문학』 지에 실었다. 그리고 그 글을 다시 첫 에세이집 『나는 야한 여자가 좋다』에 싣자 우리나라에도 꽤 널리 알려지게 되어 그 결과 완역본이 두 군데 출판사에서 나오게 되었다.

    난 『O의 이야기』를 읽고서 큰 감동과 영향을 받았는데, 첫째는 이 소설에 '도덕적 설교' 부분이 하나도 없다는 사실 때문이었고, 둘째는 사도마조히즘이 그토록 기품 있고 운치 있게 그려질 수도 있다는 사실 때문이었다. 그래서 나는 이 책을 읽고 나서 내 머릿속에서 맴돌고 있던 많은 관능적 소재들을 과감하게 글로 옮겨봐야겠다는 결심을 하게 되었고, 그 전까지 지니고 있던 '양다리 걸치기' 식의 뜨뜻미지근한 문학관을 청산하게 되었던 것이다.

    『O의 이야기』는 서구의 성심리소설 가운데 가장 탁월한 작품이다. 20

세기에 나온 성심리소설의 걸작은 D. H. 로렌스의 『채털리 부인의 사랑』, 케셀의 『세브린느』, 아루상의 『임마뉴엘 부인』 같은 것들이라고 생각되는데, 그 중에서도 『O의 이야기』가 단연 최고라고 보는 것이다.

『O의 이야기』는 19세기 오스트리아 작가 작헤르 마조흐가 시작해 놓은 사도마조히즘 문학을 계승 발전시켜 놓은 작품이라고 볼 수 있다. 마조흐가 남성의 마조히즘 심리를 그린 데 비해 여성작가 레아주는 여성 마조히스트의 심리를 그리고 있다. 그런데 레아주는 마조히즘을 병적 정신상태로 보지 않고 인간 누구나 갖고 있는 보편적 심성의 일부로 보고 있다는 점이 특이하다고 할 수 있다. 여주인공 'O'가 마조히스트로 변신해 가면서 마치 수녀가 느끼는 것과 같은 종교적 법열감을 온몸으로 체험해 간다는 묘사는, 마조히즘이 단순한 변태성욕이 아니라 인류가 만들어낸 모든 문화구조, 특히 종교와 밀접한 관련을 갖고 있는 심리상태라는 사실을 잘 설명해 준다. 그런 점에서 볼 때 『O의 이야기』는 라이히의 『파시즘의 대중심리』나 에리히 프롬의 『자유로부터의 도피』와 주제면에서 맥락을 같이하고 있다고 할 수 있다.

내가 『O의 이야기』에 대해서 갖는 불만은 거기에 유미주의적 요소와 관능적 상상력의 요소가 빠져 있다는 사실이다. 『O의 이야기』에 등장하는 육체적 사도마조히즘은 채찍질 등 주로 거센 방법을 사용하고 있는데, 이는 서구인들 특유의 정신우월주의적 사고방식 때문이라 여겨진다. 육체를 학대해야만 정신이 맑아진다는 식의 중세기적 정신우월주의보다는, 페티시즘(fetishism)적 미의식을 통해 관능적 상상력을 동원하는 동양적 사도마조히즘이 한층 더 아름답고 건강한 에로틱 판타지를 제공해 준다. 그래서 나는 동양적 사도마조히즘에다 유미적 페티시즘의 요소를 가미하여 『권태』, 『불안』, 『광마일기』, 『알라딘의 신기한 램프』 등의 소설을 써보았다. 이런 작품의 창작동기에 『O의 이야기』가 크게 작용했던 것은 물론이었다.

　『O의 이야기』가 국내에 소개된 것을 계기로 하여, 나는 우리나라에서도 좀 더 솔직한 성심리 문학작품들이 나올 수 있는 자유로운 창작풍토가 조성되기를 간절히 바라고 있다. 성문제는 이제 더 이상 '강 건너 불'이 아니기 때문이다. 문학의 본령은 역시 리얼리즘에 있다고 볼 때, 성에 대한 리얼한 묘사 역시 절대적으로 필요한 것이며, 그래서 그것이 더 이상 문화 파쇼주의적 검열제도의 희생물이 돼서는 안 된다고 믿는 것이다.

(2001. 3)

한여름 밤의 푸념

요즘처럼 기운이 빠지는 때는 없다. 내가 워낙 여름을 타는 체질이기도 해서 그렇지만, 되는 일이 별로 없기 때문에 더욱 그렇다. 게다가 이런저런 자잘한 일로 만나야 될 사람, 참석해야 할 모임 등은 왜 그리 많은지, 도무지 피곤하기만 하다.

40대가 원래 바쁜 나이이고, 사회생활을 하다 보면 인간관계가 많아져서 쓸데없이 분주해지는 탓이기도 할 것이다. 계속해서 날아드는 결혼 청첩장, 끊임없이 걸려오는 전화……. 물론 너무 일거리가 없고 만날 사람이 없어도 문제겠지만, 나같이 마음이 소심한 사람의 경우라면 요령껏 거절을 못하는 성미이기 때문에 정신적으로나 육체적으로나 녹초가 될 수밖에 없는 것이다.

그러면서도 나는 온종일 아프고 온종일 외롭다. 피워대는 줄담배로 기관지가 거의 다 절단난 상태이고, 소화불량에다가 만성감기가 겹쳐 나를 항상 괴롭힌다. 약한 사람이 큰 병은 없다는 말이 있어 자위를 해보기도 하지만 그래도 하루하루를 버텨나가기가 고통스럽다.

몸이 약질이고 나이도 불혹을 넘기다 보니 여자에도 자신이 없어져서 연애는 엄두도 못 내겠다. 데이트라는 걸 해본 지가 정말 몇 년이나 되었다. 남들 같으면 토끼 같은 자식들을 어르면서 마누라와 함께 오순도순 그런대로 행복하게 살아갈 수도 있는 나이인데, 내가 어쩌다 이렇게 됐는지 모르겠다는 생각이 든다.

하지만 가만히 따져보면 이런 것도 다 팔자소관인지도 모른다. 우선 나는 외적인 활동력보다는 내적인 상상력, 그것도 관능적 상상력 쪽으로만 너무 발달(?)한 체질이기 때문에, 도저히 평범하고 안온한 생활을 견디지 못한다. 그렇다고 해서 내가 카사노바처럼 화려하고 정력적으로 살아갈 만한 체력도 배짱도 타고나지 못했기 때문에, 결국은 예술적인 공상이나 학문적인 잡념 쪽으로 빠져들 수밖에 없는 것이다.

최근에는 소설을 많이 썼지만, 소설을 쓰기 이전에 시나 논문을 많이 쓸 때도 나는 여전히 마음만은 야했고, 늘상 백일몽 속에 잠겨들기를 잘했다. 그래서 나는 예술적 기질은 충족되지 못한 성욕으로부터 나오고, 그래서 예술가는 모두 다 일종의 변태라는 프로이트의 학설에 공감한다. 그리고 '예술가'의 범주 속에는 학자나 정치가 등도 포함된다고 믿는 것이다. 어떠한 표현욕구든 간에, 그 근본적 동기는 역시 '욕망의 대리배설'에 있다고 보기 때문이다.

그래서 나는 처음에는 시로, 그리고 몇 년 전부터는 소설을 쓸 기회를 얻어 소설을 통해서 에로틱 판타지를 대리배설시키는 데 주력하였다. 그러다가 이상한 인연으로 영화에도 관심을 가지기 시작했다. 처음에는 글을 쓰는 게 재미있었고, 그런대로 실제 연애를 하는 것보다 낫다는 생각조차 들었다. 그리고 내 소설 『권태』로 영화를 한 편 만들어보고 싶다는 욕구 때문에 일을 벌이게 됐는데, 그것은 나의 상상력을 실제 화면을 통해서 구체적으로 재현시켜 보고 싶은 마음에서였다.

그런데 내가 요즘 절실히 느끼게 된 것은, 영화 만드는 일이 연애하는 일만큼이나 어렵다는 사실이었다. 글을 쓰는 일은 혼자서 하는 자위행위와 다를 바가 없지만, 영화를 만들려면 반드시 '배우'가 있어야 하기 때문이다. 올해(1991) 초부터 배우감을 찾아보기 시작했는데 번번이 거절을 당하다보니 나는 요즘 여자에 더 자신이 없어지고, 나의 예술세계에 대해서 크게 회의하게 되었다. 제자들을 중심으로 구성한 스태프들도 기운이 빠지고 녹초가 되어버렸다.

내가 너무 눈이 높아서가 아니다. 영화는 어쨌든 '깨어 있는 꿈꾸기'이기 때문에 여배우만큼은 웬만큼 예뻐야 한다. 그런데 내 이름만 들어도 겁을 내어 만나주지를 않고, 만나준다 하더라도 시나리오를 보여주면 다 도망가는 판이니 아무리 야한 쪽 상상력에 깡이 센 나라고 하더라도 풀이 죽지 않을 수가 없다. 우리나라의 전체 분위기가 요즘 다시 보수적으로 흘러가기 때문이기도 하겠지만, 어쨌든 나는 나의 표현욕구에 대해서 재수정을 하지 않으면 안 된다는 강박관념을 가지기에 이르렀다. 여성들의 치마는 점점 더 짧아지고, 대부분의 표현매체들은 은근히 관능적인 쪽으로 발전해 가고 있는데, 우리나라 여자들은 여전히 지극히 안 야한 쪽에 머물러 있다. 아니, 남자들은 더해서, 아무리 진보적인 정치사상을 가지고 있는 대학생이라 할지라도 성관(性觀)이나 애정관만큼은 조선시대의 윤리에 그대로 머물러 있다. 예술가들 역시 그것은 마찬가지다.

이런 식으로 내가 위축되다 보니 요즘은 글 쓰는 데까지 영향을 미친다. 그래서 작년(1990)에 탈고한 장편소설 『즐거운 사라』를 출간하려고 교정을 보다가 너무 야한 것 같아 부분적으로 수정하게 되는 결과를 낳고 말았다. 작년에 쓸 때는 아무렇지도 않게 뻔뻔했는데, 다시 읽어보니 너무 퇴폐적(?)인 것 같아 덜컥 겁이 난 것이다.

이번 여름은 그래서 이래저래 우울하다. 빨리빨리 정신을 수습해 가지고 다시금 나의 원위치로 되돌아가야 하겠는데, 과연 어떤 방식으로 살아가야 할지 감이 안 잡힌다. 연애도 그렇고 창작도 그렇고, 모든 것이 답답하게 느껴지기 때문이다. 하지만 이런 생각을 하고 있는 게 나만은 아닐 거라는 생각도 든다. 어떤 형태로든 우리나라의 사회 분위기는 답답해져 가고 있다. 그래서 사람들은 더욱더 주위의 눈치를 보며 이중적(二重的)으로 행동할 수밖에 없다.

(1991. 7)

나는 헤픈 여자가 좋다

내가 짓고 싶은 집

우선 나무로 된 집을 짓고 싶다. 지금은 콘크리트로 새로 지어 아주 볼품없는 산장이 되고 말았지만 그 이전까지의 내설악 백담산장(百潭山莊)은 나무로 지은 집이라서 너무나 멋이 있었다. 나무 껍데기를 붙여 만든 지붕과 벽 그리고 실내장식들이 아주 푸근한 맛을 주었다.

요즘 우리나라에서도 미국의 건축회사와 제휴하여 통나무를 쓴 목조가옥을 지어주는 회사가 생겼다고 한다. 나는 나무로 지은 집은 수명이 짧을 줄 알았는데 콘크리트 집보다 오히려 수명이 길다고 하는 신문기사를 읽고 꽤나 놀랐다.

나무는 살아서 숨을 쉰다. 그래서 목조가옥은 통풍이나 방습, 보온 효과가 뛰어나다. 우리의 선조들이 집 짓는 데 나무를 이용했던 것은 다 까닭이 있었던 것 같다. 물론 화재에 약한 것이 단점이긴 하지만 그 정도쯤의 단점은 다른 장점으로 얼마든지 절충이 될 것 같다.

우리나라의 전통가옥은 나무뿐만 아니라 흙도 많이 들어간다. 흙 역시 방습이나 보온 효과가 우수하다. 기와집을 지을 때 지붕 안에 흙을 많이 집어넣은 것은 그런 이유에서였을 것이다.

하지만 기와집은 현대식 생활을 하기엔 아무래도 불편하다. 그래서 나는 흙벽을 쌓고 나무로 기둥을 세우고 하는 것 등은 재래식 방법대로 하고 집의 모양만은 산장 식으로 짓고 싶다.

'산장' 하면 생각나는 이미지는 역시 유럽의 스위스나 노르웨이 등지에 세워져 있는 산장들이다. 크리스마스 카드에 자주 등장하곤 하는 그림같이 예쁜 모양의 집이다. 주변에는 꼿꼿이 뻗어 올라간 전나무들이 있고 먼 산 위에는 언제나 흰눈이 뒤덮여 있다. 전나무 숲이나 흰눈으로 뒤덮인 산봉우리는 우리나라엔 없다. 그렇지만 잣나무, 참나무, 오크나무 등이 울창하게 들어서 있는 숲 속에다 산장을 지으면 별로 손색이 없을 것 같다.

산장식 주택을 지은 다음에 나는 전기를 사용하지 않고서 한번 살아보겠다. 밤마다 촛불이나 램프로만 불을 켜고 지내보겠다. 그러면 마음이 무척이나 한가롭고 여유있게 될 것 같다. 라디오나 텔레비전을 무시하고 살 수는 없으니(이 시대는 정보화시대이므로) 전기선을 끌어들이되 조명용으로는 사용하지 않는 것이다.

하지만 지금까지 얘기한 것은 사실 꿈 같은 얘기다. 서울에 직장을 둔 나로서는 숲 속의 산장에 살면서 과연 출퇴근을 제대로 할 수 있을지 의문일 뿐더러, 그런 집을 지으려면 집의 모양만 좋아서는 안 되고 꽤 넓은 터가 필요할 것이기 때문이다.

또 터만 넓어서 되는 게 아니라 주변경관이 아주 좋아야 한다. 그러니 그런 집을 지을 만한 땅을 서울 근교에서 어떻게 찾을 수 있을 것인가? 그렇다면 상주(常住)할 집은 기동성과 편리성을 위해 그냥 시내의 아파트로 하고 주말에만 시내에서 멀리 떨어진 산장에서 지내면 된다는 방안이 나온다. 하긴 아닌게 아니라 요즘 그렇게 살고 있는 사람들이 점차 늘어나고 있다.

그러나 그런 식의 생활이 아직은 나에게는 사치로 여겨진다. 상당한 부자가 아니면 불가능할 것 같다. 또 나는 몹시도 게으르고 무기력한 체질이어서(운전도 못하고, 테니스나 기타 다른 스포츠를 하는 게 하나도 없다) 주말마다 부지런하게 서울과 별장 사이를 왔다갔다할 자신도 없다.

그러니까 결국 절충을 한다면 시내에서 살긴 살되 아파트가 아닌 단독주택에서 살고 단독주택을 별장식 외관으로 하여 나무로 지으면 된다는 얘기가 된다. 아닌게 아니라 연세대학교 뒷산에는 해방 전에 선교사들이 지은 집이 여러 채 있는데 아주 그림같이 예쁘게 생겼다. 그래서 나는 연세대 뒤 봉원사 부근의 숲 속에 땅을 구하여 거기에다 집을 짓고서 살고 싶다.

집 뒤부터 그린벨트로 되어 있으면 언제나 숲을 바라보면서 살 수 있을 것이다. 땅값이 비싸므로 마당은 단념하기로 한다. 그린벨트 지역이 모두 우리집 마당 역할을 해줄 테니까. 집의 크기도 너무 클 필요는 없다. 건평이 한 마흔 평 정도면 족할 것이다.

글쎄, 과연 내 꿈이 이루어질 수 있을까?

(1999. 3)

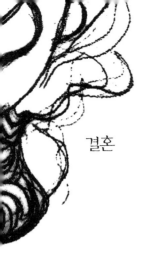

결혼

　남자는 '비행기 타고 씨 뿌리는 자'이고 여자는 '떨어진 씨를 받아 키워 가는 밭'이다. 흔히들 남녀의 육체관계를 '밤농사'로 이름 붙이기도 하는 데, '밤농사'와 '밭농사'는 발음까지 비슷하게 닮아 있다.

　생태계의 무수한 생물들, 특히 동물들을 보면 그래서 일부일처제로 살아가는 것이 드물다. 대개가 일부다처제다. 호랑이나 사자 등 일부일처제로 살아가는 동물도 있지만 종족번식을 제대로 못하기 때문에 거의 멸종단계에 있다. '씨 하나에 밭 하나'는 종족번식에 있어서만은 확실히 비경제적이다. 이왕이면 '좋은 종자 하나에 밭 여러 개'가 더 좋은 것이다.

　그렇다고 해서 일부다처제가 수컷들에게 무한한 쾌락을 제공하기 위해서 만들어진 것은 아니다. 수놈은 다만 '씨받이'의 대상이 될 뿐, 대개는 그 이상의 역할도, 권위도 누리지 못한 채 죽어버린다. 벌의 경우가 그렇고, 개미가 그렇고 사마귀가 그렇다.

　이슬람교 문화권에서는 지금까지도 일부다처제가 허용되고 있다. 남자 한 사람이 여자 넷까지 거느릴 수 있게 되어 있는 것이다. 그러나 이러한 남성 중심의 가족제도가 꼭 남자들의 한없는 성욕 충족을 위해 만들어진 것은 아니다. 마호메트가 조각조각 여러 부족으로 갈라진 아라비아 반도를 여러 차례의 전쟁을 통해 통일시키고 나서 보니 전쟁터에서 너무나 많은 남자들이 죽어버렸다. 청상과부도 많이 생기고 시집 못 가고 생으로 늙어가는 노처녀도 많이 생겼다. 그녀들에겐 성문제보다도 생계문제가 더 시급했다. 그래서 마호메트는 "능력 있는 남자라면 여자 넷까지는 먹여 살려야 한다"고 명령하여 일부다처제를 법제화시켰던 것이다.

원래 인류는 원시시대에는 다부다처제였다. 말하자면 집단 동거요, 잡혼(雜婚)이다. 어머니는 알아도 아버지는 누군지 모른다. 대개의 동물들처럼 그때의 인간은 오직 어머니의 손에 의해 키워졌다. 그래서 '오이디푸스 콤플렉스'도 없었고, '엘렉트라 콤플렉스'도 없었고, 그러한 심리에서 나오는 '부친살해욕구(父親殺害欲求)'도 없었다.

수많은 천재나 위인들이 일찍이 아버지를 여의고 홀어머니 손에 의해서 자라났다. 공자와 맹자가 그렇고 톨스토이가 그렇다(나중엔 아예 어머니마저 돌아가 친척에 의해 양육되었지만). 양친부모가 다 계셔야 훌륭한 가정교육이 이루어지는 것은 아니다. 아이는 아버지 없이 어머니의 손에 의해서 키워지는 게 더 자연스럽다.

일부일처제가 제도로서 확립된 것은 대지주가 생기고 권력자가 나타나면서부터다. 그들은 적자와 서자를 구별지어야 했고 그래서 재산의 안전한 상속을 도모해야 했다. 부부 간의 애정은 뒷전이었다. 완벽한 일부일처제까지는 아니더라도, 본처(本妻)와 첩을 구분지었던 것은 그런 이유 때문이다.

내 생각에 일부일처제는 서로가 서로를 '소유'로써 사랑하게 되기 때문에 별로 좋은 제도가 못 된다. 가족이기주의의 원천이라는 점에서도 그렇다.

그렇다고 일부다처제가 좋다는 말도 아니다. 급변하는 사회, 점점 성이 개방되어 가는 이 사회에서, 일부일처제는 초기 문명시대의 구태의연한

유물이라고 생각된다. 일부일처제도 아니고 일부다처제, 또는 일처다부
제도 아닌, 좀 더 자유로운 만남과 이별이 가능한 계약동거제도가 보편
화되어야만 한다.

(2004. 3)

여성기피증

 첫날밤, 그리고 일렁이는 촛불, 남김없이 벗어버린 신부의 알몸과 그 앞에 우뚝 선 신랑. 신랑은 어떤 감정으로 신부를 바라볼까. 그저 알딸딸하고 아찔해서 아무런 감정조차 느낄 수 없는 숫총각도 있겠고, 장난삼아 총각 딱지를 한두 번 떼어본 경험이 있는 신랑이라면 약간은 침착하게 낭만적인 감정을 가질 수도 있을 것이다.

 그런데 만일 이와는 상반되게 크게 거부감을 느끼거나 공포를 느끼는 신랑이 있다면 문제는 심각해질 것이다. 물론 이런 감정을 가질 남자는 흔할 리 없겠지만 없으란 법도 없다.

 존 러스킨. 19세기 영국의 비평계를 주름잡던 그는, 첫날밤에 신부의 벗은 알몸을 보고 충격을 받아 그 순간부터 여자를 가까이하지 못했다고 한다. 그때 그가 느낀 감정을 확실히 알 수는 없지만 여간 심각하지 않았으리라는 추측은 가능하다. 그리하여 그는 평생 동안 아내와 동침을 거부한 채로 살았다고 한다.

 러스킨과 비슷한 '여성기피증' 환자로는 영국의 유명한 극작가이자 소설가인 버나드 쇼를 들 수 있다. 그는 자신의 희극 『사람과 초인(超人)』에서 "모성(母性) 본능이야말로 인류의 진화를 가능케 한 원천적인 생명력의 표현이며, 따라서 연애에 있어서는 여성이 사냥꾼이고 남성은 노획물에 불과하다"라고 역설했다. 아버지 없이 어머니와 누이들 사이에서 자란 프리드리히 니체 역시 지나칠 정도로 여성을 멸시했는데, 버나드 쇼도 니체의 영향을 받아서인지 고정불변의 여성멸시증에 사로잡혀 있었다. 여성은 사냥꾼이고 남성은 노획물이라는 그의 역설을 놓고 볼 때 쇼는 여성 때문에 상당히 피해의식에 빠져 있었을지도 모르며, 그보다 한 단계 높은 여성공포증에 빠져 있지 않았나 싶다. 빼어난 미모의 여배우가 한 청혼을 물리친 그의 일화는 너무나도 유명하다.

29세의 청년시절, 연상의 과부가 유혹하는 대로 이끌려 평생 단 한 번의 남녀관계를 가졌던 쇼는 93세로 죽을 때까지 여자를 가까이하지 않았다. 엄격한 도덕의 실천을 부르짖은 윤리주의자 쇼는 죽을 때까지도 왕성한 창작활동을 지속했으며, 이러한 정력을 유지할 수 있었던 원인을 자신의 엄격한 금욕생활에서 찾고 있다.

『순수이성비판』으로 유명한 독일 비판철학의 대부(代父) 임마누엘 칸트 역시 총각으로 늙어 죽은 사람이다. 어려서부터 루터파(派)의 열렬한 신자였던 어머니의 영향을 강하게 받고 자란 그는 도덕적 · 이성적인 입장에서 기독교를 이론화시키려고 노력했다. 독신을 집요하게 고집했던 연유가 이러한 그의 철학적 기반에서 찾아진다.

생(生)철학의 대부이며 염세주의자였던 쇼펜하우어도 평생 동정을 지킨 사람이었다. 평범한 은행가인 아버지와 호사롭고 다채로운 여류문인인 어머니 사이에서 태어난 그는 어려서부터 어머니와 교분이 있던 괴테 등의 영향을 많이 받았다. 또한 플라톤과 칸트, 인도의 우파니샤드의 영향을 받은 그는 깨끗한 마음과 검소한 생활, 그리고 동정을 지키는 것을 성자의 이상으로 삼고 일생 동안 한 마리의 개만 데리고 살다가 저승으로 갔다.

지금까지 말한 인물들은 모두 세계적으로 그 명성을 날렸던 사람들이다. 그리고 그들의 성(性)에 대한 태도나 관념들을 엿볼 때 그 명성을 얻게 해준 것은 타고난 능력 외에 성욕을 창조적 활동으로 승화시켜 대리배설(카타르시스)시키고자 한 심층적 의도가 상당히 큰 영향을 미쳤으리라는 것을 짐작할 수 있다.

사디스틱(sadistic)한 본능이 승화되면 외과의사가 되고, 또한 관음증(觀淫症: 성행위 또는 이성의 나체 등을 보며 성적 오르가슴을 느끼는 것)의 본능이 승화되면 천문학자가 된다는 것이 이른바 '승화이론'인데, 일견 수긍하는 바가 없진 않지만, 그래도 일반인들 모두에게 적용되기는 어려운 이론인 것 같다. 쇼나 칸트 등의 인물들은 모두 다 지독한 정신우월주의자들이었을 뿐이다. 말하자면 그들이야말로 진짜 '변태성욕자'들이었던 셈이다.

아무튼 여자들보다는 남자들이 더욱 성적 결벽증이 심하고, 성문제에 비(非)개방적인 것만은 틀림없다. 우리나라의 경우도 마찬가지다.

왜 그럴까?

(2001. 4)

봄과 여성

음양오행설에서는 봄과 여름을 양(陽)의 계절로, 가을과 겨울을 음(陰)의 계절로 본다. 그리고 오행상으로 봄은 목(木), 여름은 화(火), 가을은 금(金), 겨울은 수(水)가 되는 것이다.

각 계절 사이의 환절기를 토(土)로 치는데, 음력으로 3월, 6월, 9월, 12월이 토(土)에 해당된다. 우리가 봄철이 되면 몸이 노곤해지고 졸음이 자주 오게 되는 것은, 목(木)에 해당하는 장기인 간(肝)에 부담이 많이 가기 때문이다. 한방의학에서는 간을 혈해(血海)라고 하여 피를 만들어내는 공장으로 본다. 또한 '肝'이라는 글자가 '고기 肉' 자와 '방패 干' 자로 만들어져 있는 것처럼 외부로부터 오는 모든 이물질과 병사(病邪) 등을 막아내는 역할을 담당하고 있는 것이 바로 간인 것이다.

봄에는 겨우내 죽어 지냈던 만물이 다시 소생하여 활기차게 새로운 삶을 시작한다. 그러자니 자연히 많은 영양소가 필요해질 수밖에 없다. 그래서 간이 맡은 일이 많아져서 자주 피로를 느끼게 된다. 또한 우리가 봄철에 환절기 감기나 갖가지 알레르기 증상에 시달리게 되는 이유는, 간이 영양소(즉 피)를 공급하는 데 급급하여 병사(病邪)를 막아내는 역할을 소홀히 하기 때문이다.

그렇다면 봄과 여성의 관계는 어떠할까. 봄이 되면 여성들은 대부분 매사에 민감한 반응을 보이고, 특히 바람기가 발동하여 이성을 향하는 마음이 활활 달구어지기 쉽다. 그 이유는 역시 봄과 간의 관계 때문이라고 볼 수 있다.

여성에게는 특히 간이 중요하다. 그래서 남자보다는 훨씬 더 간의 기능이 발달되어 있다. 똑같이 담배를 피우고 술을 마셔도, 여자는 남자보다 간암이나 폐암에 걸리는 확률이 낮다. 그것은 여자의 간이 외부로부터 오는 온갖 독소 등을, 남자의 간보다 훨씬 잘 해독시켜 주기 때문이다.

간이 여성에게 중요한 역할을 해주는 것은, 남자에 비해 여자들의 '방어본능'이 강하기 때문이라고 할 수 있다. 남자는 공격적이고 여자는 수동적이게 마련이다. 여성은 특히 자식을 잉태하고 분만하며, 또 잘 양육해 나가야 할 의무가 있기 때문에, 자식의 보호를 위해서는 간이 건강해야 하는 것이다. 임신 중의 여자들이 신 음식을 찾는 것은 간이 신맛을 좋아하기 때문인데, 뱃속의 태아를 보호할 필요가 있어 간의 역할이 훨씬 많아지기 때문이다.

그런데 봄이 오면 여자의 간 역시 남자와 마찬가지로 방어기능을 제대로 수행하지 못한다. 그래서 남자의 유혹에도 잘 넘어가고 바람이 나기도 쉬운 것이다. 봄이 목(木)에 해당한다면, 여성도 역시 봄처럼 나무의 성질을 가지고 있다고 볼 수 있다. 나무는 스스로 불을 태우지 못한다. 반드시 불을 붙여줘야 한다. 그래서 화(火)가 필요하게 되는 것인데, 어떤 남성이 왕성한 욕화(慾火)를 가지고 여성을 유혹했을 경우, 나무인 여성은 어쩔 수 없이 활활 타들어가 버릴 수밖에 없다.

봄철은 또한 온갖 나무들이 수태(受胎)하는 기간이다. 나무들은 봄철에 벌과 나비의 힘을 빌려 수정(受精)을 하고, 그것을 가을에 열매로 맺는다. 봄철에 꽃 등이 화려한 용자(容姿)를 자랑하는 것은 오로지 벌과 나비를 유혹하기 위한 목적에서다.

이와 마찬가지로 인간 역시 봄에 수태하고 가을에 생산하는 것이 원칙이기 때문에, 봄철에 여성들이 더 멋을 내고 남자들한테 추파를 보내게 될 수밖에 없다. 특히 사춘기 나이의 여성이라면, 봄철에는 아무리 못생긴 남자를 봐도 가슴이 울렁거리게 마련이다. 사춘기는 글자 그대로 인생의 '봄'에 해당하는 시기이기 때문이다.

그러나 여성에게는 제2의 사춘기가 또 있다. 폐경기 직전의 상태, 원칙적으로 40세 전후의 나이가 바로 제2의 사춘기에 해당되는데, 여자는 폐경기가 오기 전에 악착같이 최후의 발악(?)을 하여 남자를 유혹하고 싶어한다. 마지막 정열을 불태워 본능으로 타고난 수태(受胎)의 소임을 다하기 위해서다.

그러므로 젊은 여자든 중년여자든, 봄이 오면 남자를 아주 조심해야 한다. 별볼일 없는 남자한테 걸려들 염려가 많기 때문이다. 그러기 위해서는 방어기능을 맡은 간에 좋은 음식인, 신맛 나는 음식이나 과일 같은 것을 많이 섭취해 두는 것이 좋다. 간유(肝油)를 먹는 것도 좋은 방법이다.

그렇지만 역으로 생각해 볼 때, 봄은 외로운 여성들에게 새롭게 사랑을 불태울 수 있는 기회를 만들어주는 좋은 계절이라고 볼 수도 있다.

(2006. 3)

사랑도 선택

　연애심리학의 측면에서 볼 때 여성은 두 부류로 나누어질 수 있다. 하나는 '어머니형'이요, 다른 하나는 '자유연애형'이다. 어머니형의 여성은 결혼을 통한 가정생활에서 만족을 느끼고 성적 쾌감의 충족보다는 자식 기르는 일에 더 큰 성의를 보이는 유형을 말한다. 그리고 자유연애형의 여성이란 결혼을 속박으로 여겨 연애에 탐닉하고 자식에 대한 애정보다는 자기 자신에 대한 애정이 더 큰 유형을 가리킨다.

　나는 이 두 유형 이외에 한 가지 유형을 더 추가할 수 있다고 보는데, 자식에 대한 극진한 모성애를 갖고 있으면서도 남편을 보살피는 일이나 한 남편만을 고정적인 성적(性的) 대상으로 삼는 일엔 염증을 내는 '당당한 미혼모형'이 그것이다.

　유럽의 경우엔 당당한 미혼모형이 점점 더 늘어나 사회적으로 멸시받는 일 없이 떳떳하게 살아가고 있다. 자식 역시 사생아로 천대받지 않고 당당하게 행복을 추구해 갈 수 있다.

　우리나라는 아직도 '사생아'라는 딱지가 붙는 것을 아주 꺼리고, 또 피임교육도 제대로 이루어지지 않아 혼전에 아이를 가지면 낙태시켜 버리거나 내다 버리는 일이 빈번하게 벌어지고 있다. 모든 여성은 당연히 모성애를 가지고 있어야 하고 결혼을 통해서 낳은 아이만이 축복을 받을 수 있다는 편견이 지배하고 있기 때문이다. 성적(性的)인 편견이 인간의 운명을 출생 이전부터 지배하고 있는 셈이다.

　결혼이든 자식 낳기든, 이젠 어떤 획일적 기준을 강요할 수 없는 세상이 되었다. 자유연애형의 여성이 사회적 통념에 이끌려 시집을 간다면, 자신은 물론 남편이나 자식에게도 큰 불행을 안겨주게 된다. 또 어머니형의 여성이 경직된 여성해방론자들의 말에 속아 넘어가 결혼을 포기하고 무작정 사회참여를 하겠다고 덤벼들면 그 역시 불행하다. 그러므로 결혼이든 성(性)이든, 또는 순결이든 프리섹스든, 이제부터는 모든 게 '각자 선택'으로 해결되는 다원주의의 세상이 되어야 한다.

　'사라'가 혼전순결을 지키지 않고 자유로운 섹스를 즐겼다고 해서 더러운 여자로 비난받거나 세련된 여자로 간주되어서는 안 되고, '순이'가 혼전순결을 굳게 지켰다고 해서 촌스러운 여자로 치부되거나 고상한 여자로 치켜세워져서도 안 된다.

　여성과는 달리 남성에겐 '당당한 미혼부(未婚父)'형이 있을 수 없다. 아니, 남자에겐 '아버지형'이라는 자체가 없다. 많은 인류학자들이 지적하듯 원시인류는 '아버지'의 개념이 없는 모계사회였고 자식 기르기는 오로지 여자의 몫이었다. 그러므로 남성은 원칙적으로는 모두 다 '자유연애형'이라고 할 수 있다.

　물론 가정적인 성격의 남자가 우리 사회엔 많고 자식 기르기에도 열정을 보이는 남자들이 흔하다. 그러나 그런 남자들이 가정에 충실한 것은 선천적으로 타고난 부성애(父性愛) 때문이라기보다는 '소유욕'이나 '대(代) 잇기'에 대한 집착 때문이다. 그러므로 남성 역시 얼추 두 유형으로 나뉠 수 있는데, 하나는 '가정형'이요, 하나는 '자유연애형'이다. '가정형' 남성과 '어머니형' 여성은 겉보기엔 비슷해 보이지만 속을 들여다보면 판이하게 다르다. 여성은 오로지 자식 기르는 보람 때문에 가정에 충실한 것이고, 남성은 가장(家長)으로서의 권위 유지와 소유욕의 충족 때문에 가정에 충실한 것이다.

그런데 요즘은 이러한 성격패턴의 양상이 여러 모로 달라져가는 추세를 보이고 있다. 우선 가정형의 남자가 가장으로서의 권위를 유지할 수 있는 사회 분위기가 차츰 사라져가고 있고, 여성의 경우에도 자식 낳기를 원하고 모성애도 있지만 '자식 기르는 노동'은 귀찮아하는 이들이 늘어나고 있다. 그래서 자유연애형이 못 되는 남자들은 평생 동안 소외감과 열패감(劣敗感)의 늪에서 시달려야 하고, 어머니형의 여자들 역시 자기만 억울하게 혹사당하고 있는 듯한 억울감에 시달려야 한다.

어정쩡하기는 자유연애형의 남녀들 역시 마찬가지다. 아직도 대상을 바꿔가면서 하는 프리섹스는 탈선이나 타락으로 간주되기 쉽기 때문이다. 그래서 자유연애형의 남녀는 '독신주의'를 겉간판으로 내세우고 몰래몰래 연애를 할 수밖에 없는데, 그러다 보면 아무래도 찜찜한 부담감이 뒤따르게 된다.

그러므로 우리 사회에서 '각자 선택'의 다원주의적 성문화가 뿌리내리기엔 아직은 시기상조라는 생각이 든다. 아니 영원히 불가능할 것 같은 암담한 예감도 드는데, 워낙 우리 사회가 개성을 억압하는 '집단주의' 문화로 다스려지고 있기 때문이다.

(2001. 10)

30대 여성 예찬론

　나는 28세 때 32세의 유부녀와 연애한 경험을 갖고 있다. 그 경험은 내 연작소설 『광마일기(狂馬日記)』의 「연상의 여인」 편에 대충 사실 그대로 들어가 있는데, 나는 아직도 그 여인을 잊지 못한다. 그 여자는 사실 내가 대학생 시절에 사모(?)했던 여자였다. 나는 대학교 1학년생, 그리고 그 여자는 4학년생이었다. 그때 그녀는 연세대학교 안에서 미모와 큰 키로 이름을 떨쳤었다. 요샛말로 하면 그야말로 '퀸카'였던 것이다.

　그녀와 나는 연극을 같이하게 된 인연으로 하여 알고 지내는 사이가 되었다. 그러나 나이 어린 내가 그녀에게 다가가는 것은 너무나 힘들었다. 그래서 나는 그저 그녀와 함께 연극 연습하는 것만으로 만족해야 했다. 그녀는 일찍 시집을 갔고, 금세 아들을 두 명이나 낳았다. 그러다가 어느 날, 연극 동아리 동창회 모임에 나갔다가 그녀와 오랜만에 마주치게 됨으로써 그녀와 나의 '연애'가 이루어졌던 것이다.

　나는 예전부터 연상의 여인을 좋아했다. 고등학교 시절에 연모해 마지않던 여자가 바로 3년 연상이었던 것이다. 내가 홀어머니에 외아들이라서, '마마보이' 체질을 갖고 있어 그랬는지도 모른다.

　28세 때 다시 만난 그 30대의 유부녀는 학생 때보다도 더 농밀한 매력을 풍기고 있었다. 그리고 애무나 페팅에 있어서도 훨씬 더 적극적으로 되어 있었다. 아마도 남편과의 '실전(實戰)' 경험을 많이 치렀기 때문이었을 것 같기도 하다.

　선배와 후배 사이를 가장한 채 나는 그녀와 시나브로 만남의 시간을 가졌다. 그런데 어느 날, 그 여자가 갑자기 내게 딥키스 세례를 퍼붓는 게 아닌가. 나는 그 순간 머리가 핑 돌아버렸고, 금세 사랑의 포로가 되어버렸다. 여자가 남자에게 대담한 키스의 '선제공격'을 시도해 온 것은, 아무래도 그녀가 30대의 나이가 되어 있어서였던 것 같다.

　그 뒤로도 만남의 시간을 가질 때마다 그녀는 언제나 적극적으로 야해서 좋았다. 내 페니스를 꺼내어 만져주기도 하고(컴컴한 카페나 극장 등에서), 내 손바닥을 그녀의 음부에 얹어놓기도 하는 것이었다. 너무나 편했다. 너무나 아늑했다. 그런 페팅의 맛은 아무래도 20대 여성들한테서는 찾아볼 수 없는 농익은 맛일 것이다. 섹스를 할 때에도 어찌나 능수능란하게 하던지……. 나는 그녀만 만나면 정신이 편안해져서 좋았다. 몸이 부드러워져서 좋았다.

　물론 우리의 만남은 오래가지 못했다. 1년쯤 사귀다가 그만 내 쪽에서 겁이 나 관계를 끊어버렸던 것이다. 그때 그녀의 눈에 고였던 눈물방울, 그리고 그녀의 뺨으로 흘러내렸던 눈물방울들이 생각난다. 그녀는 나를 진심으로 사랑하고 있었던 것이다.

　그건 그렇고, 아무튼 30대 여성은 멋지다. 그 원숙한 섹스와 키스가 멋지다. 또 춤을 잘 춰서 멋지다. 여기서 말하는 춤은 슬로 댄스(이를테면 블루스 같은)를 말한다. 20대 여성들은 '하드록' 같은 빠른 춤만 좋아한다. 그러나 30대 여성으로 가면 슬로 댄스를 멋지게 소화해 내어, 남자들 품에 칭칭 휘감겨 들어오는 것이다.

　30대 여성들은 또한 부드럽다. 딱딱하지 않다. 20대 여성들은 딱딱하게 몸을 놀린다. 그래서 춤을 같이 추거나 같이 페팅과 섹스를 나눌 때도 왠지 모르게 거부감이 느껴진다. 그러나 30대 여성으로 가면 몸놀림과 혀놀림이 한결 부드러워지는 것이다.

이건 참 불공평한 일이다. 사실 외모에 있어서는 20대 여성이나 10대 여성이 훨씬 더 싱싱하다. 그러나 페팅이나 섹스의 기교면으로 가면 30대 여성이 훨씬 더 '무드'를 알고 섹스의 기교를 능란하게 발휘한다. 의사들의 보고서를 따르더라도 여자는 30대에 가서야 섹스의 맛을, 그리고 오르가슴의 맛을 제대로 알게 된다고 되어 있다. 그리고 성적 열정이 가장 최고조에 다다른다고 되어 있다. 그러나 남자는 35세를 정점으로 성능력이 차츰 하강곡선을 그리기 시작하는 것이다.

나는 작년(2006)에 한 30대 독신녀에게 딱지를 맞았다. 36세의 여류화가였는데 얼굴이 너무 섹시했다. 그리고 몸매도 한껏 늘씬했다. 또한 검은색 옷을 멋지게 소화해 내고 있었다. 그래서 2004년 가을부터 내 쪽에서 열이 나 꼬드겼던 것인데, 내가 너무 늙었다고 도망을 가버린 것이다. 참으로 원통했다.

요즘은 30대 여성 독신자들이 늘어나는 추세에 있다. 그리고 '미스족' 보다는 '미즈족'이 더 늘어나고 있다. '미즈족'이란 결혼을 하든 안 하든 '홀로서기'를 감행하겠다는 뜻으로 여성들이 쓰기 시작한 새로운 호칭이다.

또한 요즘 30대 여성들은 무조건 포르노 철폐를 주장하거나 남성들의 섹스 밝힘증을 혐오하지도 않는다. 요즘 서구의 30대 여성들은 립스틱 페미니즘이라고 하여 과거 보수적 페미니스트들이 벌였던 '성 박멸운동'으로부터 벗어나고 있다. 립스틱 페미니즘이란 섹스(또는 포르노)의 맛을 즐길 대로 즐기면서도 '남성 권력으로부터 여성의 독립'을 쟁취하겠다는 것이다.

　이렇게 요즘의 30대 여성들은 '미즈족'이든 '미시족'이든, 포르노를 즐기면서 그리고 섹스에 있어서의 오르가슴을 적극적으로 확보하면서, 남성으로부터의 사회적 독립권을 확보하려고 애쓰고 있다.

　요즘 나는 20대나 10대 여성들이 많이 오는 홍익대 앞의 '클럽'보다는 30대 여성이 많이 오는 호텔 나이트클럽을 더 선호하게 됐다. 거기에는 어리고 젊은 애들만 있는 게 아니라 30대, 40대 여성들도 많다. 그래서 손쉬운 '부킹'이 이루어진다. 홍익대 앞 '클럽'에 오는 여자애들은 오로지 젊을 때만 노는 데 비해, 호텔 나이트클럽에 오는 여자들은 나이 먹어도 노는 데 이골이 난 사람들이다. 그래서 더욱 손쉬운 키스가 가능하고 합방이 가능하다. 나도 어서 빨리 그런 여자 섹스 파트너를 구해야겠다.

(2007. 9)

접이불루(接而不漏)

대학에서 학생들과 대화를 갖다 보면, 특히 남자 대학생들의 경우 성문제로 무척이나 고민을 많이 하고 있는 것을 알 수 있다. 며칠 전 나는 우연히 학생들에게 이끌려 학교 앞에서 술자리를 같이할 기회가 있었다. 모두가 남학생들로서 군대에 갔다가 같은 해에 복학한 '복학동기'들이었다. 그들은 상대생들이지만 1학년 때 나에게 교양국어 강의를 듣게 된 인연으로 하여 계속 내 과목을 선택과목으로 수강했고, 그래서 내 생각에 대해서 꽤 샅샅이 이해하고 있다고 자부하는 친구들이었다.

이 이야기 저 이야기 끝에 술자리의 화제는 결국 성문제로 옮아갔다. 술기운 탓에 우리는 선생과 학생 사이의 벽을 허물고 꽤 솔직한 대화를 할 수 있었는데, 한 학생이 자못 심각한 얼굴로 나에게 따지듯 묻는다.

"선생님께서는 항상 윤리로부터 자유로워져라, 사랑과 성은 분리되지 않는다 하는 식으로 말씀하시는데, 도대체 사랑하는 사이의 남녀가 혼전에 성행위를 해도 좋다는 말씀입니까, 나쁘다는 말씀입니까? 물론 프리섹스는 아직 우리나라 실정상 안 되고, 프리페팅만 하라고 말씀하신 것은 잘 들었습니다. 하지만 서로 사랑하는 커플 사이에 프리페팅만을 한다는 것은 너무 이기적이고 계산적인 행위가 아닐까요?"

그 친구는 군대 가기 전부터 사귄 애인이 있고, 지금 서로 결혼을 약속한 사이라고 했다. 그래서 자기 생각으로는 그 정도 단계까지 왔으면 진정 사랑하는 사이의 육체관계(물론 삽입성교를 말한다)를 굳이 막을 필요가 있겠느냐는 것이었다. 그녀를 만날 때마다 자신의 욕정은 활활 불타오르는데 그걸 참자니 미칠 노릇이라는 것이다.

남자 대학생들 가운데 이 친구처럼 성욕문제로 고민하는 학생들은 대개 군대에 갔다 온 복학생들이다. 군대에 가서 분위기에 이끌려 처음으로 성경험을 해보는 경우가 많아서이기도 하겠지만, 아무래도 그때 나이가 한창 정욕이 발동하는 시기라 더욱 그런 것 같다. 그 학생의 질문에 나는 이렇게 되물어 보았다.

"자네는 진정으로 그 여자를 사랑한다고 했는데, 그게 정말인가? 다시한번 심사숙고하여 대답해 주게."

"하늘에 맹세코 그애만을 사랑합니다."

"사랑에 대해서 그렇게 함부로 맹세하는 게 아니라네. 사랑은 음식과 같아서 어제는 기가 막히게 맛있게 먹은 음식이라 할지라도, 오늘엔 정말 맛이 없게 느껴질 수도 있는 성질의 것이야. 지극히 변덕스러운 게 사랑이지."

나는 계속 그 학생에게 내 생각을 설명해 나갔다. 프리섹스가 도덕적으로 나쁘기 때문에 하지 말라는 게 아니다. 성이 완전히 개방된 것도 아니고 미혼남녀의 피임법이 제대로 보급되지도 않은 현 상황에서 사랑만을 믿고 무턱대고 삽입성교를 했다가는, 나중에 찾아오는 후유증 때문에 사랑 자체마저 식어버릴 가능성이 높기 때문에 짙은 애무를 위주로 하는 프리페팅을 하라는 것이 내 말의 요지였다.

사실 사랑이라는 것은 믿을 게 못 된다. 젊은이들이 자신 있게 장담하곤 하는 '정신적 사랑'이란 대개 강렬한 성충족에의 열망이 그 밑바닥에

도사리고 있기 때문이다. 내가 기혼이든 미혼이든 '접이불루(接而不漏: 섹스는 하되 사정하지는 않는다)'를 사랑의 기술로 익혀두라고 권하고 싶은 것은 이 때문이다.

　'접이불루'란 꼭 정액을 사정하지 말고 참자는 말은 아니다. 젊은 남성들의 경우 정액은 몽정이나 자위행위로라도 어느 정도 배설되어야만 한다. '접이불루'의 참뜻은, "밥을 먹되 언제나 먹고 싶은 양의 7할 가량만 먹으면 건강에 좋다"는 이론과 상통된다. 갈 데까지 가는 사랑은 결국 권태와 피곤한 의무감과 속박감에서 오는 짜증을 낳고, 그것은 자칫하면 '상처뿐인 영광'으로 끝나버리기 쉽다.

(1989. 4)

음란죄는 법으로 처벌되어야 하는가

나는 2006년 11월 24일에, 내 홈페이지에 올린 소설 『즐거운 사라』 등의 '음란물' 때문에 불구속 입건되었다. 1992년 『즐거운 사라』 사건 이후, 다시 15년 만에 나의 '음란물'이 구설수에 오른 것이다. 방문자가 게시판에 올린 성기 노출 사진 등은 물론이고, 나의 『즐거운 사라』 등의 소설이나 시 내용 등도 문제가 되었다. 15년의 세월이 흘러도 한국 사회는 바뀌지 않았다. 2007년 4월에 내려진 재판 결과는 유죄판결에 벌금 200만 원 형이었다.

나의 불구속 입건에는 포르노그래피에 대한 태도는 물론이고 과연 내 소설이나 에세이를 문학으로 보아야 하는가, 표현의 자유는 어디까지 허용되어 하는가 등등 여러 가지 문제가 복합적으로 얽혀 있다. 그것들을 모두 이야기하는 것은 불가능하다. 그러니 단순한 것부터 생각해 보자. 지금 왜 '음란물'이 문제가 되어야 하는 것일까?

지금 한국에서 포르노그래피를 둘러싼 복잡한 문제들을 간단하게 풀어낼 수 있는 방법이 하나 있다. 그것은 포르노그래피를 허용하는 것이다. 포르노그래피라고 판단되는, 혹은 의심되는 모든 것들을 포르노그래피로 인정하여 성인만의 영역으로 몰아넣으면 된다. 그리고 고액의 세금을 거둬들여 그 세금으로 강력하게 감시와 통제를 한다. 불법적인 유통이나 절대적으로 금해야 할 아동 포르노 등만 강력하게 처벌하는 것이다. 그러면 작가나 감독이 포르노그래피 때문에 처벌받는 경우는 대부분 사라진다. 작품을 예술이라고 우기면서 악착같이 일상 공간에서 공개하겠다면 또 다르지만……

하지만 문제는, 포르노그래피가 한국에서 허용될 가능성이 거의 없다는 것이다. 거칠게 말하자면, 한국은 무엇보다 가시적인 '체면'을 중시하기 때문이다. 일종의 치졸한 대의명분이라고나 할까. 한국은 모든 것을 절대적인 악으로 규정하고 몰아붙이는 것을 좋아한다. 하지만 실제로 악을 뿌리째 뽑지는 않는다. 그냥 시늉만 하고 자신이 악을 얼마나 싫어하는지만 과시한다. 매춘방지법을 만들면 매춘이 사라진다고 생각하는 것은 몽상가이거나 바보 중 하나일 뿐이다.

매춘은 일종의 필요악이고, 때로는 선일 수도 있다. 미혼이거나 애인이 없는 사람은 섹스를 하지 말아야 할까? 장애인의 성적 욕구는 어떻게 해야 할까? 또한 자신의 육체를 돈으로 파는 것이 절대적인 악이라고 반드시 말할 수 있을까? 미성년이나 강제적인 매춘이 아니라면, 그것 역시 하나의 '노동'으로 볼 수도 있지 않을까? 이런 문제는 너무나도 복잡한 층위를 가지고 있다. 이런 질문들에 구체적인 결론을 내리기 위해서는 사회와 노동, 결혼제도의 문제부터 시작해서 성에 대한 입장이나 매춘에 대한 역사적 고찰까지 다양한 연구와 토론이 필요할 것이다.

그런 복잡한 토론은 일단 미뤄두고 간단한 방법을 생각해 보자. 미국의 고등학교에서 성교육 시간에 콘돔을 나눠주자는 주장이 있었다. 실제로 나눠준 학교도 있었다. 그러자 보수적인 학부모협회에서 당장 항의가 시작되었다. 고등학생들에게 섹스를 하라고 권장하는 거냐고……. 섹스를 하지 말라고 가르쳐야지, 섹스를 하면서 피임을 하라고 가르치는 것은 결국 섹스를 권장하는 것이라는 주장이다. 하지만 미성년자의 섹스가 금지되어 있다고 해서, 현실까지 그럴까? 콘돔을 나눠준 이유는 이미 고등학생 사이에서도 섹스가 일상이 되었고, 미혼모 문제가 심각하기 때문이다. 무조건 미성년자의 섹스는 나쁜 것이니까 하지 말라는 것과 섹스는 되도록 피해야 하지만 어쩔 수 없을 때에는 임신을 주의해야 한다는 것 중에서 무엇을 택해야 할까?

한국에서는 이렇게 바꿔놓을 수 있다. 포르노를 보지 말라는 것과 만약 포르노를 보게 되었을 때 무엇을 생각해야 하는지를 가르치는 것이다. 법으로 금지되어 있다고 포르노를 보지 못한다는 것은 허구다. 1970, 80년대에도 포르노를 구해 볼 수 있는 방법이 있었고, 지금은 인터넷으로 더욱 일상화되었다. 초등학교 고학년만 되어도 '야동'을 한두 번쯤은 본 일이 있을 것이다.

이런 현실에서 무조건 포르노를 보지 말라고 가르치는 것이 큰 의미가 있을까? 그보다는 포르노가 현실과 어떻게 다른 것이고, 현실의 섹스가 어떻게 이루어져야 하는지를 가르치는 것이 올바른 성교육이 아닐까? 아이들에게 포르노를 보라고 권장하자는 것이 아니라, 어차피 보고 있는 게 현실이라면 보면서 어떻게 받아들여야 하는지를 가르쳐야 한다는 것이다. 무엇보다 중요한 것은, 지금 인터넷 세상에서는 현실의 '금지'가 큰 의미가 없다는 것이다. 그런 현실을 외면하고 보지 말라고만 가르치는 것은 자기합리화일 뿐이다.

최근 나는 한 인터뷰에서 요즘 젊은이들이 의외로 보수적이라고 말했다. 그건 단지 포르노그래피를 허용하고 말고의 문제가 아니다. 여성문제나 사회문제에서 의외로 닫힌 사고를 하는 젊은이가 많다는 것이다. 내 소설이나 시를 음란물로 취급하는 것 역시 마찬가지다. 오히려 필요

한 것은 나의 작품에 대한 젊은이들의 토론이 아닐까? 그게 외설인지 아
닌지를 판단하기 이전에, 그것이 인간의 어떤 모습을 다루고 있는지, 그
것이 부정적이라면 어째서 부정적인 것인지, 인터넷에서 댓글로 달리는
자기 입장만 나열하는 상호 비방이 아니라 진정한 토론이 필요하다. 지
금 한국에서 가장 필요한 것은 다양한 의제를 놓고 솔직하게 벌어지는 토
론이 아닐까라는 생각이 든다.

(2007. 6)

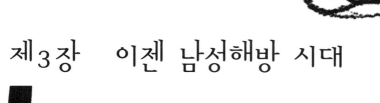

제3장   이젠 남성해방 시대

그날 저녁 너는 내 입술에
기습적인 키스를 베풀어주었지

남자가 여자에게 덤벼드는 키스가 아니라
여자가 남자에게 덤벼드는 키스라서

나는 온몸이 경련에 휩싸이며
정신이 아찔해지는 엑스타시를 느꼈지

그때 그 키스
그리고 우리의 화급(火急)한 사랑

그날로 우리가 찾아갔던 작은 러브호텔
그때 그 섹스

— 시 「그때 그 키스」 전문

이젠 남성해방 시대

요즘 한국 사회에서도 남성의 여성화 현상이 두드러지게 나타나고 있다. 머리를 길게 길러 샛노란 색깔로 퍼머한 남성을 본 적도 있고, 귀고리는 물론 목걸이, 팔찌 등을 차고 다니는 남성은 이젠 흔하다. 손톱까지 길게 기르고 다니는 남자 대학생을 본 적도 있는데, 신기한 것은 그런 남학생을 보고도 여학생들이 거부반응을 일으키지 않는다는 사실이었다.

요즘 젊은 여성들은 예전같이 건장하고 투실투실하게 생긴 '믿음직한' 남성을 별로 좋아하지 않는다. 어딘지 모르게 가냘프고 예쁜 얼굴을 한, 사춘기 소년 같은 남성을 좋아한다. 흔히 말하듯 '모성애'를 자극하기 때문만은 아닌 것 같다. 남성미든 여성미든, 이제는 둘다 똑같이 '화사하게 아름다운' 용모가 가장 높은 점수를 받게 됐기 때문이라고 본다.

내가 1989년 『나는 야한 여자가 좋다』를 출간했을 때만 해도, 화장 많이 하고 손톱에 매니큐어 칠한 관능적인 용모의 여자는 '골빈 여자'로 치부되었고, 그런 여자가 좋다고 하는 나를 두고 식자층 여성들은 여성의 외모를 상품화하려는 남성 쇼비니즘적 태도라고 몰아붙였다. 그런데 불과 10년이 지난 지금 여성은 물론 남성들까지도 '야한 매력'을 가지려고 애쓰고 있다. 그래서 지금까지 흔히 얘기되었던 '내면의 아름다움'이나 '건강한 자연미'보다는 '섹시한 외모'와 '화려한 인공미'가 더 강하게 어필하고 있는 것이다.

　이러한 현상은 내가 일찍부터 예견했던 현상이다. 사회가 경제적으로 성장하여 '먹을 걱정'이 줄어들수록 반드시 탐미적 유미주의 바람이 일어난다. 그런데 아름다움이란 결국 타인(특히 이성)의 시선을 끌어모아 멋진 사랑을 해보고자 하는 노력의 산물에 다름 아니므로, 탐미성의 추구는 곧 관능적 쾌락의 추구와 매한가지인 것이다. 물론 우리나라가 지금 완벽하게 경제가 안정되고 사회복지가 이룩되고 인권이 존중되는 사회라고는 볼 수 없다. 말하자면 아직은 '어정쩡한 상태'의 과도기이기 때문에 '성의 상품화 문제'나 '외설이냐 예술이냐' 따위의 소모적 논쟁이 많고, 관능미 자체에 대해 거부반응을 일으키는 부류가 많을 수밖에 없는 것이다.

　하지만 한국의 경제가 지속적으로 신장되고 자유민주주의가 토착화돼 갈 것이라고 가정할 때, 남자든 여자든 자신을 성적으로 '상품화'시켜 나가면서 나르시시즘적 만족을 얻게 되는 사회가 도래할 것이라고 단언할 수 있다. 유니섹스 모드와 관능미 위주의 몸치장이 특히 신세대들 사이에서 유행하고 있는 이유는 그들이 구세대에 비해 비교적 풍요로운 환경에서 성장했기 때문일 것이다.

　이런 와중에서 우리가 특별히 주목하게 되는 현상이 바로 남성의 여성화 경향이다. 이제는 여성이 남성을 부러워하는 것이 아니라 남성이 여성을 부러워하게 된 것이다. 프로이트의 남근선망(男根羨望, penis envy) 이론이 이젠 무력해져 버렸다는 것을 우리는 실감하게 되었다. 여성해방론자들은 지금까지 여성이 억압받아 온 것만 강조하고 남성이 당한 불이익에 대해서는 무시하는 경향이 있었다. 그러나 남성이 받은 억압이나 불이익 역시 이루 헤아릴 수 없이 많은데, 대충 꼽아보면 다음과 같다.

첫째, 남자는 여자처럼 '보호받을 권리'가 없다. 가족부양도 남자 책임이고 전쟁이 나면 나가서 싸워 용감하게 죽어 마땅한 것도 남성이다. 배가 난파하더라도 부녀자부터 먼저 살린 후 자기는 빠져 죽어야 한다.

둘째, 남자는 무조건 튼튼하고 정력이 세고 참을성이 많아야 한다. 여자처럼 눈물을 흘려서도 안 되고, 말이 많아서도 안 된다. 섹스행위 때도 절륜한 정력으로 여성을 만족시켜 줘야만 한다.

셋째, 남성은 여성처럼 화사하게 치장하고 몸을 가꿀 권리가 없다. 여자는 머리를 길게 짧게 마음대로 할 수 있고 지지고 볶거나 염색까지 할 수 있지만 남자는 그렇지 못하다. 화장을 짙게 할 수 없음은 물론 치마도 입을 수 없고, 몸을 과도하게 노출시킬 수도 없다. 상황이 이토록 처참한 지경이었으니, 남성들이 억울함을 호소하며 들고 일어나는 것은 어찌 보면 당연한 결말이라 할 수 있다.

남성이 여성화되기 시작하면서 눈에 띄게 노출되는 현상이 '게이의 증가' 또는 '게이문화에 대한 관심의 증가'다. 최근에 발표되는 문화비평들을 보면 동성애 문제나 게이 문제를 반드시 양념으로 끼워넣고 있다. 동성애를 다룬 영화도 많이 나왔는데(〈패왕별희〉, 〈크라잉 게임〉, 〈결혼피로연〉, 〈필라델피아〉 등) 특이한 것은 여성 간의 동성애를 다룬 영화는 없고 거의 남성 간의 동성애만을 다루고 있다는 점이다. 그리고 텔레비전 등 언론매체에서도 동성애를 취재하여 보도하는 일이 잦아졌고 특별히 '여장남성(女裝男性)'에 초점을 모으는 것이 유행처럼 되었다. 여장남성 가운데 진짜 여자 뺨치게 고운 용모를 한 몇몇 사람들은 매스컴에 얼굴이 알려지고 영화에 출연하게도 되면서 일약 스타급으로 부상하기도 하였다. 몇 년 전까지만 해도 전혀 예상치 못했던 현상이라 하겠다.

나는 우연한 기회에 동성애 문제를 다룬 영화에서 주연으로 출연한 한 여장남성을 만나봤는데, 아무리 뜯어봐도 여자였다. 그는 성전환수술도 받지 않은 순수한 남성이었다. 그런데도 처마처럼 흐른 어깨선이나 가느다란 손가락 등 정말로 고운 외모를 갖고 있었다. 게다가 화사하게 치장하고 정성스레 매니큐어를 칠하는 등 몸매 가꾸는 것을 귀찮아하지 않고 당당한 나르시시즘으로 즐기고 있어서 부럽기도 하고 대견스럽기도 했다.

　고전적인 정신분석학에서는 남자가 여자처럼 꾸미고 싶어하는 심리를 '복장도착증(transvestism)'이라고 하여 일종의 변태로 보았다. 그런데 요즘 정신과 의사들은 동성애나 복장도착증을 무조건 변태나 병으로 보지는 않는 것 같다. 그래서 성전환수술도 국내에서 꽤 이루어지고 있는 것이다. 레비 스트로스 같은 인류학자는 동성애 증가현상을 인구폭발에 대응하는 집단무의식적 노력으로 보았다. 인구증가에 따른 식량감소를 겁내다 보니 이성애(異性愛)를 회피하게 된다는 것이다.

　하지만 동성애 심리와는 별개로 단순히 '여자처럼' 꾸미기만을 즐겨하는 복장도착증이 증가하고 있는 것을 보면 그런 해석이 딱 부러진 정답은 안 되는 것 같다. 그보다는 차라리 '과중한 노역(勞役)에 피곤해진 남성들의 현실도피 심리'가 더 맞을 것이다. 이젠 정말 '진짜 남녀평등'이 무엇인가를 심각하게 따져보아야 할 때가 되었다. '여성학'만이 아니라 '남성학'도 나와 지금까지 '특권'이라는 이름으로 남성들에게 부당하게 부과되었던 과중한 짐들을 솔직하게 해부해 봐야 할 것이다.

(1999. 7)

처녀막은 필요없다

　서양의 경우 인간을 중세기적 사고방식인 종교적 교조주의로부터 해방시킨 사람은 찰스 다윈과 E. 메치니코프라고 할 수 있다. 찰스 다윈은 그의 저서 『종(種)의 기원』에서 진화론을 주장하여 기독교의 생명창조설을 뒤집었고, 메치니코프는 1903년에 발표한 『인성론(人性論)』이라는 저작을 통해 서구 사람들이 19세기까지 갖고 있었던 성(性)의 신화를 깨뜨려버렸다.

　특히 메치니코프는 동물학자들의 연구를 기초로 하여 '처녀막 무용론'을 주장하였는데, 그의 이러한 주장은 위선적인 도학자(道學者)들에게 통렬한 충격을 주었다. 그의 주장에 의하면 처녀막이 존재하는 것은 사람(여성)뿐이고 인간과 꽤 닮은 유인원에게도 처녀막은 없다는 것이다. 여성의 처녀막은 여성에 있어서 생리적 기능의 역할에 기여하는 면이 전혀 없고, 도리어 지장을 줄 뿐이라고 그는 주장했다.

　또 그는 처녀막은 생식기능에 있어서는 완전히 쓸모가 없는 물건이고 때로는 건강에 해롭기까지 하다고 역설하면서, 처녀막은 인간이 원시시대의 조상들로부터 직접 유전으로 물려받은 것이 아니라, 남성의 페니스에 붙은 포피(包皮)처럼 여성의 성관(性觀)을 부자연스러운 쪽으로 이끄는 기관에 지나지 않는다고 말했다.

자유로운 성관념의 유지를 위해서는 처녀막이 없는 편이 좋다. 처녀막은 혼전에 질(膣)을 깨끗하게 보존하는 것을 방해할 뿐만 아니라, 월경 시에 장애를 주는 존재이기도 하다. 메치니코프가 지적하고 있듯이 처녀막이 어떤 심리와 동기에서 만들어진 것인가는 명확하지 않다.

　처녀막은 태아의 질구(膣口)를 덮은 얇은 피막으로 임신 19주째에 태아의 몸에 생겨난다. 아마도 그것은 질 내에 불순물이 들어가지 못하도록 하는 보호막일 것이라고 학자들은 추측하고 있다. 남자의 페니스 귀두를 싸고 있는 포피도 마찬가지로 성기의 손상을 막을 목적에서 만들어진 것이라고 생각된다.

　여자가 첫 월경을 하여 성인이 되면 처녀막도 페니스의 포피와 같이 쓸모가 없어지고 육체적으로나 생리적으로도 장애가 된다.

　그런데도 이 처녀막을 결혼 전의 처녀증명서처럼 생각하여 중요시하는 게 요즘 세간의 풍조다. 그래서 ‘처녀막 재생수술’이라는 것이 행해지고 있다. 또 결혼 초야에 신부가 처녀니, 처녀가 아니니 해가며 실랑이를 벌이는 일도 많다.

　여자의 처녀성을 중시하는 것은 종교적 금욕주의의 미망(迷妄)이고 남성적 에고이즘의 환상일 뿐이다. 더 이상 여성이 남성을 위한 상품으로 전락되어서는 안 된다. 처녀막은 꼭 성관계에 의해서가 아니더라도 첫 성교 전에 파괴될 수 있다고 한다. 특히 요즘같이 젊은 여성들이 스포츠를 즐길 수 있는 사회 분위기에서는 처녀막은 얼마든지 미리 없어질 수 있다.

　인간에게 있어 ‘성’이란 것은 언제나 먹어야 하는 ‘밥’과도 같은 것이다. 결혼을 한다고 할 때 첫날밤에만 밥을 맛있게 먹고 그 다음엔 굶어도 좋다고 생각한다는 것은 우스꽝스러운 사고방식이다.

여성이 혼전순결이나 정조 같은 것을 꼭 지켜야 하느냐 마느냐 하는 문제가 이제는 더 이상 심각하게 거론되어서는 안 된다. 우리나라 남자들은 맛있게 음식을 먹는 것보다도 어떤 음식을 먹느냐에 특히 집착하고 있는 것 같다. 성(性)을 맛있게 즐기려면 여러 가지 성희(性戱)를 개발하고 익혀야만 할 것이다. 어떤 음식이든지 그저 '새것'이면 좋다고 생각하는 것은 잘못이고, 음식을 잘 씹으며 음미할 시간도 없이 그저 꿀꺽 삼켜버리면 그만이라는 사고방식 역시 식량이 없어 굶주렸던 지난 시절의 유물일 수밖에 없다.

성의 기쁨이란 거저 얻어지는 것이 아니다. 역시 '공부'를 필요로 한다. 이 공부는 직접적인 성체험으로도 가능하지만, 그보다 더 중요한 것은 '관능적 상상력'을 원활하게 키워 나가는 일이다.

관능적 상상력이 발달하면 할수록 처녀성이니 순결이니 하는 문제에 대범해지고, 성 그 자체에 지나친 외경(畏敬)이나 결벽증을 갖지 않게 되는 것이다. 그러면 꼭 직접적인 성체험이 아니더라도, 수음(手淫)이나 페팅 등을 통하여 얼마든지 성에 관한 공포증을 없애면서 성을 자유롭게 요리하여 나갈 수 있다.

(2000. 5)

질투와 동정

한국인의 심리적 특질에 대해 지금까지 여러 가지 논의가 이루어져 왔다. 가장 먼저 나온 학설은 한국인의 심리적 특질이 '한(恨)'이라는 것이다. 그리고 그 다음에 나온 것이 '은근과 끈기' 설(說)인데 지금까지 이 두 가지 설이 주축을 이뤄왔다고 볼 수 있다.

그렇지만 부정적인 측면의 설도 많았는데 대표적인 것은 한국인의 심리적 특징이 '질투'라는 설이다. 이 설은 한국에서 오랫동안 선교활동을 한 리처드 러트 신부에 의해 제기되었는데 나는 이 설에 공감하여 그것을 발전시켜 '촌티와 심통'이 한국인의 심리적 특질이라는 내용의 글을 발표한 바 있다. 여기서 말하는 '촌티'란 시골 사람에게만 해당되는 말이 아니라 도시 사람은 물론 고급 지식인층에게까지 해당되는 말이다. 나는 막무가내 식의 수구적(守舊的) 보수윤리와 권위주의적 태도가 곧 '촌티'의 근거가 된다고 생각하고 있다. '심통'은 못된 질투심이 행동으로까지 옮겨지는 경우를 가리키는 뜻으로 사용되었다.

이런 식으로 한국인의 민족성을 폄하(貶下)하여 이야기하면 금세 거센 반발에 부딪치게 된다. 우리나라 사람들은 적어도 겉으로는 누구나 다 '애국자'라서 한국 사람의 장점만 얘기하려 하고 한국 역사 역시 좋은 쪽으로만 보려고 한다. 그래서 춘원 이광수가 쓴 『민족 개조론』 같은 책도 지금에 와서는 일제의 식민사관(植民史觀)에 비위 맞춘 책으로 매도되고 있는 실정이다. 물론 이광수의 생각 가운데 편협한 점도 많았다. 하지만 어떤 형태로든 우리 자신에 대한 준열한 반성을 시도해 보는 것은 나라의 발전에 유익한 일이라고 나는 생각한다.

그런 의미에서 볼 때 지금 우리나라 국민들이 갖고 있는 일본과 일본인에 대한 태도에 문제가 있다. 일본인을 '쪽바리'나 '대낮에도 훈도시 하나만 차고 돌아다니던 야만인'으로 보면서도 일제 상품이라면 사족을 못 쓰는 우리나라 국민들의 이중적 일본관은 국수주의와 사대주의가 혼합되어 이루어진 기형적인 것이 아닐 수 없다. 일본을 이기려면 일본의 장점을 인정해 주며 배울 것은 배워야 하고 동시에 우리의 단점을 파악할 수 있어야 하는 것이다.

최근에 나는 일본에서 오래 살아온 재일동포와 이야기를 나눈 적이 있다. 그런데 그는 한국인과 일본인의 기질적 차이를 한 마디로 이렇게 요약하는 것이었다. "일본 사람들은 누군가 특출한 사람이 있으면 그 사람이 더욱더 발전할 수 있도록 도와줍니다. 그런데 같은 경우에 한국 사람들은 어떻게 해서라도 그 사람을 끌어내려 몰락하는 꼴을 보고 싶어합니다. 바로 이러한 차이가 일본이 우리보다 앞서가고 있는 이유라고 생각합니다." 나는 이 말을 듣고 적잖은 충격을 받았으나 결국 공감할 수밖에 없었다. '한 맺힌' 복수심이 '은근과 끈기'에 의해 정당한 복수로 이어지는 것은 좋으나 정작 복수할 대상에게는 비겁하게 아첨하며 목숨을 구걸하기까지 하면서 공연히 특출한 주위 사람을 질투하여 그것을 중상(中傷)으로까지 몰고 가는 것, 이것이야말로 우리가 고쳐야 할 점이라고 생각해 왔기 때문이었다.

그런데 재미있는 것은 한국인의 심리적 특성 가운데 과도한 질투심 못지않게 '과도한 동정심' 역시 자리잡고 있다는 사실이다. 남이 한창 잘나갈 때는 질투심에 못 이겨 아득바득 이를 갈다가 그 사람이 혹 어쩌다 형편없이 몰락하게 되면 눈물을 흘려가며 동정한다. 말하자면 한 개인에 대한 평가기준이 합리성의 차원에 머물러 있지 못하고 다분히 감성적 차원에서만 맴돌고 있다는 말이다.

이승만 전대통령이 4 · 19에 의해 하야하자 국민들은 이화장으로 몰려가 눈물을 흘리며 이승만의 덕(德)을 칭송했다. 이런 현상은 얼마 후 이승만이 서거하여 성대한 장례식을 치러줄 때도 똑같이 재현됐는데 외국인의 눈에는 정말로 이상한 장면으로 비쳤다. 이승만을 독재의 원흉으로 지목하여 쫓아냈다면 그렇게까지 '과도한 동정'과 '과도한 애도'를 표시할 필요는 없었다. 그런데도 우리나라 사람들은 그런 식의 앞뒤가 안 맞는 행동을 지금까지 되풀이하곤 하는 것이다. 물론 이승만을 몰아낸 것은 질투심 때문만은 아니었다. 하지만 하야 직전의 이승만은 어떤 이유로든 한창 잘나가는 사람이었던 것이다.

우리나라가 명실상부한 자유민주주의 사회가 되려면 각자의 개성을 인정해 주는 풍토가 한시바삐 이룩돼야 하고 '남에 대한 관심'보다 '나에 대한 관심'이 선행(先行)하는 개인주의적 풍토를 만들어나가야 한다. 한국 국민들 마음속에 뿌리박혀 있는 과도한 질투심과 과도한 동정심은 합리적 판단을 그르치게 하고 쓸데없는 감성적 흥분만을 유도한다. 남이 잘되든 못 되든 쓸데없는 간섭 없이 그냥 너그럽게 내버려둘 수 있는 풍토, 그런 심리적 풍토를 마련할 수 있을 때 우리나라 국민들은 지금처럼 누구나 남 눈치 보는 데 많은 시간을 소비하지 않아도 되게 되고 동시에 각자의 독창적 창의력을 키워 나갈 수 있게 되는 것이다.

(2006. 3)

성과 파시즘

머리 좋기로 이름난 독일 국민들이 히틀러를 지도자로 떠받들었던 이유는 무엇일까? 히틀러의 파시즘적 독재에 왜 그토록 열광했던 것일까? 히틀러는 쿠데타나 폭력혁명을 통해 권력을 잡은 인물이 아니다. 권력장악의 수단이 여론조작이었든, 감언이설이었든, 어쨌든 그는 대다수 국민들의 지지로 선거를 통해 집권했다.

많은 학자들이 이 문제에 관심을 갖고 접근한다. 제1차 세계대전 후 패배감과 무력감에 시달릴 대로 시달린 독일 국민들에게 히틀러가 민족적 긍지를 심어주고, 경제발전을 위한 긍정적 대안을 어느 정도 제시했기 때문이라는 견해가 있다. 맞는 말이다. 영웅적 카리스마로 백성 위에 군림하는 독재자는 언제나 난세에 출현하기 마련인 법. 나폴레옹이 황제 자리에 오를 수 있었던 것도 동일한 맥락이다. 아무튼 히틀러는 제1차 세계대전 후의 만성적 인플레이션과 바이마르 정부의 무기력한 통치에 대한 민중들의 반감을 등에 업고 '강력한 지도자'로 부상할 수 있었다.

그러나 카리스마적 독재자의 출현을 단순히 사회적 혼란과 결부시키는 것은 어딘지 부족하다. 독재를 은밀하게 그리워하는 국민들의 집단적 정서가 존재해야만 비로소 독재자는 힘을 행사할 수 있기 때문이다. 심리학자들은 이 점에 착안, 히틀러의 집권배경을 설명하려 한다. 가장 설득력 있는 것은 에리히 프롬의 '권위주의적 성격' 이론이다. 독일의 파시즘이 가능했던 것은 히틀러가 '권위'를 가진 인물이어서가 아니라, 당대의 독일 국민들이 대체로 '권위주의적 성격'을 갖고 있었기 때문이라는 것이다. 권위주의적 성격이란 사도마조히스틱(sado-masochistic)한 심리, 다시 말해 자신보다 강한 자에게는 절대적으로 복종함으로써 마조히즘적 피학(被虐)의 쾌감을 얻고, 자기보다 약한 자에게는 가혹한 잔인성을 발휘함으로써 사디스틱한 가학(加虐)의 쾌감을 얻는 심리를 지칭한다.

권위주의적 성격을 가진 인간은 스스로 자유를 누리는 것을 두려워한다. 아버지의 품을 평생 동안 떠나지 못하는 심약한 자식처럼 그는 '홀로 서기'를 도모하기보다 가부장적 보호자를 요청한다. 종교적 가부장제도가 확립되어 있는 국가, 성적 억압이 심하고 관념우월주의가 강하게 자리잡은 국가의 국민들은 권위주의적 성격을 갖기 쉽다. 나치즘이 출현하던 당시의 독일이 바로 이러한 경우였다. 집권 후 히틀러가 단행한 조치들 가운데 성을 소재나 주제로 다룬 서적들에 대한 '분서' 조치가 포함되어 있었다는 사실은 따라서 그리 신기한 일은 못 된다. 관념우월주의는 극기주의나 금욕주의와 상통한다. 채식주의자 히틀러의 식성에서 이러한 금욕적 권위주의의 징후를 발견하는 학자들의 견해도 흥미롭다.

히틀러가 숭배한 것은 국가와 민족이었다. 그러한 숭배행위는 그에게 마조히스틱한 쾌감을 선사했고, 국민들 위에 군림하는 그의 카리스마적 통치 스타일은 역으로 사디스틱한 쾌감을 제공했다. 유사한 섬김과 가학의 구도는 그를 숭배한 국민들에서도 마찬가지로 관철되었다. 독일인들은 히틀러에 복종함으로써 마조히스틱한 쾌감을, 유태인들을 학대하면서 사디스틱한 쾌감을 얻었던 것이다.

권위주의적 성격의 이면에 자리잡은 것은 관료주의다. 윗사람에겐 약하고 아랫사람에게 강한 것이 관료주의적 성격으로, 개성은 없지만 야심 많은 출세주의자들에게서 흔히 발견된다. 주체적 자아가 없는 그들은 오직 지위에 의해서만 자신의 정체성을 확인받을 수 있는 존재들로, 이들에게 출세에 이르는 가장 효율적인 수단은 '보스에 대한 절대충성'이다.

　이러한 관점에서 본다면 우리나라처럼 권위주의가 만연한 나라도 없다. 수구적 봉건윤리가 뿌리 깊게 잔존하고 있기 때문에 '자유'와 '민주주의'가 아무리 사회의 명시적 가치로 부상해도, 권위주의는 쉽게 사라질 줄 모른다. 예전에는 '군사독재'라는 명백하고 가시적인 권위주의 체제가 존재했기 때문에 그 해결책을 제시하는 것도 수월했다. 그러나 군사독재의 외형이 사라진 지금, 권위주의 문화를 타개할 수 있는 뾰족한 처방이란 눈에 띄지 않는다. 그저 '도덕성 회복'이니 '의식개혁'이니 하는 식의 막연한 처방만 제시되고 있을 뿐이다.

　이러한 상황은 우리에게 금욕주의적 봉건윤리에 대한 재고를 요구한다. '강력한 아버지'의 관념에 속박된 정신편향의 봉건윤리는 자아의 상실과 성적 억압에 따른 '화풀이 문화'를 가져오기 쉽다. 파시즘을 지배하는 것은 이러한 집단적 가학충동으로서의 '화풀이 문화'다.

　파시즘과 관련하여 성의 문제는 특히 중요하다. '성의 해방', '성에 대한 표현의 해방'은 권위적 엄숙주의의 기반에 균열을 가함으로써 파시즘의 도래를 막는 안전판 구실을 하기 때문이다. 라이히 역시 『파시즘의 대중심리』에서 "자연스런 성에 대한 도덕적 금지는 각 개인을 막연한 공포감에 시달리게 하면서 전체주의적 이데올로기에 대한 맹목적 복종심을 길러준다"고 말하지 않았던가. 나 역시 '성욕의 대리배설'이 자유롭게 이루어지는 사회에서는 '파시즘적 폭력에 대한 동경'이 사라질 수 있다고 본다. 이때 필요한 것이 성적 사디즘과 성적 마조히즘을 대리배설시킬 수 있는 장치다.

사디즘과 마조히즘은 그 자체가 나쁜 것이 아니다. 그것은 인간이 약육강식의 장(場)을 살아가는 데 있어 필수적으로 수반되는 심리현상이기 때문이다. 문제는 자학이나 가학의 정도가 지나쳐 자신이나 타인을 완전히 파멸의 구렁텅이로 빠뜨려버리는 데 있다. 자학과 가학에 대한 카타르시스가 적절한 수준에서 이루어질 수 있는 사회는 안정되고 건강한 사회다. 이러한 차원에서 예술작품 등을 통한 '문화적 대리배설'은 중요한 것이다.

성과 전쟁은 서로 비슷하다. 성이나 전쟁이나, 힘 또는 폭력을 거의 무제한적으로 투입하는 행위라는 점에서는 마찬가지다. 자웅이 다른 두 개체가 만나 서로 엉겨 붙어 상대를 탐색하고 압살하는 행위, 서로의 존재가 죽음에 의해 완전히 소멸해 버리지 않을 정도까지 지속되는 치열한 전투, 그것이 바로 성이다. 인류가 발명해 낸 극단의 스포츠인 전쟁은 따라서 성과 너무나 닮아 있다. 철저하게 동물적이고 이기적인 목적에서, 이데올로기나 정신의 결합 등을 명분으로 각자의 은밀한 욕정을 충족시키려 드는 행위가 전쟁이요, 성인 것이다.

각자가 갖고 있는 생명의 원동력이 관능적 상상력을 동원하는 치열한 전투 속에서 조금씩 소진되어 갈 때 인간은 희열을 맛본다. 그리고 그러한 전투행위 후 관능적 상상력이 환상과는 다른 밋밋한 형상으로 본 모습을 드러낼 때, 패배감과 짙은 허무감을 경험하곤 한다. 이 역시 전쟁과 성의 공통적인 속성이라 아니할 수 없다.

성은 결국 죽음의 본능인 타나토스와 연결되어 있다. 성은 삶의 본능인 에로스에서 나온 것이 아니다. 인간은 성을 통해 죽음의 본능(또는 가학의 본능)을 직접적인 방법으로 충족시킬 수밖에 없다. 그것이 바로 자살이나 타살, 또는 파시즘적 폭력을 바라는 집단적 소망 등으로 표출되는 것이다.

(2001. 9)

미인대회 유감

'미스 코리아' 대회를 여는 것에 대해 일부 사회단체에서는 한사코 반대한다. 그들이 내세우는 이유는 대개 두 가지다. 하나는 여성의 몸을 '상품화'하기 때문이라는 것이고, 하나는 같은 여성의 몸이라도 '육감적 관능미'에만 중점을 두어 미(美)를 평가하기 때문이라는 것이다.

첫 번째 지적사항에 관해서는, 남성 역시 자신의 몸매에 관심이 많다는 사실을 감안할 때 지나친 비판이라 하지 않을 수 없다. '미스터 코리아' 대회가 사람들의 관심을 못 끄는 이유는, 남성의 육체미가 여성의 육체미보다 못하다는 생각이 아직까지도 많은 사람들의 머릿속을 지배하고 있기 때문이다.

지금까지의 사회제도는 남성들을 전쟁이나 노역에 동원하기 위해 그들이 아름다움을 가꿀 기회를 박탈해 버렸다. 그래서 요즘에는 여성 같은 화사한 몸매를 갖고 싶어 안달복달하는 여장남성(女裝男性)들의 수효가 급증하는 추세에 있는데, 이는 '남성해방운동'의 신호탄이라고도 볼 수 있다. 상당수의 남성들은 자신이 반드시 용감해야 하고, 투박한 육체를 가져야 하고, 힘이 세야 한다는 사실에 반발하고 있는 것이다.

물론 여성들이 사회적으로 출세할 수 있는 길이 적은 남성중심의 사회구조가 여성들로 하여금 오직 '몸의 아름다움' 하나로만 신분상승의 길을 모색하게 만들었다고 볼 수도 있다. 그러나 이는 아름다움 그 자체와는 별개의 문제라고 본다. 사회적 출세와는 상관없이 남성과 여성은 스스로의 아름다움에 관심을 가지게 마련이기 때문이다. 그러므로 미녀대회든 미남대회든, 그것은 몸의 상품화가 아니라 단순한 경연대회일 뿐이다. 말하자면 스포츠 경기나 노래 부르기 대회와 하나도 다를 게 없는 것이다(최근에는 올림픽 대회에서조차 리듬체조나 수중발레, 피겨스케이트 등에서 '몸의 아름다움'이 체력 못지않게 강조되는 경향이 있다).

두 번째 지적사항인 '육감적 관능미' 문제에 대해서는, 우선 그것이 어째서 나쁘냐고 반문하고 싶다. 사실 '지성미'라든지 '정신의 아름다움' 같은 것은 그 실체가 지극히 애매모호하다. 남자든 여자든 이성을 볼 때 우선 상대방을 성적 대상으로 파악하게 마련이다. 이는 인간 역시 동물의 일종인 이상 부인할 수 없는 진실이라고 본다.

많은 인류학자들은 인간의 몸매가 지금과 같은 모양으로 형성되게 된 것이 '성적 유인'을 위한 진화과정의 결과라고 설명하고 있다. 인간과 비슷한 동물인 유인원에겐 없는 귓불이나 젖가슴, 도톰한 입술 등은 모두 성적 애무를 위해 진화된 것이라는 것이다. 이는 인간이 직립(直立)을 하여 농경과 목축을 통해 잉여 에너지를 비축하게 된 뒤에 나타난 현상이라고 한다. 말하자면 인간은 다른 동물들처럼 동면(冬眠)을 하지 않고 일정한 발정기 없이 일년 내내 섹스를 할 수 있게 된 뒤부터, 자신의 몸매를 '성적 심벌'로 진화시켜 갔다고 볼 수 있다. 그런 인간의 특성상 '육감적 관능미'가 솔직하게 상찬(賞讚)되는 것은 어찌 보면 당연한 현상이요, 진보된 현상(진실에 대한 진일보한 접근이 가능해졌다는 의미에서)이라 하겠다.

(2000. 7)

약속 잘 지키는 여자, 전화 안 하는 여자

나는 특별한 용건 없이 전화하는 것을 무척이나 싫어한다. 그러다 보니 찾아뵙기 어려운 옛 스승이나 친구들한테 이른바 '안부전화'를 하는 것마저도 인색할 수밖에 없어서, 항상 죄지은 사람의 기분으로 지내는 일이 많다. 그런데도 '전화 걸기'를 어색해하고 두려워하는 버릇은 영 고쳐지지가 않아서 '사교'의 면에 있어 주위의 친지들에게 점수를 잃게 되는 경우가 많은 것이다.

전화하는 것이 더더욱 싫어지는 때가 바로 여자와 연애를 할 때다. 내가 전화를 잘 안 거는 것은 물론이고 여자쪽에서 전화해 오는 것도 받기가 싫어지는 것이다. 전화로는 하고 싶은 말을 시원하게 다 쏟아놓을 수가 없고, 경우에 따라서는 곁에 누가 있을 수도 있기 때문에 아무래도 얘기하기가 껄끄럽다.

그리고 무엇보다도 여자쪽에서 전화를 걸어도 내가 전화받는 것을 두려워하는 이유는 전화를 자주 하다 보면 기껏 정한 약속을 깨뜨려버리는 일이 예사로 일어나기 때문이다. 다른 스케줄을 다 비워놓고서 만나기로 약속한 시간을 기다리고 있는데, 그 전날이나 약속시간 직전에 전화를 걸어 약속을 취소하거나 연기시키는 여자들이 너무나 많다. 물론 다 이유는 있다.

하지만 정말 부득이한 경우를 빼놓고는 악착같이 약속을 지키는 것을 첫째 가는 생활신조로 삼고 있는 나로서는 그런 전화를 받고 나면 자꾸 짜증이 나게 되어 결국은 가슴앓이를 하게 되는 것이다. 그래서 아무리 가까운 애인 사이라 하더라도 그런 전화를 자주 해오는 여자한테는 정나미가 떨어지게 된다.

그러다 보니 나는 데이트를 할 때마다, 헤어질 때 다음 만날 날과 시간, 그리고 장소를 약속으로 정해 놓는 식으로 하는 것을 원칙으로 하게 되었는데, 철저하게 따라준 여자는 하나도 없었다. 대개는 한두 번 이상의 약속취소 전화를 걸어오거나, 어떤 때는 아예 일방적으로 바람을 맞히기까지 하는 여자도 많았던 것이다.

'약속시간'을 철저하게 지키느냐 안 지키느냐 하는 것은 사실 별 문제가 안 된다. 서울은 교통체증이 워낙 심한 곳이라서, 30분이나 한 시간 정도 늦는 것은 서로 간에 얼마든지 봐줄 수 있다. 그렇지만 무작정 바람을 맞힌다는 것은 정말 천벌을 받아 마땅한 행위라고 생각한다.

나는 일단 한 번 약속을 정했으면 상대가 올 때까지 두 시간 이상 기다린다. 설사 아주 늦게 온다 하더라도 오기만 하면 그만이라는 생각 때문이다. 그런데 바람을 맞고 난 다음에 상대방에게 전화를 해보면, "다른 급한 일이 생겨 그 일을 처리하다 보니 시간이 늦어버렸다. 그래서 지금 출발하면 약속시간에 못 맞출 것 같아 포기해 버렸다"는 대답이 흘러나오니 정말 그 뻔뻔스러움에 기가 질릴 정도였다.

'전화질'하기 좋아하는 여자의 경우엔 만나기로 약속한 장소, 이를테면 카페 같은 곳의 전화번호를 미리 알아두었다가 그리로 전화를 걸어 사정이 생겨서 못 나가게 됐다고 얘기해 오는 경우가 많았다.

연애를 할 때 일부러 약속시간보다 늦게 가 남자를 기다리게 하거나 가끔씩 약속취소 전화를 걸어 남자를 애타게 하는 것이 여자쪽에 유리하다고 생각하는 여자들은 이제부터라도 크게 반성하고 마음을 고쳐먹을 필요가 있다.

어쨌든 나는 약속을 잘 지키는 여자, 그리고 여간해서 전화를 안 하는 여자를 사랑한다.

(1992. 6)

현대 지식인에게 보내는 성적(性的) 조롱

영화 〈욕망의 모호한 대상〉을 보고

　최근 개봉한 루이 브뉘엘 감독의 영화 〈욕망의 모호한 대상〉은 늙은이가 젊은 여자를 꼬드기려고 안간힘을 쓰는 스토리로 되어 있는데, 어찌 보면 졸렬할 정도로 상식적인 이야기다. 물론 초현실주의 감독답게 루이 브뉘엘은 영화 중간중간에 상징적인 장면들을 많이 집어넣음으로써 평범한 이야기를 '복잡한' 구조로 이끌어가고 있다.

　그러나 찬찬히 음미해 보면 그런 상징적 장치들 자체가 '욕망'에 대해 현학적 주석을 붙이기를 좋아하는 현대 지식인들에 대한 '조롱'이라는 것을 알 수 있다. 이 영화는 본능적인 욕망조차 마음껏 발산(물론 대리배설도 포함해서)하지 못하게 하는 현대문화를 마음껏 비아냥거리고 있다.

　여주인공을 두 배우가 2인 1역으로 맡아 관객들을 어리둥절하게도 만드는데, 그런 트릭을 쓴 감독의 의도는 성적 욕망의 대상은 특정한 개인 또는 인격이 아니라 불특정한 다수의 이성이라는 사실을 암시해 주기 위해서인 것 같다. 제목이 시사해 주듯이, 욕망의 대상(또는 실체)은 모호한 소유욕일 수도 있고 모호한 유희욕구일 수도 있는 것이다.

　나는 이 영화를 보면서 우리나라에서 일어나고 있는 욕망에 대한 갖가지 담론들을 생각해 보았다. 특히 성욕에 대한 담론에 있어 우리 사회는 너무나 막연하면서도 현학적인 담론들만 성행하고 있다는 게 내가 내린 결론이다. 이를테면 성적 욕망을 정치적 의미로 해석해 보려는 시도가 한국 지식인들 사이에서 유행하고 있는 게 그것이다.

우리나라는 성적 표현물에 대한 감시와 처벌이 심한 나라이기 때문에 지식인들의 현학취미의 원인이 서구의 그것과는 사뭇 다르다. 우리나라에서의 '현학적 포장'에는 '처벌 및 매도에 대한 공포'가 더욱 큰 밑바탕을 형성하고 있는 것이다. 성은 이미 '생식적 성'의 단계를 넘어 '비생식적 성', 즉 '유희로서의 성'의 단계로 접어들어가고 있다. 그런데도 대다수의 지식인들은 성에다가 '생명'이나 '자연'의 의미를 붙이기를 좋아하면서 성을 단순한 유희(또는 쾌락)로 보기를 주저하고 있다. 이 영화에서 여주인공은 남자가 요구하는 생식적 성을 끝까지 거부하고 있는데, 나에겐 그런 상황설정이 생식적 성에 대한 통쾌한 조롱으로 보였다.

성을 계급적 갈등과 연결시켜 생각해 보려는 시도 역시 많은 지식인들이 저지르는 과오다. 이 영화에서 남주인공은 돈 많은 부르주아로, 여주인공은 가난한 집 딸로 나온다. 그래서 현학취미의 관객들은 여주인공의 성교 거부를 계급적 복수로 오해하기 쉽다. 하지만 내가 보기에 감독은 그런 '헷갈림' 자체를 조롱하기 위해서 시치미를 떼고 그런 식의 인물설정을 해놓은 것 같다.

성적 욕망은 욕망 그 자체로 이해되어야 한다. 그것은 이성보다는 감성에 속하는 것이요, 도덕보다는 본능에 속하는 것이다. 그런 솔직한 접근이 이루어진 뒤에야 우리는 비로소 '성적 일탈'이나 '성적 절제'의 문제를 구체적으로 논의할 수 있다. 영화 〈욕망의 모호한 대상〉은 매우 모호하게 만들어진 영화지만, 의외로 간단한 메시지를 우리에게 전해 준다. 그것은 "욕망을 있는 그대로 바라보라"는 메시지다.

(1999. 7)

한국 연극 망치는 경건주의

　문학과 마찬가지로 한국 연극계에서도 '경건주의'의 폐해가 심각하다. 최근에도 〈장보고의 꿈〉이 정부기관의 협조로 공연되면서 입장권을 유수한 기업체에 할당하여 문제가 된 바 있거니와, 우리나라에서 관변 문화단체나 보수적 매스컴이 주도해 나가는 연극은 언제나 경건주의에 바탕을 둔 이른바 '대작'들인 것이다. 얼마 전 〈명성황후〉가 미국에 진출하여 크게 성공했다고 매스컴들이 대대적으로 보도한 적이 있었다. 그러나 속을 들여다보면 〈명성황후〉의 공연은 실패였다.

　한국 민족의 얼을 되살리고 주체적 자긍심을 복돋워주는 일은 사실 나쁜 일이 아니다. 그렇지만 문제가 되는 것은, 언제나 그런 국수주의적이고 '무거운' 연극들만이 대우받고, 개방적이고 '가벼운' 연극들은 천대받고 있는 우울한 현실이다. 말하자면 다원주의에 바탕을 둔 고른 연극 발전이 이루어지지 않고 있는 것이다.

　연극은 '놀이'에서 출발한 예술인 만큼 개방적인 놀이정신이 필수적이다. 우리나라의 전통 민속극을 보아도 대부분의 내용이 해학미와 외설미로 가득 차 있다. 그리고 거기에는 민중적 풍자정신이 밑바탕을 형성하고 있는 것이다. 그런데 요즘 들어 한국 연극은 점점 더 '무거운' 쪽으로만 치닫고 있어 우리나라 고유의 민중적 놀이정신을 망각해 가고 있다.

몇 년 전, 여배우가 알몸으로 출연했다는 이유로 연극 〈미란다〉가 형사 기소된 적이 있다. 그리고 나서 역시 같은 이유로 연극 〈마지막 시도〉의 연출자가 구속 기소되는 일이 일어났다. 그런데도 보수적 연극단체에서는 표현의 자유를 외치기는커녕 오히려 '야한 연극 추방 캠페인'을 벌였고, 대부분의 매스컴은 이를 적극 지지하고 나섰다. 〈미란다〉나 〈마지막 시도〉가 잘된 연극이냐 조악한 연극이냐 하는 문제는 여기서 따질 게 못된다. 어쨌든 두 연극은 소자본으로 기획된 이른바 '대학로 연극'이었고 그런대로 많은 관객을 확보한 연극이었다. 그리고 영화나 미술 등을 보아도 누디즘(nudism)은 이제 어엿한 현실로 굳어져 가고 있었다.

서양 연극 발전사를 봐도 엄숙주의적인 연극이 판을 치면 거기에 대한 반발로 '감성'과 '본능'을 중시하는 전위연극운동이 일어난다. '해프닝(Happening)'이나 '리빙 시어터(Living Theater)' 등이 바로 그 예다. 그런데도 우리나라 연극계는 아직까지 제대로 된 전위정신이나 반항정신을 갖고 있지 못하다. 전위연극에 끼어들 수밖에 없는 누디즘을 용납 못하는 것이 좋은 보기다.

아니, 용납 못하고 있다기보다는 처벌에 대한 두려움과 수구주의자들의 분노에 '자기검열'을 강화해 가고 있다는 것이 더 맞는 말일 것이다. 그러기에 '문화산업'의 중요성을 이야기하고 '문화의 세기'를 강조하는 오늘날에 있어서도 한국 연극은 언제나 무거움의 미학 또는 경건주의의 미학에 눌려 젊은 연극인들의 '끼'를 제대로 키워주지 못하고 있는 것이다.

현대 연극은 '본능의 발산'과 밀접하게 연결돼 있고, 대리배설적 카타르시스를 주된 목표로 삼고 있다. 말하자면 귀족적 교훈주의에 바탕한 '상수도 문화'로서의 연극이 아니라 대중적 놀이정신에 바탕한 '하수도 문화'로서의 연극을 지향하고 있다. 그러다 보니 자연 관능적 상상력이나 육체주의적 선정성이 중요시되게 되었고, '성'이 중요한 몫을 차지하게 되었다. 그런데도 우리나라에서는 처벌의 잣대도 애매모호한 '외설성'이 언제나 표현의 자유를 제약하는 무소불능의 힘을 갖고서 예술가들을 괴롭히고 있다. 이런 모럴 테러리즘을 방조하는 수구세력은 언제나 보수적 매스컴과 손잡고 구시대의 도덕타령만 해댄다. 매스컴은 매스컴대로 선정적인 연극을 비판하는 체하며 그런 기사 자체를 상품화시키는 '이중적 선정주의'를 판매전략으로 삼는다. 이런 와중에서 희생되는 것은 소규모의 독립극단들이고, '볼 자유'를 박탈당하고 있는 관객들이다.

자본이나 형식 면에서 연극은 영화를 따라가기 힘들다. 게다가 영화는 '돈'이 된다는 이유로 연극이나 문학보다 훨씬 더 관대한 검열을 거치고 있다. 이러한 사실은 아직까지 영화인이 외설로 구속된 적이 없는 것만 보아도 알 수 있다. 이럴 때 연극이 영화와 경쟁할 수 있는 유일한 무기는 생생한 현장감이고 그런 현장감을 극대화시킬 수 있는 게 바로 인간의 '몸'인 것이다.

이성우월주의의 경건주의 연극은 더 이상 영화의 적수가 될 수 없다. 이때 우리는 다시 한번 감성과 본능 중심의 '육체주의 연극'의 중요성에 대해 생각해 봐야 하고, 진정한 표현의 자유가 실현될 수 있도록 애써야 한다. 그래서 '상수도 문화'와 '하수도 문화'가 고르게 용인되는 다원주의 사회를 만들어나가야 한다.

(1999. 3)

안개 속의 공포감

책에 살인장면이 묘사되어도 아무도 문제 삼지 않는다. 아니, 문제는 삼을 수 있을지 모르지만 적어도 형사범으로 처벌받지는 않는다.

그런데 성(性) 묘사가 나오면 시비만 벌어지는 게 아니라 재수가 없으면 작가가 형사처벌까지 받을 수 있다. 내가 '재수가 없으면'이라는 표현을 쓴 것은 이른바 '음란한 묘사'라는 것의 잣대가 도무지 분명치 않기 때문이다.

'음란'이란 언제나 '귀에 걸면 귀걸이 코에 걸면 코걸이' 식으로 자의적 판단에 따를 수밖에 없다. 그런데도 한 작품이 '법'의 이름으로 '음란물'로 판정되면 작가는 형사처벌을 받을 뿐만 아니라 여론재판의 희생양까지 되고, 창작의욕이 무참히 꺾이는 등 엄청난 피해를 입는다. 이건 참이상한 일이다. 아무리 음란하다고 해봤자 '살인'보다 더 나쁜 죄가 될 수 있겠는가.

그런데 어째서 성문제에 있어서만은 그토록 호들갑스러울까. 아니 설사 현실에서 실제로 음란한(?) 성행위를 한다 해도 그것이 강간이 아닌이상 처벌받지 않거늘, 책 속에서 강간도 아닌 합의적 섹스를 하는 게 어째서 처벌받을까. 참으로 알 수 없는 일이다.

물론 '변태섹스'여서 그렇다느니, '혐오감을 주는 섹스'여서 그렇다느니 하고 반박할 사람이 있을지도 모른다. 그러나 글이란 원래 그런 게 아닌가. 아니 '원래 그런 게' 아니라 '당연히 그래야 하는 게' 아닌가. 현대 문학의 특질(特質)이 대체 무엇인가. 감춘 것을 드러내 해부하는 것이 바로 현대 문학의 특질이 아닌가. 쓰레기통의 뚜껑을 덮어 썩게만 할 게 아니라 뚜껑을 벗겨 볕을 쪼이게 하는 게 작가의 임무 아닌가. 그런데 왜 유독 성문제에 있어서만은 '감추고 포장한 성'만을 용인하려 드는 것일까. 얼마 전 탤런트 서갑숙 씨의 책에 대해 형사처벌을 검토했던 것만 갖고서도 내 가슴은 아프다. 우리나라가 대체 왜 이 지경이 됐는가 하는 한탄이 저절로 나온다. 이건 성에 관련된 문제가 아니라 한 나라의 '합리적 지성의 수준'과 '문화적 세련도의 수준'에 관련된 문제이기 때문이다.

자유민주주의 국가에서 이른바 '외설' 문제를 가지고 형사처벌로 겁을 주는 나라는 내가 알기에 한국 이외에는 없다. 내가 1992년 말에 전격구속된 『즐거운 사라』 사건은 외설이라는 이유로 작가를 구속하고 형사처벌했다는 점에서 한국 최초, 세계 최초의 사건이었다. 그 뒤 성에 관한 담론이나 문학작품이 물밀듯 쏟아져나오고, 영화검열이 철폐되는 등 우리 사회는 발빠른 변화를 보였다. 그래서 나는 '시대를 앞서 간 죄'를 실감하는 동시에 다시는 '사라' 사건 같은 게 일어나지 않을 줄 알았다. 그런데 장정일 사건이나 서갑숙 파문이 터지는 것을 보고 나는 우리 사회가 하나도 변한 게 없다는 것을 알게 되었다.

구속 · 불구속 여부나 형량의 여부가 도무지 종잡을 수 없고, 도대체 무슨 기준으로 음란을 따지는지 안개 속을 걷는 기분이기 때문이었다. 차라리 사전검열이라도 실시하면 막연한 공포감에 가슴을 조이지는 않으련만, 겉으론 검열이 없다고 하면서 일단 걸리게 되면 무조건 '죄인'이 되니 도대체 겁이 나서 제대로 글을 쓸 수가 없다. 확실히 이건 '국가적 손실'이다. 문화도 산업이라고 하면서 '작가'라는 '기계'를 자꾸 불안에 떨게 하고 있으니 말이다.

또 '미성년자' 얘기를 들먹거리려는가. 『즐거운 사라』가 대법원 최종심에서 유죄가 된 건 미성년자 때문이 아니다. 판결문을 보면 "성욕을 자극, 또는 흥분시켜 보통인의 성적 수치심을 해(害)하며 성적 도의관념에 반했기 때문"에 유죄다.

미성년자를 기준 삼으면 청소년문학 외에는 다 유죄가 될 수밖에 없으므로 '보통인'의 개념이 등장했을 것이다. 그런데 성욕을 흥분시키는 게 왜 유죄일까.

우리는 성욕을 흥분시키기 위해 정력제도 사먹고 성전문병원도 찾지 않는가. 또 성적 수치심을 해한다는 건 무슨 뜻인가. 만약 그게 '수치심을 느끼게 한다'의 뜻이라면 오히려 무죄의 근거가 돼야 하는 건 아닌가 (성 묘사를 읽고 수치심을 느끼면 도의관념을 각성시켰다는 얘기가 되므로).

또 글을 꼭 '도의관념'에 맞게 써야만 한다면 도덕교과서만 쓰라는 얘긴데, 그래 가지고 과연 문화가 발전할 수 있는가. 도무지 종잡을 수가 없어 의문은 고사하고 공포감만 더해 간다.

문득 "가장 음란한 사회가 가장 금욕주의를 가장한다"는 러셀의 말이 떠오른다.

(1999. 11)

스와핑 섹스

결혼제도는 남녀 두 사람을 정(情)으로 뭉치게 하여 많은 결속력을 가져다주지만, 섹스 자체만으로 볼 때는 반드시 '권태'를 수반한다. 사람들은 본능적으로 다수의 이성과 섹스하려는 욕구를 타고났기 때문이다. 그러나 이른바 '프리섹스'만 하면서 평생을 독신으로 살아가기엔 고독의 부담이 아주 크다. 늙으면 아무래도 더욱 세상에서 소외되고, 특히 성적인 면에서 소외되기 때문이다. 또한 자식이 없으면 노후생활에 기댈 곳이 없어진다. 그래서 예전부터 남자들은 결혼을 하긴 하되, 아내 몰래 바람을 피우는 방법으로 성적 욕구를 해소시키곤 했다. 그리고 여권이 신장됨에 따라 남편만이 아니라 아내들도 마음껏 바람을 피울 수 있게 되었다.

여자의 당당한 혼외정사를 다룬 첫 소설은 D. H. 로렌스의 『채털리 부인의 사랑』이다. 그 이전까지는 아내가 바람을 피우면 끝에 가서 자살을 하도록 만드는 게 정석이었다. 플로베르의 『보바리 부인』이나 톨스토이의 『안나 카레니나』 같은 소설이 대표적인 예다.

우리나라에서는 아내의 바람기에 대해서는 한없이 가혹하고, 남편의 바람기에 대해서는 한없이 관대했다. 조선시대까지 상류사회 남성들은 공공연하게 첩(妾)을 둘 수 있었다. 그러나 현대에 이르러서는 아내도 남편만큼이나 바람을 피울 수 있게 되고, 이혼의 사유도 남편뿐만 아니라 아내의 혼외정사도 한몫을 하게 되었다.

어쨌든 결혼제도는 아직까지도 무서운(?) 위력을 떨치고 있다. 미국의 유명 연예인들이 결혼과 이혼, 그리고 재혼을 되풀이하는 것만 봐도 그렇다. 내 생각 같아서는 이혼 위자료로 들어간 그 많은 돈을 생각해서라도 재혼을 안 할 것 같은데, 그들은 막대한 이혼비용을 지출하고 나서도 또다시 위험부담이 따르는 새 결혼을 시도하고 있는 것이다. 그래서 결혼제도를 유지하긴 하되, 동시에 '합법적으로 바람을 피울 수 있는 방법'을 궁리하는 사람들이 늘어나게 되었다. 그 결과로 나타난 것이 이른바 '스와핑'이다.

스와핑은 여러 부부가 한데 모여 파트너를 바꿔가며 성적 쾌락을 즐기는 것을 가리킨다. 그러니까 '부부교환의 그룹섹스'라고 보면 맞을 것이다. 그러면서도 정해진 남편과 아내의 관계는 그대로 지속시키므로, 부부 간의 정(情)으로써의 결속력은 그대로 유지하게 되는 것이다.

내가 스와핑에 관한 책을 처음 읽은 것은 1980년대 초였다. 『네 이웃의 아내(*Your Neighbor's Wife*)』라는 미국 책이었는데, 1980년대 이전부터 미국에서는 스와핑이 비밀리에 이루어지고 있었던 셈이다. 또한 14세기에 씌어진 보카치오의 『데카메론』에도 두 쌍의 부부가 부부교환의 섹스를 하는 이야기가 한 편 끼어 있으니, 스와핑의 역사는 아주 오래된 셈이다.

스와핑은 이제 한국에서도 상당히 이루어지고 있다. 물론 공공연하게 드러내놓고 하지는 못한다. 그러나 일부 상류층의 부부들은 섹스의 권태를 해소할 목적으로 스와핑 섹스를 한다고 한다. 스와핑은 매일같이 지겹게 되풀이되는 부부 간의 '의무방어전' 식의 섹스에 활력을 불어넣어준다고 한다. 게다가 요즘엔 피임방법이 아주 발달해 있으므로 임신의 염려도 전혀 없다. 그저 쓸데없는 죄의식이나 도덕의식을 느끼지만 않으면 된다. 늘 새로운 섹스 파트너를 만나 성희(性戱)를 즐기면 얼마나 신나 겠는가?

그러나 스와핑 섹스에도 부작용은 있다. 이를테면 어느 한 쌍이 단지 쾌락을 맛보는 것에서 끝나지 않고, 정말로 '눈이 맞아버리는 경우'다. 그렇게 되면 한 부부의 결속이 깨져버릴 수밖에 없고, 그 스와핑 그룹은 와해되어 버린다. 실제로 서구에서는 이런 상황이 종종 벌어져 진짜 자유로운 스와핑의 실천이 어려워지는 것이다. 그러나 여러 보고서를 보면 이런 경우는 극히 드물고, 스와핑의 매너에 세련된 부부들이 점차 늘어나고 있다.

스와핑 섹스를 도덕적 부담감 없이 자주 즐기다 보면 부부 간의 정이 오히려 더 두터워지게 된다고 한다. 또한 스와핑 섹스의 방법도 종래의 삽입성교로만 이루어지는 것은 아니다. 오럴섹스는 기본이고 사도마조히즘 성희나 페티시 성희, 트리플 섹스 같은 것이 당연히 끼어 들어간다. 꼭 스와핑의 경우가 아니더라도 섹스에 세련된 사람들은 삽입성교(생식적 성교)만 고집하지 않는다. 오히려 이른바 변태적 성교(비생식적 성교)를 드러내놓고 즐기는 것이다.

특히 많은 숫자의 남녀 집단이 한데 어우러져 성희를 즐기는 데는 오럴섹스만한 것이 없다. 임신의 부담을 전혀 주지 않을 뿐더러 남자들이 흔히 갖고 있는 정력공포증을 극복하는 데 안성맞춤의 수단이 되기 때문이다. 영화 〈목구멍 깊숙이(Deep Throat)〉가 서구에서 엄청난 인기를 끌었던 까닭은 성감이 성기보다 입에 더 집중되어 있다는 사실을 깨닫게 해주었기 때문이었다. 나는 결혼제도 자체를 혐오하지만, 결혼제도를 유지하면서 성적 쾌감을 권태감 없이 증진시킬 수 있는 방법으로 스와핑 섹스도 썩 괜찮은 방법이라고 생각한다.

(2007. 9)

자동차 운전의 심리

자동차를 운전한다는 것은 일차적으로는 운전자의 사디즘을 만족시켜 주는 역할을 한다. 사디즘은 누군가를 채찍으로 때리거나 발로 짓밟는 등 육체적 가학행위를 통해 느끼는 쾌감이라기보다는, 누군가를 지배하는 데서 얻어지는 우월감 위주의 심리적 쾌감이기 때문이다.

직장에서는 매일 상사한테 야단맞고 집에서는 마누라한테 구박받으며 사는(때로는 아이들까지도 마누라 편에 가세한다) 사람일지라도, 일단 운전석에 앉아 핸들을 잡고 있으면 왕이 된다. 자동차는 운전자의 충실한 노예가 되어 명령하는 대로 따라주기 때문이다.

오른손으로는 기어를 잡고 발로는 엑셀러레이터를 밟으면서 운전자는 실컷 가학욕구를 충족시킬 수가 있다. 요즘엔 기어작동이 필요없는 오토매틱형이 많이 보급되고 있는데, 사실 오토매틱형은 사디즘을 완벽하게 충족시켜 주지 못한다. 그래서 운전을 진짜로 즐기는 사람들은 오토매틱형을 싫어하게 마련이다. 운전을 할 때 가장 짜릿하게 육체적 사디즘을 만족시켜 주는 것은 사실 기어를 작동할 때이기 때문이다. 기어를 이리저리 비틀고 당기고 밀고 젖히면서, 운전자는 마치 폭군이라도 된 기분으로 그의 사디즘과 황제망상(皇帝妄想)을 마음껏 충족시킬 수 있다.

자동차를 운전한다는 것은 이러한 사디즘의 충족 말고도 여러 가지 심리적 충족효과를 가져온다. 첫째로 생각할 수 있는 것은 자궁회귀본능의 충족이다. 사람들은 모두 '어린애 같은 어른'이기 때문이다. 자동차 안은 나 혼자만의 공간이 되고, 그 공간은 지나치게 크지도 않고 또 지나치게 작지도 않은 것이어서 인생의 질곡 속에 얽혀 신음하며 살아가는 우리가 항상 그리워해 마지않는 영원한 마음의 고향, 영원한 향수의 대상인 어머니의 자궁 속을 닮았다.

우리가 자궁 속에서 태아로 존재했을 때, 우리는 가장 행복했었다. 거친 세파를 헤치며 스스로의 운명을 개척해 나갈 필요도 없었고, 가만 있어도 언제나 안락한 생활이 보장되었다(쿠션 좋고, 실내 온도 좋고). 그래서 사람들, 아니 모든 동물들은 언제나 어머니의 자궁을 그리워하며 살게 마련인데, 안락한 구조의 집이나 방, 화장실, 아담한 술집 등의 공간이 모두 다 자궁의 상징이 된다.

그러나 집이나 방은 혼자 있을 수만은 없고 언제나 가족과 함께 부대끼며 살게 마련이어서, 우리들의 자궁회귀본능을 완벽하게 충족시켜 주지는 못하는 것이다. 그런데 자동차를 타고서 그 안에 혼자 있을 수 있는 상태에서는 거의 완벽하게 자궁회귀본능을 충족시킬 수가 있다.

두 번째는 페티시즘(fetishism)의 충족이다. 페티시즘은 원래 '물신숭배(物神崇拜)'나 '주물숭배(呪物崇拜)' 또는 '고착성욕(固着性慾)' 등으로 번역할 수 있는 말인데, 우리가 특히 어떤 물건에 집착하면서 쾌감을 얻는 것을 가리킨다. 아이들이 인형이나 장난감을 가지고 놀면서, 그것을 마음속으로 의인화(擬人化)하여 전혀 어색함을 느끼지 않고 이야기를 나눠가면서 즐거워하는 것은, 바로 페티시즘이 인간의 성적 본능의 일부를 형성하고 있기 때문이다.

어른이 돼서도 우리는 특정한 장신구나 의복 또는 신체부위(나의 경우에는 여자의 긴 손톱) 등에 특별히 집착하는 경우가 많은데, 그러한 현상 역시 페티시즘의 심리 때문이라고 할 수 있다. 그래서 자동차는 어른들의 장난감이요, 의인화되거나 신격화된 '물질적 우상'이나 '주물(呪物)'인 셈이다. 매일같이 자동차 안팎을 닦고 걸레질하면서 자동차에 유별나게 집착하는 사람들은 모두 다 일종의 페티시스트라고 할 수 있다.

페티시즘은 '살아 있는 생명체에 대한 혐오증'을 전제로 하는데, 이러한 심리 역시 우리가 이 세상을 살아나가기가 너무 힘겨워, 차라리 어떤 무생물로서의 물질로 돌아가고 싶어하는 원초적 소망을 갖고 있기 때문이다. 페티시즘은 그래서 '죽음에의 욕구'와 통해 있다. 우리가 일상언어에서 "배고파 죽겠다" 하면서 말끝마다 "죽고 싶다"는 말을 연발하는 것은, 삶의 본능 못지않게 죽음의 본능 역시 강하다는 것을 의미한다. 죽음은 역시 지긋지긋한 인생의 고해로부터 탈출한 자가 도달하게 되는 영원한 휴식처요 안식처이기 때문이다.

하지만 자동차를 지나치게 위하고 아끼다 보면 우리는 자동차의 주인이 아니라 자동차의 노예로 전락해 버릴 우려가 있다. 이럴 때 운전자는 사디스트가 아니라 마조히스트가 된다. 요즘 내 주변 사람들을 보면, 자동차에 군림하는 사디스트로서의 운전자보다는 자동차에 얽매여 사는 마조히스트로서의 운전자가 더 많은 것 같다.

자동차는 노예와 같은 것이어서 실컷 학대해도, 말하자면 더럽고 지저분하게 써도 되는데, 자동차를 신주단지 모시듯하며 매일같이 닦고 청소하는 사람들, 그런 사람들은 자동차 운전을 통해 심리적 카타르시스를 만끽하게 되기보다는 오히려 스트레스가 더 많이 쌓일 것만 같다.

(1990. 10)

술, 여자 그리고 나

술을 마신 지 꽤 오래 된다. 열아홉 살 때부터 마셨으니 올해(1995)로 26년이나 된 셈이다. 지금은 하루도 빼지 않고 마시는 주당이 돼버렸다. 마시는 술은 주로 맥주다. 집에 일찍 들어갈 경우엔 저녁식사 반주로 청주를 마시고, 식사 후 다시 맥주를 한두 병 마신다. 혼자서 술 마시는 버릇이 들면 그건 알코올중독의 시초라고 하는데, 나는 혼자서라도 매일 마시는 셈이니 알코올중독 환자가 아닌지 모르겠다.

하지만 주량은 비교적 적다. 500밀리리터 맥주로 두세 병이 고작이다. 대학교 시절에는 좀 더 마셨다. 물론 그때는 돈이 없어 주로 막걸리만 마셨는데, 막걸리나 맥주나 도수가 낮고 양이 많다는 점에서 비슷한 것 같다.

친구들 중엔 맥주를 좋아하는 경우가 거의 없다. 배가 부르고 설사를 자주 하게 된다는 이유로 대개 양주나 소주만 마신다. 나도 장이 안 좋은 편이라 맥주를 꽤 많이 마신 날은 새벽에 설사를 하게 되는 일이 많은데 그래도 계속 맥주만 마시게 된다. 아무래도 내가 오럴섹스(oral sex)에 매우 굶주려 있는 탓인 것도 같다.

나는 담배도 상당히 많이 피우는 편인데, 담배든 술이든 계속 입 안에 뭘 담고 있어야만 정서가 가라앉는다. 어렸을 때 어머니가 허약하신 관계로 젖이 안 나와, 젖을 실컷 빨아먹지 못해 그런 것도 같다. 그때는 6·25 직후라 우유나 고무젖꼭지 같은 것도 없어, 나는 숟가락으로 떠먹여 주는 좁쌀 미음을 먹고 자랐다고 한다.

　나이 40이 넘고 보니 친구들은 다 담배를 끊는다, 술을 줄인다 하고 야단이다. 자가운전을 하는 경우가 많기 때문에 더 그렇게 엄살꾼이 많아졌다. 하지만 그런 이유보다는 역시 오래 살고 싶어 몸조심을 하기 때문일 것이다.

　하지만 나는 술이 너무 좋아 운전을 아직도 배우지 않고 있고, 건강이 걱정되긴 하면서도 하루에 담배 서너 갑씩을 피우고 있다. 몸이 튼튼한 편이 절대 아닌데도 그토록 자학(自虐)을 하는 걸 보면, 아무래도 내가 정서불안인지도 모르겠다는 생각조차 든다. 하지만 어쩌겠는가. 마실 거마시고, 피울 거 피우면서 살다가 죽는 게 행복한 인생 아니겠는가.

　술을 마실 때 술 맛이 나려면 역시 여자가 있어야 한다. 남자끼리 술마시다 보면 왠지 객쩍어지고 우울해진다. 그렇지만 나는 지금 술을 같이 마셔줄 애인도 없고, 그렇다고 여자가 나오는 룸살롱 같은 데 가서 마음 놓고 술 마실 만한 돈도 없다.

　그래서 요즘은 상당히 우울하다. 게다가 『즐거운 사라』로 어이없고 야만적인 필화사건에 걸려들어 '계란으로 바위치기' 식 재판을 3년 가까이나 하다가 이제 유죄판결을 받고 보니 더욱 우울해서 정말 살맛조차 안 난다.

　한국의 문화적 후진성에 화가 치밀어 오르고 울화병이 날 정도로 심신이 망그러졌다. 그러니 여자 꼬시는 일은 이제 엄두도 못 낼 정도가 되었다. 심신이 지친 것은 고사하고 그동안의 스트레스 때문에 머리털이 다 빠지고 하얘져서 볼품 없는 애늙은이가 되어버렸기 때문이다. 하지만 이럴 때일수록 술은 더 마시게 된다.

그래서 술장사엔 불황이 없나 보다. 기뻐서 마시고, 슬퍼서 마시고, 울화통이 터져서 마시고……. 이젠 낮술까지도 즐기게 됐으니 나도 어지간한 애주가가 되어버렸다.

여자 얘기가 나왔으니 말인데, 나는 술을 전혀 안 마시는 여자하고는 상종을 안 하는 편이다. 나만 혼자 취해서 해롱거리고, 여자는 말똥말똥 맨정신으로 나를 감시하는 꼴은 정말 죽이고 싶도록 밉기 때문이다.

술이 적당히 들어가 취한 상태라야 자연스러운 살갗접촉이 가능해지고, 춤을 추더라도 서로 섹시하게 엉겨붙을 수가 있다. 담배까지 많이 하는 여자가 좋은데, 담배를 안 피우는 여자는 담배연기를 싫어해 줄담배인 나로 하여금 항상 공연한 미안함에 시달리게 해서 싫다.

내가 대학시절 난생 처음 여성과 진한 페팅을 해보게 된 것도 다 술 때문이었다. 처음 만난 여자와 술을 마셨는데, 그녀나 나나 다같이 술고래였다. 그래서 둘 다 인사불성이 되도록 마셨는데, 몸을 가눌 수가 없어 (또 야간 통행금지도 있었으므로) 그만 여관으로 직행할 수밖에 없었다. 둘 다 실컷 토하고 나서 한잠 달게 자고 난 후, 새벽녘에 깨어 우리는 끈적끈적한 애무를 덜 깬 술기운으로 시도할 수 있었다. 술처럼 남녀를 밀착시켜 주는 매개물은 다시 없다고 본다.

요즘 맥주를 마시면서 기분 좋은 것은 술을 골라서 마실 수 있다는 점이다. 예전엔 '크라운' 아니면 '오비'였는데, 이젠 '하이트', '넥스', '카스'를 비롯해서 '밀러', '쿠어스', '칼스버그' 등 여러 가지 종류의 맥주를 골라서 마실 수 있는 즐거움을 누릴 수 있어 좋다. 나는 주로 '하이트'만 마시고 있는데 '넥스'나 '카스'도 그런대로 맛에 개성이 있어 가끔 바꿔서 마시기도 한다.

다만 불만이 있다면 예전에 주로 팔던 640밀리리터 짜리 큰 병을 거의 볼 수 없게 된 점이다. 요즘 술집에선 으레 제일 작은 병만 판다. 돈도 돈 이지만 도무지 감질이 나서 못 마시겠다. 맥주회사의 얄미운 상술이라 하겠는데, 나 같은 맥주 애호가를 위해 대용량의 맥주가 시판되었으면 좋겠다.

(1995. 7)

에세이와 논문

　수필처럼 폭이 넓은 문학장르도 없다. 수필을 일단 '에세이'의 개념으로 파악할 때, 논문도 수필이고 비평도 수필이며, 신변잡기 또한 수필이다. 나아가 자전적 소설이나 회고록 역시 수필이라고 할 수 있다. 그런데 우리나라에서는 '에세이'와 '미셀러니'의 개념이 혼동되어 모두 다 '에세이'로 통용되고 있다. 그래서 수필이 갖고 있는 문학적 품격과 위상이 평가절하되고 있는 것이다.

　물론 미셀러니가 에세이보다 격이 낮다는 말은 아니다. 다만 격조 높은 논술적 담론이나 문화비평 등일지라도 그것에 '논문'이나 '비평'이라는 딱지를 붙이지 않고 '에세이'라고 해놓으면 사람들이 우선 얕잡아본다는 뜻이다. 또 미셀러니는 미셀러니대로 '솔직한 배설'로서의 담론이기보다 상투적 교훈이나 감상적(感傷的) 넋두리로 시종하는 일이 많아 독자들을 실망시키고 있다는 뜻이다.

　내 경우 제일 처음에 낸 수필집인 『나는 야한 여자가 좋다』는 일종의 문화비평집이었다. 그런데 그것에 수필집이라는 라벨을 붙여 내놓자 어처구니없는 험담과 매도에 시달리게 되었다. 만약에 그 책 겉장에 '문화비평집'이라고 표시했더라면 막연한 곡해와 비난이 훨씬 줄어들었을 것 같은 생각이 든다.

그러므로 우선 나는 '수필'과 '에세이'의 명칭이 다르게 쓰이는 게 낫다고 생각한다. '수필(隨筆)'이란 말은 글자 그대로 '붓 가는 대로 씌어진 글'이라는 뜻이므로 '미셀러니'에 가깝다. 또한 미셀러니는 '잡다하다'는 말에서 온 것이므로 '잡문(雜文)'의 의미와도 통한다. 일상생활에서 느낀 감상의 파편들을 논리적 포장이나 가식적 수사 없이 솔직하게 털어놓는 것이 바로 '수필'인 것이다.

그러나 '에세이'는 몽테뉴의 『수상록』에서 비롯된 명칭인 만큼 형식의 구애를 받진 않지만, 어느 정도 논리적 사고를 바탕에 깔고 있는 글이요, 사상성과 철학성을 겨냥한 글이다. 파스칼의 『팡세』도 에세이고, 쇼펜하우어의 저서나 니체, 키에르케고어의 저서들이 에세이다. 우리나라에서는 한때 에세이를 '시론(試論)'이라고 번역해 사용한 적이 있는데, 좀 어색하긴 하지만 에세이의 본질에 상당히 접근한 명칭이라고 본다.

요즘 들어 '담론(談論)'이란 말이 자주 쓰이고 있는 것은, 과거에는 아카데믹하고 현학적인 글을 이른바 '논문'이라고 부르며 격이 높은 글로 간주하고, 에세이를 논문보다 격이 낮은 글로 간주하던 풍조에 대한 반성의 결과라고 본다. '논문'이라고 하면 서론, 본론, 결론의 격식을 갖추고 일부러라도 잡다한 각주(脚註)들을 집어넣어 실증적인 틀에 맞추는 글이라고 볼 수 있는데, 가장 중요한 것은 역시 글쓴이가 무엇을 말했는가에 있지, 그가 얼마나 책을 많이 읽고 공부를 많이 했는가를 드러내는 데 있지 않다.

그런 의미에서 볼 때 앞으로는 설사 학위논문이라 할지라도 에세이의 형태를 갖추는 게 좋다고 본다. 억지로 형식이나 논리로 허세를 부리다 보면 속 빈 강정이 되기 쉽기 때문이다.

따지고 보면 과거 우리나라 선비들이 쓴 글들은 모두 다 에세이였다.

『율곡집(栗谷集)』, 『화담집(花潭集)』 등에 실려 있는 이율곡이나 서경덕의 글은 모두 다 에세이지 논문은 아닌 것이다. 정약용이 그토록 많은 저작을 남길 수 있었던 까닭은, 그가 쓴 글들이 논리적 얽음이나 방증의 제시에 구애받지 않고 자유롭게 써내려간 에세이 형식이었기 때문이다. 또한 이규보는 미셀러니에 가까운 주옥같은 에세이를 많이 남겼고, 허균이나 박지원 역시 그랬다.

서양의 경우도 이와 비슷하다고 볼 수 있다. 베이컨이나 볼테르, 루소 등의 사상가들이 남긴 저서들은 다 에세이지 논문은 아니다. 다만 칸트 같은 이가 논리적 증명을 집어넣은 현학적 논문 형태의 글을 썼는데, 그렇다고 해서 베이컨이나 볼테르 등이 칸트보다 격이 낮은 사상가로 불리진 않는다. 요컨대 얼마나 독창적인 사상을 담았느냐 여부가 중요한 것이다.

한국의 저술가들은 대부분 내용보다는 형식에, 독창성보다는 현학성에 집착한다. 이런 현상이 문화의 '거품' 현상을 낳고 사이비 지식인들을 날뛰게 하는 결과를 초래한다. 깊이 생각해 볼 문제다.

(2006. 5)

가을은 서럽다

나도 이제 늙었다.

특히 가을이 오면 나이를 더 실감하게 된다. 머리털이 하얗게 센 것도 한 이유일 것이다.

깊어가는 가을밤 — 이보다 더 쓸쓸한 시간이 있을까. 아내도, 애인도 없이 가을밤을 지내다 보면 나의 야한 상상력도 여지없이 위축되게 된다. 그래서 가을에 찾아 읽는 시는 몽땅 다 쓸쓸한 것뿐이다.

특히 나는 중국 당나라 때의 시인 왕유(王維)의 시를 나직히 읊어보곤 한다. 대표적인 시가 바로「깊어가는 가을밤에 방 안에 홀로 앉아」같은 시이다.

독좌비쌍빈(獨坐悲雙鬢)
공당욕이경(空堂欲二更)
우중산과락(雨中山果落)
등하초충명(燈下草蟲鳴)

빈 방에 홀로 앉아 있으니
늙어감이 서러웁다.

이경(二更).
밖에서는 찬 비가 내리고

어디에선가
과일 떨어지는 소리

벌레들이 방 안에
찾아와 운다.

가을밤은 깊어가고, 빗줄기 따라 산속에서는 열매가 후두둑 떨어진다. 처량한 빗소리에 어울려 귀뚜라미 등 가을 벌레들이 희미한 불빛을 따라 방 안에 들어와 운다.

이처럼 달콤하고 멋진 풍경화가 어디 있을까.

원문에는 첫째 줄에서 '비쌍빈(悲雙鬢)'이라고 표현했다. '쌍빈(雙鬢)' 이란 귀밑머리에 난 흰 터럭을 의미하는 것이니 흰 머리가 점점 늘어나는 것을 보고 자신의 늙어감을 슬퍼한다는 뜻이다.

나는 얼굴 피부에는 자신이 있다. 주름이 전혀 없다. 그러나 흰 머리가 문제다. 그리고 머리카락이 자꾸 빠진다. 그래서 애인 구할 엄두도 못 내고 있다.

가을은 고독의 계절…….

올 가을엔 어떻게 해서든지 애인을 구하고 싶다. 그래서 나의 야한 정열을 불태우고 싶다.

(2005. 10)

잘먹고 잘살면 그만
청소년의 '끼'를 바르게 키워줘야

　최근의 통계에 의하면 자살하는 청소년의 숫자가 일년 동안 평균 100여 명에 이르고 있다. 그래서 매스컴에서도 이 문제를 자주 다루고, 교육계에서도 골머리를 앓고 있다.

　그런데 내가 보기엔 청소년 자살의 근본적 원인규명에 있어 매스컴이나 교육학자들의 시각에 조금 문제가 있는 것 같다. 대개 자살의 근본원인으로 제시되는 것이 대학입시에 대한 과중한 부담감과 공포감으로 되어 있기 때문이다.

　물론 학업성적의 부진으로 인해 스스로 목숨을 끊어버리는 학생이 상당히 많은 것은 사실이다. 그렇지만 그것은 '공부를 잘하는 학생들'에게만 해당되는 경우일 뿐이지 모든 학생들에게 해당되는 것은 아니다.

　이를테면 학업성적이 1등이던 학생이 2등이나 3등으로 떨어지면 그 충격 때문에 자살하는 수는 있다. 그러나 40등이던 학생이 45등으로 떨어졌다고 해서 자살을 결심하게 되지는 않는 것이다. 중고생 자살문제를 취급할 때 매스컴이나 일반 여론이 너무 '대학입시'나 '공부 잘하는 학생'만을 위주로 하는 것 같아서 불쾌한 기분을 느낄 때가 많다.

　사실 현재의 실정으로는 고등학교 학생들 가운데 20% 정도만이 소위 이름 있는 4년제 대학에 입학할 수 있다. 나머지 다른 학생들은 대학입시의 완전한 소외자요 국외자(局外者)인 셈이다. 그런데도 불구하고 공부 잘하는 학생들만을 대상으로 고등학교 교육이 이루어지고, 청소년 문제 해결에 대한 논의의 초점이 모아지고 있다는 것은 유감이 아닐 수 없다.

청소년 자살의 진짜 원인은 사실 다른 데 있다. 학업성적의 부진 때문에 자살하는 경우는 극소수이고, 대부분의 청소년들은 불우한 가정환경에 대한 비관, 부모나 형제 간의 갈등, 선생님들로부터의 소외, 남녀 간의 애정문제 등으로 인해 자살을 결심하게 된다.

청소년 시절은 가장 불안하고 외로운 시기다. 경제발전의 결과로 청소년들의 발육상태가 좋아져, 그들은 이미 성년으로서의 자질을 갖추고 있다. 그래서 성욕도 강하고 '놀이'에 대한 욕구도 강하다. 그런데도 그들에게는 성욕을 대리배설할 수 있는 통로조차 주어져 있지 않다. 유일하게 허용되는 방법이라곤 오직 '공부'뿐이다. 공부를 잘하는 소수의 학생들은 공부를 통해서 성취감을 맛보며, 일류대학에 진학하고자 애씀으로써 성욕이나 기타 골치 아픈 문제들을 그런대로 대리배설시킬 수 있다. 그러나 나머지 대다수의 학생들은 학교에서도 그저 책상만 지키고 앉아 있을 뿐, 하루종일 멍하니 백일몽에 잠겨들 수밖에 없는 것이다.

그런데도 선생님들이나 학부모들은 그들이 노력이 부족해서 그렇다고들입다 야단만 쳐댄다. 그리고는 공부를 위해 다른 생리적 욕구들은 절제하라고 강요한다. 하지만 공부가 과연 노력만으로 되는 것일까? 공부 역시 선천적인 '끼'가 있어야 가능한 것은 아닐까?

나는 공부 잘하는 것도 결국 인간이 선천적으로 타고난 여러 가지 '끼'나 '재주' 가운데 하나일 뿐이라고 생각한다. 그러므로 공부를 못한다고해서 그 학생의 노력이 부족한 탓이라고 책망해서는 안 되는 것이다.

공부를 못하는 대신 장사를 잘할 수도 있고 노래를 잘할 수도 있다. 그러므로 이제부터는 청소년들을 교육할 때 "어떤 일에 종사하든지 간에 그저 잘먹고 잘살면 그만이다"라는 생각을 주입시키도록 애써야 한다. 설사 가정문제 등으로 고민하는 학생이 있다 하더라도, 만약에 그들의 천부적 '끼'를 살려주어 당당한 주체성을 갖도록 해줄 수 있다면, 청소년 자살은 줄어들 수 있다.

또한 고교생 전용의 디스코테크 마련이라든지 복장뿐만 아니라 화장 이나 기타 꾸밈새까지도 완전 자유화시켜 각자 스스로 건전한 나르시시 즘을 누릴 수 있도록 도와준다면 더 빠른 치유가 이루어질 수 있다.

사회적으로도 지나치게 학벌을 중시하는 풍토를 지양해 나가도록 애 써야 한다. 대학을 나와봤자 고급 샐러리맨이 될 뿐이지, 진짜 행복한 상 태(식욕과 성욕의 원활한 충족)에 무조건 도달할 수 있는 것은 아니다.

어차피 우리가 사는 사회는 황금만능주의 사회이므로, 남을 해치지 않 는 한 각자 무슨 직업을 갖든지 돈을 많이 벌면 그만이라는 식으로 청소 년을 지도할 수 있을 때, 청소년의 일탈이나 자살 등은 많이 줄어들 수 있 을 것이다.

(2005. 11)

외설은 없다

　'예술이냐 외설이냐'라는 문제를 놓고 따질 때 우리가 먼저 근본적으로 검토하고 넘어가야 할 일은 '외설'이 왜 나쁘냐 하는 점일 것이다. 소설이나 영화, 또는 연극에서의 외설(또는 '음란')이란 쉽게 말해서 그것을 읽거나 보는 사람들에게 성적 흥분을 일으키는 것을 말한다. 그런 것 자체를 과연 부도덕한 일, 또는 법적으로 규제해야 마땅한 죄라고 볼 수 있을까 하는 내용의 논의로부터 예술과 외설의 변별성 문제에 대한 논의를 시작해야 한다. 성적 흥분을 일으키는 것 자체가 죄가 될 수는 없다. 흔히 말하듯 성이란 신이 인간에게 내린 축복 중의 하나요, 인간이 마땅히 쾌락으로 누릴 자유를 갖고 있는 '행복추구'의 한 형태이기 때문이다.

　약국에 가면 성적 흥분을 일으키는 것을 목적으로 하는 약품들이 정부의 허가하에 제조되어 정력강화제라는 이름으로 판매되는 것을 볼 수 있고, 성 전문병원에 가면 불감증 환자의 치료를 위해 제작된 에로틱한 내용의 비디오들이 사용되는 것을 알 수 있다. 그러므로 우선 우리는 "외설적인 것은 무조건 나쁜 것이다"라는 선입관으로부터 벗어날 필요가 있다. 성은 그 성격상 당연히 외설성 또는 음란성을 수반할 수밖에 없는 것이기 때문이다. 물론 성을 일종의 '필요악'으로 간주하는 청교도주의적 입장에서 보면, 종족보존을 위한 섹스를 제외한 여타의 다양한 성희들을 오로지 '쾌락을 위한 섹스'로 보아 부도덕한 것으로 간주할 수도 있을 것이다. 그러나 지금 우리가 살아가고 있는 시대가 중세기적 금욕주의 시대는 아니기 때문에, 종족보존을 위한 최소한의 성행위 이외의 것을 모두 다 악덕으로 몰아붙인다는 것은 시대착오적 성관으로 간주될 수밖에 없는 것이다.

도대체 외설과 예술의 규정은 어떠한 근거로 마련되는 것인가? 성을 아름답게 묘사하면 예술이고 노골적으로 묘사하면 외설인가? 아니면 성행위의 묘사가 변태적이거나 괴벽스러우면 외설인가? 아니면, 반윤리적·반풍속적 성행위를 묘사하면 외설이 되는 것인가? 그렇다면 어디까지가 반윤리적이고 반풍속적인가?

또 예술과 외설을 갈라서 구분하려고 애쓰는 이들이, 사실상 비본질적인 논의에 속하는데도 불구하고, 외설적 작품의 규제 또는 처벌의 당위성 있는 명분으로 끊임없이 내세우는 것이 바로 '청소년들에게 미치는 나쁜 영향'이다. 그러나 청소년의 기준이 애매모호할 뿐더러 또 청소년들을 위한 예술작품만 존재할 수 없다는 이유에서, 이러한 주장은 설득력을 갖지 못한다. 만일 그것이 두렵다면 청소년이라 불리는 사람들이 외설적인 것을 구하지 못하게 하는 유통제한의 방법을 강구해야 한다. 이러한 청소년 걱정을 빙자한 모럴 테러리즘은, 그것이 표현의 자유에 대한 권위주의적 억압의 수단으로 기능할 가능성이 훨씬 더 높기 때문에 지극히 위험한 발상이라고 본다.

역사상 갖가지 외설시비 끝에 얻어진 결론은 이른바 외설적 표현에 대한 감상자 또는 수용자의 태도가 천차만별로 다를 수밖에 없다는 것이었다. 우리나라의 경우 최근 들어 외설시비가 잦아지고 있는 것은, 포스트모더니즘 사조의 보급 등에 의해 관능적 표현물이 폭발적으로 늘어나고 있는 현실에 비해 볼 때 일종의 기이한 현상이라고 볼 수밖에 없다. 내가 보기에 외설이냐 예술이냐 하는 문제는 논쟁이나 논란의 대상이 될 수 있을 뿐 중세기적 흑백논리에 의한 단죄의 대상이 될 수는 없기 때문이다.

외설이라는 죄목만 갖다 대면 창작자가 사회적으로 매장되고 '선별적 시범 케이스' 식의 문화적 테러리즘이 가능한 중세기적 분위기는 이제 불식되어야 한다. 이는 우리나라 문화인들의 양비론적 태도와 '성 알레르기' 증세의 극복에 의해서만 해결될 수 있다. 이른바 '외설적 표현'이라는 것도 결국은 '성에 대한 담론'의 일종이라는 사실을 부디 명심해야 한다.

(2004. 8)

제4장 계속 야하고 싶다

만약 사랑이
슬픈 것이라면
왜 사랑의 고통은
달콤한 것입니까?

만약 사랑이
달콤한 것이라면
왜 사랑은 그토록
잔인한 것입니까?

만약 사랑이
잔인한 것이라면
왜 사람들은 그토록
사랑을 원하는 것입니까?

— 시 「알 수 없어요」 전문

'관능'에 솔직한 여자가 아름답다

내가 우리나라 20대 여성들에게 갖고 있는 가장 큰 불만은, 확고한 자기주장도 없이 어정쩡한 상태에서 '양다리 걸치기' 식의 가치관을 갖고 산다는 것이다. 아름답게 치장하는 면에서도 그렇고, 결혼관이나 애정관, 성관(性觀)에 있어서도 그렇다.

'미적(美的) 치장'에 초점을 맞춰보면 한국 여성들은 모두 '고급병'과 '유행병'에 걸려 있는 것 같다. 개성적인 옷차림이나 관능적인 옷차림에 대해서는 거의 모든 여성들이 무지하다. '세련된 옷차림'이 오로지 유행하는 스타일과 일류 메이커의 비싼 옷으로만 가능한 것으로 알고 있다. 내가 즐겨 쓰는 '야하다'의 의미를 그네들은 '싸구려 옷에 장신구를 주렁주렁 휘감고 다니는 여자의 천박한 아름다움'과 견주어 생각하고 있는 모양이다.

'야하다'는 말은 동물로서의 인간이 갖는 원시적 본능에 솔직한 것이며, 따라서 관능적 상상력에 의한 개성적 매력의 창출로 이어지는 것이다. 여성이건 남성이건 우리는 자기 몸을 아름답게 치장하고자 하는 본능을 가지고 있다. 이 본능은 곧바로 성욕과 결부되는데, 자기에게 쾌감을 줄 수 있는 우량한 '성적 교합' 대상으로서의 이성을 유혹하고자 하는 심리 이외에 아무것도 아니다.

그런데도 우리나라 여성들은 '고상한 아름다움'과 '관능적 아름다움'의 이분법적 흑백논리의 노예가 되어 있다. 이성에게 예쁘게 보이긴 보이되 '성적 교합의 대상'으로 보이는 게 아니라 단지 '세련되고 고상한 신분'으로만 보이기를 원하고 있는 것이다. 그러니 자연 '비싼 것'에만 관심을 집중하게 되고 최신 유행에만 눈독 들이게 된다.

이러한 생각은 곧바로 황금만능의 사고방식으로 이어져 '멋있는 여자가 되려면 돈이 많고 봐야 한다'는 속물근성을 품게 한다. 성형수술에 대한 집착도 여기에서 나온 것이다. "내게 돈이 한 1억만 있다면 여기저기 마음껏 성형수술을 받아 미인이 될 수 있을 텐데……" 하는 여성들이 많다.

야한 화장(개성미와 그로테스크한 관능미가 합쳐진 것)만으로도 얼마든지 매력 있는 여성이 될 수 있는데도 그들은 화장술을 익힐 생각은 하지 않고 다만 자신의 가난만 한탄하고 있는 것이다.

아름다움과 돈을 결부시켜 생각하는 버릇은 곧바로 양다리 걸치기 식의 결혼관과 연결된다. '사랑'과 '조건' 사이에 어정쩡하게 양다리를 걸치는 것이다. 연애상대와 결혼상대는 다를 수밖에 없다는 이기주의적 사고방식은 고학력 여성일수록 심하다. 우리나라의 경우 여자가 대학 다니면서 듣고 배우는 것은 오직 '위를 보고 걷자'는 식의 무분별한 신분상승 욕구, 이른바 '신데렐라 콤플렉스'가 많다.

대졸 여성보다 고졸 여성들이 오히려 사랑에 대한 순수한 열정을 가지고 있다. 그들은 사랑하는 남자를 위한 모성애적 내조와 관능적 치장에 인색하지 않다. 그러나 대졸 여성, 특히 대학원 이상의 학력을 가진 여성일수록 눈만 높아지고 여류 명사가 되고자 하는 허욕만 강해져, 남편감을 오직 자신의 출세수단이나 상류계급 신분 유지의 수단으로 생각하는 경우가 많은 듯하다. 그들은 여성의 내조를 남녀평등 시대인 요즘에는 가당치도 않은 말이라고 믿으며, 도리어 남편의 외조를 핏대를 올려가며 강조한다.

문제는 그렇게 양다리 걸치기 식의 정략결혼이 이루어진 다음이다. 처음 의도대로 남편과 일종의 동업자로만 살아가면 별 탈이 없을 텐데, 여자의 성욕이 본격적으로 불붙기 시작하는 40세 전후의 나이가 되면 그들은 갑자기 사랑타령을 늘어놓으며 이미 관능적 열정이 식은 남편을 원망하기에 이르는 것이다. 자기 자신이 이미 남자의 관능적 열정을 전혀 유발시키지 못하는 '기가 센' 여자가 되어버린 것은 모르고서 말이다.

남편이 자기와의 성생활에 불성실하다고 야단치면서 동시에 그들은 '야한' 여자가 되려는 노력을 전혀 하지 않는다. 다만 뻔뻔스럽게 남자가 변강쇠 같은 정력을 발휘하는 '성교용 로봇 역할'을 해주기만 바란다고나 할까.

성과 사랑, 그리고 아름다움은 별개의 것이 아니다. 교양이니 세련이니 하는 것도 사실 '관능미'를 전제로 할 때 가능해지는 것이다. 또한 사회적 출세나 성공도 성과 무관하지 않다. 나는 '마음의 힘' 또는 '정신력'이 우리의 운명을 이끌어 나간다고 믿는다. 마음의 힘이란 결국 '기분'이나 '컨디션'을 가리키는 것인데, 좋은 컨디션은 '성적 만족감'이나 '관능적 상상력의 활용'에 의해서만 가능하다.

성욕에 솔직해지면 아름답고 진지한 사랑을 하게 되고, 사랑이 이루어지면 원기백배하게 되어 성공적인 가정생활이나 사회활동도 가능해진다. 성적 기아에 시달리면서도 그것을 '솔직한 탐식', 즉 야하고 관능적인 치장이나 자유로운 관능적 상상력으로 연결시키지 못한 채, 보수적 도덕주의와 진보적 쾌락주의 사이에 어정쩡하게 양다리를 걸치다가 결국 스스로의 불행을 자초하고 마는 것, 이것이 요즘 대부분의 고학력 여성들이 공통적으로 밟아 나가는 인생항로인 것 같다.

나는 인간의 운명은 오직 스스로의 마음에 따라 결정된다고 본다. 마음이 분열되어 있을 때, 즉 겉마음과 속마음(또는 표면의식과 잠재의식)이 서로 다른 가치관에 양다리를 걸치고 있을 때 그 사람의 인생은 행복해지기 어렵다. 전공이나 직업을 이것저것 바꿔가며 방황을 거듭하는 사람이 성공하기 어려운 것과 마찬가지다.

자연의 본성인 식욕과 성욕, 그리고 성욕에 부수되는 미(美)에의 욕구에 솔직해질 때, 거기에 인위적인 윤리나 지적 허영심에 의한 계산이 개입하지 않을 때 우리는 행복해질 수 있다. 게다가 여성은 남성에 비해 아름다워지고자 하는 욕구를 마음껏 충족시킬 수 있는 특권을 부여받고 있지 않은가.

선천적 외모가 주는 자연미보다 '인공미'가 더욱 아름답다는 확신과 인공미의 바탕에는 반드시 '관능적 상상력'이 도사리고 있다는 사실을 확실하게 받아들일 때, 모든 여성들은 진정 행복해질 수 있을 것이다.

(1995. 1)

계속 야하고 싶다

나이를 먹을수록 점잖아지는 것이 아니라 더 야해지려고 애쓰는 것이 지금까지의 내 삶이었다. 야하다는 말은 어린애같이 본능에 솔직하다는 말이고 상상력에 있어 천진난만한 꿈을 많이 간직한다는 뜻이다. 그래서 나는 여러 작품을 통하여 '관능적 판타지'를 구체화시켜 보려고 애썼다. 『광마일기』나 『권태』, 『가자, 장미여관으로』 등은 그러한 상상력의 결과였다. 『즐거운 사라』는 현실문제를 다루고 있긴 하지만 역시 관능적 상상력에 의해 씌어진 것인데, 뜬금없이 필화사건을 만나게 됨으로써 요즘 나는 상상력의 제한을 피부로 느끼고 있다.

최근 '신세대 문화'라는 말이 나오기 시작하면서 신세대 작가들 중엔 이른바 '야한 상상력'을 거침없이 부리어 사용하는 이들이 늘어나고 있다. 그런데 나는 필화사건의 여파로 상상력의 위축과 함께 피해의식까지 가중하여 상당한 '억울감' 같은 것을 느끼게 된다. 쉽게 말해서 '한 10년 먼저 간 것'이 너무나 큰 파장과 제약으로 다가왔기 때문이다.

나는 우리나라가 발전하려면 더 많은 상상력의 자유가 허락되어야 한다고 생각한다. 그것은 비단 예술 분야뿐만 아니라 경제나 정치 분야에도 해당되는 사항이다. 상상 속에서는 살인도 가능하고 간통도 가능하다. 그것이 절대로 죄가 될 수는 없다. 상상과 현실, 허구와 사실, 꿈과 실제를 구분 못하고 그것을 한가지로 바라보는 시각이 교정되어야만 그때 비로소 우리 문화가 발전하리라고 생각한다.

나는 올해(1995)로 벌써 마흔다섯 살이 되었다. 마음은 김완선인데 몸은 김정구라는 우스갯소리가 있는데, 거기에 해당되진 않는다고 해도 상당히 늙은 것은 사실이다. 이혼 후 혼자 산 지 5년이 넘도록 그동안 연애 한 번 변변히 못하다 보니 아예 연애감정에 녹이 슬었다는 느낌도 들고 또 실제로도 정열이 많이 감축된 것을 느낀다. 그런데도 내가 자꾸 관능적 상상력에 매달리는 것은 어디까지나 상상과 꿈의 세계를 인정하기 때문이다. 사람들은 현실적으로 나이를 먹다 보면 공연히 젊은이들을 질투하여 '퇴폐'라고 나무라고, 겉으로는 도덕주의자로 위장하는 일이 많다. 내 보기엔 그러는 까닭들이 다 대리배설의 즐거움, 또는 상상적 낭만의 즐거움을 인식 못하고 있기 때문이다. 나이 먹는 것도 억울해 죽겠는데 마음까지 늙어서야 되겠는가. 글쎄, 나도 이젠 지쳐 있어 얼마 후 진짜 마음마저 늙어버릴지도 모른다는 예감이 들긴 하지만, 어쨌든 현재로서는 마음만이라도 계속 야한 상태에 놓아두고 싶다는 게 내 생각이다.

작년(1994)에 나는 『즐거운 사라』 사건 후 처음으로 책을 냈다. 문화비평적 에세이집인 『사라를 위한 변명』이었는데, 사라라는 이름 속에 함축된 새롭고 개방적인 문화에 대해 다각도로 검토해 보는 글이었다. 그리고 「비켜라 운명아, 내가 간다!」라는 일종의 문명비평을 『월간중앙』에 연재해 왔는데 운명론보다는 합리적 지성이 낫고, 또 합리적 지성은 자유분방한 상상력까지 포함되는 것이라는 것을 주제로 한 일종의 행복론이었다.

그러나 이런 글을 쓰면서 느끼게 되는 것은 논리적인 글은 역시 힘들고 답답하다는 것이다. 논리적인 글과 창작적인 글을 병행할 때가 가장 좋다. 그래서 나는 이제껏 그런 식으로 집필활동을 해온 셈인데, 소설 속의 허구와 일탈을 가지고 마치 나 자신을 성도착자, 또는 색광처럼 취급하는 사람이 있어 허구적인 글은 지금 많이 못 쓰고 있다. 다만 『월간 에세이』에 매달 짧은 단편소설을 한 편씩 싣고 있는데, 아무래도 관능의 열기가 위축된 것을 느끼게 된다. 그래서 한시바삐 관능적 상상을 마음껏 대리배설할 수 있는 '표현의 자유'가 내게 찾아와주기를 기다리게 되는 것이다.

하지만 아무리 상상이라 해도 실제 경험의 '밑천'이 없으면 좀 곤란하다. 실제 경험을 열 배, 스무 배로 뻥튀기하는 것이 창작이라고 할 수 있기 때문이다. 게다가 나는 체질상 역사소설 같은 것은 못 쓰기 때문에 '발로 쓰는 소설'은 못 쓴다. 다시 말해서 자료조사에 의지하는 소설은 어렵다는 얘기다. 그러니까 결국 연애경험을 쌓아야 한다는 얘기인데 20대 연애시절의 추억은 이제 다 써먹어버려서 밑천이 드러났다.

그래서 나는 올해 어떻게 기적 같은 일이 일어나 연애 한 번 해볼 수는 없을까 하고 기대하고 있다. 하지만 모든 걸 '우연한 만남'에 기대는 게 내 버릇이다. 그런 기적 같은 우연의 순간이 과연 찾아와줄지 의구심이 드는 것은 어쩔 수가 없다. 아무래도 외모상 내가 여지없이 후줄그레해진 탓이다. 또 아직도 『즐거운 사라』 사건이 마무리되지 않아 여러 모로 스트레스를 받다 보니 발동이 쉽게 걸릴 것 같지 않다.

아무튼 요즈음 나는 그래서 조금 우울하다. 더 늙기 전에 더 야한 상상력으로 내 삶을, 내 예술혼을 불살라야 할 터인데 그게 잘 안 되기 때문이다. 하지만 그래도 나는 희망을 가져본다. 적어도 마음만은 아직 어린애 같은(아니 철딱서니 없는) 낭만정신을 갖고 있다고 생각되기 때문이다. 그래서 언젠가는 내가 아름다운 관능의 '장미여관'에 진짜로 도착할 수 있을 것 같은 예감이 들기 때문이다.

(1995. 9)

모르고 사는 즐거움

　나는 모르고 사는 게 너무 많다. 자동차 운전도 모르고, 바둑도 모르고, 해외여행도 모른다. 하는 운동도 없고 따라서 골프는 물론 모른다. 내가 이렇게 '시대에 뒤떨어진 사람'으로 사는 이유는 무슨 특별한 생활철학이 있어서가 아니라 단지 내가 한없이 게으른 체질이기 때문이다.

　내가 게으르게 된 데는 몸이 약한 것도 한 원인으로 작용했다. 초등학교 때부터 나는 체육시간마다 '견학'을 하기 일쑤였다. 그래서 특별히 몸을 움직여 뭔가를 하는 데 대해 지레 겁을 먹는 습관이 붙어버렸다. 내가 가장 기분 좋게 몰두할 수 있는 일은 벽에다 등을 기대고 비스듬히 누워 책을 읽는 일뿐이었다. 그러다 보니 독서에 열중하게 되었고 따라서 글을 써보게도 되었다. 한 가지 더 취미를 붙인 게 있다면 그것은 그림을 그리는 일이었다.

　지금도 나는 책을 읽고 글을 쓰고 강의를 하는 일 외에는 별로 하는 일 없이 지낸다. 그러니 자연 사교에 서투를 수밖에 없고 무슨 모임이나 단체여행 같은 것에도 무관심할 수밖에 없다. 그런 식으로 살면 무척이나 한가로운 여유를 즐길 법도 한데 사정은 그렇지가 못하다. 원체 자주 피곤해하는 체질이기 때문에 잦은 감기, 몸살로 누워 있게 되는 시간이 많다. 물론 책은 늘 끼고 있다.

모르고 살아야 할 것을 알고 살아서 괴로움을 겪는 것도 있다. 담배가 그것인데, 늦게 배운 담배가(스물다섯 살 때부터 피웠다) 이제 어느새 왕창왕창 늘어서 골초가 되었다. 운동도 안 하고 담배만 피워대니 건강에 좋을 리가 없다. 하지만 담배를 끊는다는 것도 여간 부지런하거나 여간 독한 성격이 아니면 불가능한 일이기 때문에 아예 포기해 버렸다. 역시 내가 게으른 탓일 것이다.

주위의 친구들을 보면 담배를 거의 안 피운다. 그리고 운동들을 열심히 하고 해외 나들이를 즐긴다. 한때는 자동차 운전이 화제로 되었다가 요즘은 컴퓨터(인터넷)가 화제로 되었다. 그러니, 내가 화제에 끼어들 틈이 없다. 컴퓨터만큼은 알고 살아야 할 것 같은 강박관념을 느끼고는 있지만, 좀처럼 엄두가 안 난다. 원고도 그냥 손으로 쓰는데, 사람들은 그런 나를 신기한 눈으로 바라본다.

내가 모르고 사는 게 또 있다. 말하자면 나는 '가정'을 모르고 산다. 독신으로 살고 있으니 아내나 자식을 모르고 산다. 어머님을 모시고 있으니 가정이 아예 없는 것은 아니다. 그러나 가끔씩 허전한 마음이 들 때가 있다. 하지만 다시 장가갈 마음은 아직도 들지 않는다(물론 연애는 해보고 싶다). 한 번 해본 결혼이 너무 힘들었던 기억이 아직도 남아 있기 때문이다. 아내와 성격 차이나 성적(性的) 차이 때문에 힘들었던 게 아니라 그냥 결혼생활 자체가 힘들었다. 요즘은 슬슬 노후(老後)의 고독이 걱정되긴 하지만 어머님이 계셔서 그런지 아직은 견딜 만하다. 내가 지독한 '마마보이'라서 그런 것도 같고, 귀찮은 절차나 관계를 힘겨워하는 체질이기 때문에 그런 것도 같다.

지금까지의 내 인생을 되돌아보건대, '모르고 사는 괴로움'보다는 '모르고 사는 즐거움'이 그래도 더 많았던 것 같은 생각이 든다. 또 '바쁘게 돌아가는 생활'보다는 '한가롭고 게으른 생활'이 더 낫다는 생각도 든다. 요즘 도시인들을 보면 너무 바쁘게들 살아가고 있다. 물론 먹고살기 위해서 바쁜 거야 이해가 되지만, '먹고살기 위한 일' 이외의 일로 바쁜 것은 잘 이해가 안 된다. 특히 건강이나 사교를 위해 악착같이 바쁘게 움직이거나, 자잘한 정보의 확보를 위해 바쁘게 움직이는 것(인터넷에 시간을 과잉투자하는 것이 좋은 예다)을 나는 흔쾌히 납득할 수 없다.

생각은 몸이 게을러야 나온다. 요즘 우리 사회는 '독창성'을 들입다 강조해 대면서 '정보'나 '견문'을 너무 중시하는 경향이 있다. 칸트는 해외여행 한 번 안 하고서도 깊은 철학을 키울 수 있었다. 데카르트는 오전 내내 침대 위에서 뭉그적거리는 늦잠꾸러기였지만 훌륭한 사고(思考)를 이룩해 냈다. 외국어를 하나도 모르고서도 훌륭한 글을 써낸 문인들도 많다.

건강 역시 몸이 게으르고 모르는 게 많아야 좋아진다는 게 내 생각이다. 과도한 '건강정보'는 '건강 염려증'을 낳는다. 과도한 운동은 병을 만든다.

어찌 보면 장자(莊子)의 '무위자연(無爲自然)'을 받아들여 도시를 떠나 문명을 모르고 살아가는 것이 가장 행복한 삶일지도 모른다. 그러나 우리는 그럴 만한 용기가 없다. 아니 그럴 용기가 있다 하더라도, 자연에 묻혀 살아가는 것만이 최선의 길은 아닐 것이다. 도시 속에서 살아가며 최대한 '모르고 살아가는 것', 그리고 최대한 '게으르게 살아가는 것'이 우리에겐 최선이 될 수밖에 없다.

나는 불교에서 말하는 '공즉시색(空卽是色)'을 이런 식으로 풀이한다. "마음을 비워야 색(色, 곧 우리에게 필요한 섹스와 재물)이 생긴다"고. 또 예수가 말한 "마음이 가난한 자가 복이 있다" 역시 마음을 비워야 복이 생긴다는 의미로 해석한다.

　마음을 비운다는 것은 대체 무엇을 말하는 것일까? 그것은 곧 될 수 있는 대로 '모르고 살아가는 것', 최대한 '게으르게 살아가는 것'을 가리키는 게 아닐까?

(1999. 8)

나의 어린 시절

　나의 어린 시절을 생각할 때 가장 먼저 떠오르는 것은 강원도 두메산골의 수려한 경치와 맑은 공기다. 나는 1951년 1·4후퇴 때, 서울을 피해 가다가 우연히 정착한 경기도의 발안이란 곳에서 태어났다. 어머니는 산파도 없이 나를 낳았는데, 낳아놓고 보니 전쟁 통이라 너무 못 먹어서 그런지 깡마르고 배배 틀린 원숭이 새끼 같은 형상을 하고 있어, 징그러운 생각까지 들었다고 한다. 그 뒤로 나는 아버지가 전쟁 전엔 취미로 했던 사진을 생존의 수단으로 삼게 되어 군속 사진사가 되는 바람에, 군부대를 따라 이리저리 이동하며 지낼 수밖에 없었다.

　처음엔 경기도 일동, 이동 근처에서 지내다가 그 뒤로 일곱 살이 될 때까지 주로 강원도의 최전선 부근을 맴돌았다. 일동이나 이동에서 살 때는 너무 어렸을 때라 별로 기억에 남는 게 없고, 강원도의 화천, 인제, 양구 등지에서 지냈던 일들이 지금까지도 간헐적으로 떠오른다. 초등학교에 입학한 것은 화천에서였고, 1학년 말쯤에 서울로 전학하여 지금까지 줄곧 서울에서 살아오고 있다.

　내 기억 속에 가장 아름다운 풍경으로 남아 있는 것은 인제의 경치다. 인제는 내설악이 가까운 곳인데다 최전방에 속했기 때문에 인적이 드물었다. 내가 살던 곳은 강가에 집이 한두 채밖에 없었던 걸로 기억되는데,

집 앞은 잡초가 무성한 들판이었고, 멀리 높고 험준한 산맥이 바라보였다. 우리는 초가집 한 채의 방 하나를 세내어 살고 있었는데, 밤이면 산에서는 산짐승들이 울부짖는 소리가 들려오고 강에서는 물 흐르는 소리만이 들려오는 아주 외진 곳이었다.

그때 시골에는 군대에 붙어서 먹고 지내는 사람들이 꽤 많았다. 우리 집도 그랬고, 우리가 세를 든 집 주인 내외도 군인들에게 술을 팔면서 연명해 나가고 있었다. 그때는 밀주가 허락되던 시절이라 쌀로 술을 담가 동동주나 막걸리 따위를 만들어 주로 군인들한테 팔았다. 안주를 시켜 먹는 군인은 거의 없었고 대개 서비스로 내는 김치 한두 쪽이 안주 역할을 하였다.

어머니는 밥을 지을 때도 야전용 반합에다 지었고, 반찬 중에서 제일 맛있는 것은 모두 다 아버지가 군부대에서 사진값 대신 받아온 통조림들이었다. 주로 미군들이 두고 간 시레이션이 많았는데, 워낙 못 먹던 시절이라 어쩌다 시레이션 한 상자가 생기면 뛸 듯이 기뻐했던 것이 생각난다. 내가 아파서 보채거나 공연히 떼를 쓸 때면, 아버지는 "내가 꼭 시레이션 한 상자 얻어올 테니까 제발 울지 마라"고 말했을 정도였다. 김치찌개를 끓일 때도 시레이션에서 나온 햄을 썰어 넣으면 맛이 일품이었다.

간식으로 먹은 것은 주로 건빵. 건빵을 콩기름에다 튀기면 아주 맛이 좋았다. 또 어머니는 건빵을 잘게 부수어 그것으로 반죽을 한 다음 튀김 비슷한 것도 만들어줬는데, 상당히 맛이 있었다. 또 내가 껌 대신 자주 씹었던 것은 수수깡이었다. 수수깡의 껍질을 벗기고 단물을 빨아 먹으면 아주 감칠맛이 났다.

산골이라 나물도 많았다. 어머니가 도라지나 더덕, 질경이 등을 캐러 갈 때 나도 같이 따라가 실컷 자연의 품에 안겨보곤 했다. 머루, 다래도 많아 따다가 상당 기간 묵혀두면 꿀같이 단맛이 되곤 했다. 익모초가 무성한 들판, 흰 조약돌들이 지천으로 깔려 있는 강변, 그 강을 따라 흘러가는 맑디맑은 물……, 이런 것들이 아직도 내 머릿속에는 고스란히 입력돼 있다. 어른들이 강으로 가 된장을 푼 어항을 이용하여 작은 민물고기들을 잡는 광경을 지켜보던 기억도 난다.

화천에서 다닌 초등학교의 초라한 학교 건물은 초가지붕으로 되어 있었다. 집에서 원체 멀리 떨어져 있어서 비가 조금만 많이 와도 통학이 불가능했다. 학교로 가는 길 중간에 작은 강이 하나 있었고 그 강엔 외나무다리 하나만 얹혀 있었는데, 비가 와 강물이 불면 다리가 떠내려가곤 했기 때문에 학교를 쉬게 되는 일이 많았다.

또 곳곳에 뱀도 많아 겁 많은 나를 괴롭혔다. 어떤 때는 짓궂은 동네아이들이 뱀을 막대기에 꿰어 흔들면서 쫓아와 나를 혼내줬기 때문에 내가 까무라쳐버린 일도 있었다.

그러다가 나는 1학년 말에 서울로 이사를 오게 되었다. 새로 청계초등학교에 전학을 오니 나는 영락없는 '촌놈'이었다. 시골에서는 반에서 1등만 했는데, 서울로 전학 오니 꼴등이 되고 말았다. 서울 애들은 왜 또 그리 성질이 사나운지……. 나는 매일 골목대장에게 얻어맞기 일쑤였고 항상 '왕따'에다 어벙한 '바보'였다.

그렇게 몇 달을 지내다가 나는 드디어 서울생활에 적응하게 되었는데, 내가 재미를 붙인 건 역시 다른 아이들처럼 '만화 보기'였고 그 다음엔 '그림 그리기'였다. 원래 소질이 있어서 그런지 교내는 물론이고 전국아동미술대회 같은 곳에도 나가 상을 타곤 하였다. 이런 어릴 적부터의 취미가 나를 지금까지 아마추어 화가로 만들어, 내가 쓴 책의 표지화나 삽화를 그리게 하고 또 미술전시회도 몇 번 가지게 했는지도 모른다.

내가 다니던 청계초등학교는 바로 명동 입구에 있었는데, 그야말로 서울의 중심부였다. 그래서 나는 친구들과 어울려 명동공원(안타깝게도 나중에 없어지고 말았다)에 가서 제기를 차거나 술래잡기 놀이를 하기도 하고 또 어떤 때는 명동에서 가까운 남산까지 올라가 놀기도 했다. 그래서 그런지 나는 지금도 남산에 대한 유별난 애착을 갖고 있다.

내가 어릴 때는 남산을 걸어서 올라갔는데, 약수터에서 마시는 청정한 물의 맛은 일품이었다. 또 꼭대기에 올라가 거기 설치돼 있는 망원경으로 서울 거리를 내려다보면 내가 사는 집(중구 수하동)까지 또렷하게 보였다. 그도 그럴 것이, 그때 서울에서 제일 높은 고층건물이 겨우 8층밖에 안 되는 반도호텔이었던 까닭이다.

아무튼 서울에서의 내 어린 시절은 화려한 도심에서의 생활이었던 까닭에 시골에서의 생활과는 정반대로 무척이나 야한 '눈요깃거리'가 많았던 생활이었다. 명동 거리에는 최신유행의 옷을 입고 걸어가는 섹시한 아가씨들이 줄을 이었고, 밤에는 으리번쩍한 네온사인 사이로 수많은 카페와 술집들이 문전성시를 이루고 있었다. 그때 나는 어린 나이에도 젊은 멋쟁이 아가씨들의 매니큐어를 바른 긴 손톱에 저절로 눈이 가곤 했는데, 아마 타고날 때부터 야한 탐미적 취향을 물려받고 태어난 모양이다.

아무튼 그땐 그야말로 정겹고 포근한 '서울'이었다. 지금에 비해 인구가 엄청나게 적었으므로 거리는 늘 한산했고, 청계천에도 상류에는 꽤 많은 물이 흘러내렸다(청계천은 내가 초등학교 4학년 때부터 복개공사를 시작했다).

아, 명동 한복판에서 딱지치기를 하고 제기차기를 하며 놀았던 내 어린 시절의 서울, 그 수더분했던 서울이 그립다.　　　　　　　　　　(2007. 5)

나의 그림 읽기

(1) 춤추는 사물들 – 고흐의 그림

빈센트 반 고흐(Vincent van Gogh, 1853–1890)의 그림은 이제 너무 유명하고 흔해져서, 그의 미술적 업적을 감소시키는 감(感)이 있다. 그러나 그의 그림은 역시 멋지다. 그의 자살도 멋지고 그의 생애도 멋지다.

그가 그린 그림들 속의 사물들은 모두 꿈틀꿈틀 움직인다. 학자에 따라서는 그가 정신병 약(지기탈리스)을 복용하여 그의 시야가 흐려지고 모든 사물들이 노랗게 보이게 됐다고 주장하는 사람도 있지만, 나는 그런 설(說)을 믿고 싶지 않다. 그는 역시 주변의 모든 사물들을 그 특유의 시선으로 데포르마시옹시켜 바라봤을 것이다.

선(線)은 아무래도 곡선이 멋지다. 직선은 그 경직성 때문에 우리들의 마음을 굳게 만들어버린다. 곡선만이 독특한 '유연성(flexibility)'의 아름다움을 창출해 내는 것이다. 우리나라 추사(秋史) 김정희의 〈세한도(歲寒圖)〉를 보라. 집의 선과 소나무의 선이 모두 부드러운 곡선으로 꿈틀대고 있지 않은가.

고흐는 머릿속이 미쳐 있었다고 해도 아주 미친 것이 아니었다. 그가 동생 테오에게 쓴 편지들을 보면 그의 문학적 재능이 얼마나 뛰어났는가

를 알 수 있다. 그러므로 그가 그림에서 휘늘어지는 곡선을 쓴 것은 미쳐
서가 아니라 그 특유의 미학을 발휘했기 때문이라고 봐야 한다.

그는 마치 어린아이가 오줌 누듯, 모든 그림들을 즉흥적으로 그려내었
다. 그래서 짧은 시기에 다작(多作)이 가능했다. 그러한 즉발성(卽發性)
이야말로 그가 갖는 매력이라고 할 수 있다.

나도 고흐처럼 그림을 그리고 싶다. 그리고 그처럼 '즉발적'으로 시, 소
설, 에세이를 써내고 싶다.

(2) 동화적 상상의 세계 – 샤갈의 그림

마르크 샤갈(Marc Chagall, 1887–1985)의 그림에는 '어른을 위한 동
화'가 있다. 판타지 속에서 신랑 신부가 하늘을 날기도 하고 공중에 바이
올린이 매달리기도 한다. 그만큼 그의 그림에는 어린 시절에 대한 향수
가 잠복해 있는 것이다.

샤갈의 그림에는 특히 꽃이 많이 등장한다. 화사하게 부풀어오른 안개
꽃 같은 자잘한 꽃떨기들이 보는 이의 마음을 평화롭게 만들어준다.

샤갈의 그림은 초기엔 입체파에 경도되어 있었다. 그러나 차츰 입체파
의 영역을 벗어나 독자적인 세계를 구축하게 된다. 그가 새로 만들어낸
화풍(畵風)은 우리가 꿈에서나 볼 수 있는 환상적이고 동화적인 세계다.

사실 '치졸미(稚拙美)'처럼 아름다운 것은 없다. 유치원생이나 초등학
생이 그린 그림들은 티없이 맑은 정서로 가득 차 있다. 그러나 어른이 되
면서 그런 소박한 치졸미, 또는 고졸미(古拙美)가 사라지게 되는 것이다.
작위적인 꾸밈새와 색조, 그리고 어떤 '이념'을 집어넣으려는 시도는 그
림을 잘못된 길로 빠져들게 만든다.

샤갈은 행복한 화가였다. 98세까지 살아 장수했고, 생전에 이름을 드날렸다. 빈센트 반 고흐같이 불운한 화가와는 전혀 다른 삶을 산 셈이다. 그가 장수할 수 있었던 것은 그가 유난히 동심의 세계, 환상의 세계 속에서 놀았기 때문이 아닐까?

샤갈의 그림에서 뚜렷이 드러나는 것은 해맑은 원색의 색조(色調)다. 야수파의 색조와는 전혀 다른, 안개 낀 숲 속 같은 자연의 색조가 어느 그림에서나 꿈틀거리고 있다.

(3) 환상 속의 섹스 – 클림트의 그림

구스타프 클림트(Gustav Klimt, 1862-1918)의 그림은 '환상 속의 섹스'를 연상시킨다. 다시 말해서 우리가 꿈 속에서나 경험하는 것 같은 '환상적 에로티시즘'을 현시화(現視化)시켜 주고 있다는 말이다.

클림트의 그림은 우선 섬세한 묘사력이 두드러진다. 어설프게 붓장난한 그림이 아니라 섬세한 구도와 묘사력에 의존하고 있는 그림들이다. 요즘 화가들은 에로티시즘을 형상화하긴 하되, 섬세한 데생 실력에 있어 과거의 화가들보다 실력이 떨어지는 것 같다.

클림트의 그림들은 또 화사한 색채의 현란한 파티다. 광란의 오지(orgy, 亂交 파티)를 연상시킬 만큼 그의 그림들에서는 탈(脫)도덕적인 에로티시즘이 소재로 채택되고 있다. 그러나 그러한 난교(亂交)가 더럽거나 추악하게 느껴지지 않는 것이 묘하다.

나는 모든 예술이 '인공적인 꿈'이라고 생각한다. 그림이든 문학이든 영화든, 그 표현의 이면에는 '본능적 광란의 몸부림'이 내재(內在)해 있다. 그런 것을 표현한 작품들은 보는 이들에게 시원한 카타르시스를 주며, 그래서 감정과 정서를 정화(淨化)시킨다.

클림트는 일반사람들보다 월등한 관능적 상상력을 소유하고 있었던 것 같다. 그래서 그의 작품들은 모두 다 야하다. 나는 "야한 것은 천박한 것이 아니라 아름다운 것이다"라고 줄곧 주장해 왔는데, 클림트의 그림은 나의 이론에도 그대로 들어맞는다.

나도 클림트의 그림처럼 환상적인 섹스를 하고 싶다.

(4) 색채의 절규, 그 현란한 몸짓 – 뭉크의 그림

뭉크(Edvard Munch, 1863-1944)의 그림 〈절규〉는 우리에게 너무나 친숙해져 있는 그림이다. 다리 위에서 공포에 휩싸인 얼굴을 하고 있는 이 작품의 인물은 바로 그 '절규'에 필사적으로 귀를 막고 있는 형상이다. 그러나 그는 그 무서운 소리를 피할 수 없다. 그 외침은, 실은 그 자신의 마음 내부에서 솟구치고 있기 때문이다. 하늘의 핏빛 같은 새빨간 구름도, 멀리 뒤로 보이는 강줄기도, 그리고 그 자신의 몸도, 마음속의 절규를 반영하고 있는 것처럼 크게 파도 치는 선으로 표현돼 있다. 과연 표현주의 작가다운 그림이다.

뭉크로부터 현대 회화는 '내면의 소리'를 반영하게 된다. 이전까지의 그림들은 모두 '외면'만을 그리는 데 그쳤다. 표현주의는 미술뿐만 아니라 문학, 연극, 영화에까지 파급되는데, 프로이트의 정신분석학의 영향을 받아 인간의 잠재의식 밑바닥에 숨어 있는 본능적 감각과 감정들을 표현하는 데 주력했다.

뭉크의 그림들은 색채가 모두 과장돼 있다. 그리고 선연하고 자극적인 색깔만을 사용한다. 고전적인 미(美)의 개념은 사라지고 그로테스크하게 괴기스러운 미(美)의 개념이 새로 적용된다. 마치 문학에서 '일부러 삐딱하게 보기'의 원칙을 적용하는 것과도 같다. 우리는 '삐딱한 시선'으로 사물들을 바라봐야만 그 내면 속에 감춰진 진실을 포착해 낼 수 있는 것이다.

미술은 자칫 공허한 모방과 모사에 그치기 쉽다. 그러한 안이성에 일침을 가하고 새롭고 현란한 구도와 색채를 시도한 것이 뭉크의 공(功)이라 하겠다.

(5) 여자의 나체에 집착했던 사나이 – 모딜리아니의 그림

모딜리아니(Amedeo Modigliani, 1884-1920)의 일생은 불행했다. 그가 그린 그림들은 모두 1917년에서부터 2-3년 사이에 제작된 것들이다. 그는 사랑했던 여인 잔 에뷔테르느와 결혼한 1917년 이후 몇 해 동안 집중적으로 그림을 그렸다. 그리고 가난과 병마와 싸우며 미술혼을 불태우던 끝에, 36세의 젊은 나이로 유명을 달리하게 된다.

그는 평생 인물화만을 그렸다. 그 중에는 여자를 그린 것이 단연 으뜸이다. 그의 단순하고 명쾌하며 길쭉한 인물상의 형태는 로트렉이나 세잔 혹은 아프리카의 흑인 조각에서 영향을 받았다고 하나, 이탈리아 미술 전통의 리듬과 억양이 내재(內在)해 있다.

그가 그린 여인상에는 눈동자가 안 그려진 것이 많다. 그래서 더욱 몽롱하고 신비한 여체의 매력이 풍겨 나오게 된다. '에콜 드 파리'의 화가들(예컨대 피카소 같은)이 여체를 조각내어 산만하게 그리는 것에 집착할 때, 모딜리아니는 여체를 집중적으로 선정적 묘법으로 부각시켜 자못 음란한 분위기를 풍겨 내었다. 특히 음모(陰毛)가 그대로 리얼하게 묘사된

누드화는 일품이다. 주황빛이 도는 전체적 컬러의 분위기가 홍등가의 여인들을 연상시킨다. 그의 짧은 생애 역시 사랑과 육욕(肉慾)을 아낌없이 불태우다 간 섬광과도 같은 일생이었다.

당시엔 그의 그림이 춘화도로 치부되어, 1917년 12월에 있었던 그의 처음이자 마지막인 작품전람회에서는 경찰이 개입하여 전람회를 폐쇄시키는 일도 일어났다. 그는 한평생 '여자'를 꿈꾸다가 간 사나이였다.

(6) 자연과 농촌 속에서 – 밀레의 그림

밀레(Jean François Millet, 1814–1875)의 그림은 짜증나는 도시생활에 찌든 현대인들에게 한 모금의 청량제같이 다가온다. 요즘 우리들은 자연을 아예 빼앗겨버렸다. 어딜 가도 콘크리트 투성이고 음식점, 술집, 모텔 투성이다. 이럴 때 밀레의 그림은 우리에게 잃어버린 자연과 소박한 농촌풍경을 되돌려준다.

밀레 당시의 화가들 대부분은 파리로 몰려들어, 화려한 살롱 문화에 젖고 여인과 포도주와 섹스에 탐닉했다. 그런데 유독 밀레만은 농촌으로 돌아가 농부들의 소박한 일상과 공해 없는 자연풍경을 그렸던 것이다.

밀레는 북프랑스의 한촌인 그루지에서 농민의 아들로 태어났는데, 이런 출신성분이 그의 예술적 생애의 밑바탕이 되었다. 밀레는 농민의 편에 선 화가라는 점에서 그만의 독특한 성실성과 독자성을 미술사에 기록하고 있다.

밀레는 파리에서 미술수업을 한 뒤, 바르비종으로 이주하여 25년 이상을 그곳에서 지냈다. 밀레처럼 농촌을 소재로 한 그림을 그리는 화가가 워낙 드물었기 때문에, 그는 오히려 파리에서 상당한 인기를 누렸다. 당시의 도시인들은 산업주의의 번창으로 점점 더 소외돼 가는 자신들의 처지를 느꼈고, 그래서 밀레의 그림을 통해 카타르시스를 맛보았던 것이다.

사실 자연풍경이나 농촌을 소재로 택하여 그림을 그리기는 상당히 어렵다. 자칫하면 이른바 '이발소 그림'으로 떨어질 위험성이 있기 때문이다. 그런데도 밀레는 이 점을 성실한 데생능력으로 완벽하게 극복했으며, 인상주의의 유혹을 물리치고 고전적 사실주의 기법을 평생토록 고수했던 것이다.

(7) 소박하고 담담한 도시의 풍경들 – 유트릴로의 그림

유트릴로(Maurice Utrillo, 1883-1955)의 그림은 도시의 풍경들을 단아한 시정(詩情) 속에 담아내고 있다. 소박한 센티멘탈리즘을 느끼게 해주는 그림들이다. 전 국토가 이미 도시화된 지금의 형편으로 보면, 도시의 거리와 집들에 대한 서정적 스케치가 가장 솔직한 미술적 표현이라고도 생각된다. 말로는 "자연으로 돌아가자!"고 외치고 있지만, 우리는 이미 창백하고 우울한 도시인이 되어가고 있기 때문이다.

유트릴로의 그림에는 도시적 우수(憂愁)가 깃들어 있다. 그는 특이한 사물들이나 상상적 풍경들을 야심차게 형상화하지 않고, 주변에 산재해 있는 집과 거리들을 담담하게 묘사하기만 했다. 이는 동시대의 화가 피카소나 달리 등과는 아주 다른 천진난만한 화풍(畵風)이라고 볼 수 있다.

우리나라는 거리의 풍경이 삭막하다. 도시적 서정을 풍겨주는 건물은 거의 없고 온통 콘크리트 더미로만 이루어져 있다. 유트릴로의 그림을 보면서, 나는 한국의 도시도 좀 더 아름답고 단아한 서정을 갖고 있으면 얼마나 좋을까 하고 생각해 보게 된다.

그래서 그런지 우리나라 화가들 중에는 도시의 애조띤 정서를 화폭에 담아내는 화가들이 거의 없다. 이젠 우리나라도 무턱대고 아파트만 지어댈 게 아니라 고풍(古風)과 현대풍이 적절히 조화된 건물을 짓는 데도 관심을 기울여야 할 것이다.

어머니가 모델이자 화가였던 관계로 유트릴로는 어려서부터 파리 화가들의 예술적 분위기에서 성장했다. 그러나 그는 계속 알코올중독에 시달렸고, 그림으로써 알코올중독을 이기려고 했다. 예술가다운 일생이었다. 예술과 술은 서로 이어져 있기 때문이다.

(8) 경쾌한 색의 마술 – 뒤피의 그림

뒤피(Raoul Dufy, 1877-1953)의 그림은 아주 경쾌하다. 전혀 무거운 느낌을 주지 않는다. 그렇기 때문에 그림을 보는 사람은 공연히 기죽지 않고 편안한 기분으로 그림을 감상할 수 있다.

그의 그림은 선묘적(線描的)인 특징을 띠고 있다는 점에서 우리나라 옛 선비들의 문인화(文人畵)와 많이 닮아 있다. 말하자면 개칠을 하거나 덧칠을 하지 않고 일필휘지로 붓을 놀리고 있는 것이다. 그래서 유화 치고는 아주 색다른 느낌을 갖는 유화라고 볼 수 있다.

뒤피는 선이 고정되거나 반복되는 흔적을 그대로 남기면서, 경쾌한 리듬으로 그림이 활기를 띠도록 만든다. 또한 동양화만이 갖는 특징인 '여백의 미(美)'를 약간 활용하고 있다는 점에서 특이한 화가라고 할 수 있다.

뒤피는 자잘한 선으로 먼저 윤곽을 잡고 나서, 다시 그 윤곽을 밀어내

듯이 평면적인 색채를 가미시킨다. 색채 사용으로 본다면 다분히 앙리 마티스를 연상시키지만, 뒤피 그림의 결정적 요소인 '선의 활용' 면에서는 마티스와 경향을 달리하고 있다.

그의 그림은 또 음악의 경쾌한 리듬감과 접맥되어 있다. 그림 전체가 오케스트라의 화려한 연주를 연상시키고 있는 것이다. 그림 속의 사물들이 모두 환하게 웃음 지으며 음악에 맞춰 춤을 추고 있는 것 같다. 평면에 입체감을 주고, 그 입체감이 다시 시간감(時間感)으로 이어진다.

변환(變幻)의 조형성과 색채의 환상적 장식성, 그리고 산뜻한 원색의 조화가 뒤피의 그림을 유니크하게 만들었다. 나는 '무거운 예술'(이를테면 사상성 따위에 무게를 두는 것)은 질색인데, 뒤피의 그림은 '가벼운 예술'이라서 좋다.

(9) 야한 원색이 풍겨주는 본능 – 블라맹크의 그림

블라맹크(Maurice de Vlaminck, 1876–1958)의 그림은 이른바 야수파 계열의 그림에 들어간다. 그러나 그는 앙리 마티스 등 다른 야수파 작가들의 그림보다 훨씬 더 강렬한 색채를 구사하고 있다. 그가 그린 풍경화를 보면 실제 풍경보다 훨씬 더 강조된 선(線)과 색(色)의 마력을 느낄수 있다. 그러면서 그의 마음속 내면에 잠재되어 있는 강한 본능의 체취를 맡을 수 있는 것이다.

그는 역시 원색의 화가다. 원색이 주는 동물적인 느낌과 자연의 풋풋한 냄새가 그의 화면에는 즉흥적으로 나타난다. 블라맹크는 결코 그림을 꼼꼼하게 그린 화가가 아니다. 붓을 한 번 잡으면 그야말로 일필휘지로 단숨에 그려낸 선천적 재능을 그의 그림에서 감지할 수 있다. 나 역시 서양화에 동양적 문인화를 접목시켜 일필휘지로 그림을 그리는 것을 원칙으로 삼고 있는데, 나의 그림 기법은 블라맹크의 그림 기법과 많이 닮아 있다.

은은한 색보다는 강렬한 색이 훨씬 야하다. 나는 내가 좋아하는 '야한 여자'의 이미지를 시로, 소설로, 그리고 그림으로 내뱉어 호응도 얻고 욕도 얻어먹었다. 야한 여자는 은은한 화장보다 색기(色氣)를 강렬하게 띠고 있는 원색적 색조화장에 주력한다. 그리고 성적 행동도 원색적으로 한다. 그래서 본능에 당당하고 정직하다.

블라맹크의 그림에서 나는 '야한 여자'의 이미지를 본다. 그녀가 하고 있는 원색적 화장과 원색적 옷차림을 상기한다. 자연은 평화롭거나 은은하지 않다. 자연은 원시적 열정과 본능이 꿈틀대는 투쟁의 장(場)이다. 블라맹크는 그의 그림을 자연스럽게 '야한 이미지'로 부각시키고 있다.

(10) 적나라한 자연 – 에곤 쉴레의 그림

자연은 야(野)하다. 그러므로 인간의 육체도 야하다. 그런데도 우리 사회는 아직도 '벌거벗은 몸'을 용납하지 않고 있다. 자신의 홈페이지에 나신(裸身)을 올렸다고 해서 모 교사는 유죄판결을 받았고, 나도 소설 『즐거운 사라』에 나오는 '사라'가 야하게 벌거벗고 놀았다고 해서 검찰청 시체실에 유폐되었다.

그래서 에곤 쉴레(Egon Schiele, 1890-1918)의 그림은 놀랍다. 그가 세상의 비웃음과 경멸을 헤쳐나와, 스스로의 맨몸뚱이를 그대로 노출시킨 용기가 놀랍다.

또한 그의 섬세한 소묘력! 섬세한 소묘력이 없는 화가는 화가도 아니다. 소묘력이 없는 비구상은 가짜 그림이다.

　에곤 쉴레의 그림에서는 모든 여인들이 창녀처럼 그려져 있다. 그래서 그의 그림은 멋지다. 사실 우리 모두가 창녀·창남이 아니고 무엇이겠는가? 나는 창녀를 사랑한다. 그네들은 성실한 박애주의자들이다. 이 세상 모든 남성들에게 쾌락을 선사하는 자비로운 보살들이다.

　사람의 신체만한 멋진 자연이 어디 있을까? 에덴동산에서 아담과 이브는 벌거벗고 뛰놀았다. 그것이 그들에게 신(神)이 내려준 선물이었다. 그들은 한껏 빨고, 핥고, 문지르고, 비비고, 마구마구 접촉했으리라.

　그런 에덴동산이 나는 그립다. 그런 에덴동산을 상상으로나마 실현시킨 사람이 바로 에곤 쉴레다. 뻔뻔스러울 정도의 당당함. 뻔뻔스러울 정도의 노출증(露出症). 나도 뻔뻔스런 '노출자(露出者)'가 되고 싶다.

(11) 원시적 정열에의 갈구 – 고갱의 그림

　고갱(Paul Gauguin, 1848-1903)의 그림보다 그의 생애가 먼저 내게 와 닿았다. 나는 20세기 소설가 중에서 서머싯 몸을 가장 좋아하는데, 그가 쓴 소설 『달과 6펜스』를 통해 고갱을 만났던 것이다.

　소설 속의 고갱은 처자식과 직업을 버리고, 오직 미술 하나를 위해 무작정 파리로 간다. 그리고 한 여자를 사랑에 미쳐 자살하게 만든다. 그런 다음 다시 타히티로 가는데, 거기서도 한 원주민 소녀를 만나 동거하다가 문둥병을 얻어 사망하는 것이다.

　고갱의 그림에는 광기(狂氣)로 가득 찬 '원시적 열정'에의 갈구가 묻어나오고 있다. 화필의 둔중함과 원색의 혼합에서 우리는 강력한 '원시주의(primitivism)'를 읽어낼 수 있다. 그리고 꿈틀거리는 붓터치에서 하나의 즉흥곡을 듣는 것이다.

　나는 '야한 것'은 '원시주의'와 통한다고 생각한다. 즉 '원시적 야성(野性)'에의 향수가 현대 미학을 형성하고 있다고 보는 것이다. '바디 피어싱(body piercing)'이 그렇고 '바디 페인팅'이 그렇다. 고갱은 그것을 일찍부터 간파하고 있었던 셈이다.

　현대인들은 문명이 발달할수록 오히려 원시시절을 그리워한다. 고갱도 그랬던 것이 아닐까? 그가 화려한 도시를 버리고 외딴 섬 오지로 떠난 것은 그런 맥락에서 파악되어야 한다.

　고갱의 그림은 고흐의 그림과 무척 닮아 있다. 그런데도 그들은 서로 싸우다 갈라서, 고흐는 홧김에 자기의 귀를 잘라버리기까지 했다. 정열과 정열의 마주침은 싸움과 결별로 귀결되고 만 것이다.

　나는 고갱의 그림에서 '둔중한 관능미'를 본다. 그리고 '야한 여자'의 이미지를 읽는다.

(2006)

35세의 봄

　매년 새봄을 맞이할 때마다 내 마음은 퍽 착잡해진다. 생일이 4월 14일이기 때문에 나이를 한 살 더 먹게 되는 때가 바로 봄이기 때문이다. 내가 태어난 해는 1951년. 1·4후퇴로 이리저리 쫓겨 다니다가 어느 시골 객지에서 어머니는 나를 산파도 없이 낳으셨다. 그래서 나는 한창 전쟁 통이라 어머니 뱃속에 있을 때부터 못 먹었고, 나온 뒤에도 어머니가 영양부족이라 모유 한 방울 못 먹고 억지로 겨우겨우 자라났다. 우유가 있을 리 없었으니, 내가 먹고 자란 것은 좁쌀 미음뿐. 더군다나 산후조리를 제대로 못했기 때문에 어머니는 그 이후로 계속 산후병으로 시달렸다. 그래서 4월만 되면 어머니는 온몸이 더 쑤시고 아프다고 호소하며, "널 낳고 나서부터 이렇게 아프다"는 말을 곧잘 하시는 것이다.

　올해(1986) 나는 만으로 서른다섯이 된다. 작년까지는 "아직 서른네 살이니 30대 초반이야" 하면서 젊은 치기(稚氣)를 가지고 매사에 대들고, 가끔씩 어린애 같은 재롱을 피워대기도 했는데, 이제부터는 불혹의 나이로 달려가는 셈이니 그렇게 어린 흉내도 못 낼 것 같다.

　작년까지 나는 극단적인 자유로움을 추구하려고 노력하였다. 이성보다는 본능을 더 중요시하였고, 솔직한 배설, 자유분방한 배설만이 문학의 정도(正道)라고 믿었다. 그러나 올 봄부터는 그러한 패기발랄한(혹은 그러한 태도를 위장하는) 자세가 조금씩 흔들릴 것만 같은 예감이 든다. 내 생활에도 구체적인 변화가 왔기 때문이다.

작년(1985) 말에 난 조금은 늦은 혼인을 했다. 그러니 올해부터는 가장으로서의 임무가 나에게 주어진 셈이다. 될 수 있으면 혼자서 자유롭게 사랑하고, 글 쓰고, 술 마시고, 떠들며 한평생 지내보려고 생각하였는데, 운명은 나를 안정된 가정 속으로 이끌어주었다. 머리가 슬슬 빠지기 시작하면서 '아, 이제는 나도 늙었으니 결혼을 하긴 해야겠구나' 하고 막연히 생각하기 시작했는데, 그만 그것이 갑작스러운 현실로 닥친 것이다.

상습적으로 몰려오는 외로움을 극복하기 위한 방법으로 결혼은 가장 좋은 해결책이라고 생각한다. 더 늦게까지 버티고 있어봤자, 육체적 본능의 욕구가 정신적 대상물(代償物)을 찾게 되어 이중적인 자기은폐에 빠지고 말 것 같기 때문이다. 나만은 무언가 예외에 속한 사람이 되고 싶었는데, 결국은 상식적인 생활인이 되어버리고 말았다는 것이 조금 섭섭하기도 하지만, 그래도, 늙어 죽을 때까지 젊은 체하며 정신적 기백을 자랑해 대는 그런 추루(醜陋)함보다는 훨씬 낫다고 생각한다.

그래서 이 봄은 더욱 각별한 느낌으로 내게 다가온다. 어머니의 산후병을 더욱 이해할 수 있을 것도 같고, 가족주의(家族主義)에 빠져드는 많은 지식인들의 소시민적 태도를 납득할 수 있을 것도 같고, 안도(安堵)도 단란(團欒)도 만나볼 수 있게 될 것 같다. 그리고 무엇보다도 '나이 먹는 것'을 두려워하지 않고 차분하게 오묘한 생활의 섭리에, 삶이 주는 평범한 진리에 빠져들게 될 것도 같다.

이젠 사치스런 반항도, 폭음(暴飮)도 없어질 것이다. 사주팔자에 이끌려 가는 착하디착한 서민적 삶이 나를 기다려줄 것이다. 물론 과거에 잠깐씩은 신났던 감미로운 사랑의 추억들이 추억되지 않는 것은 아니다.

행복으로 빛나던 짧은 예감들이 그립지 않은 건 아니다. 하지만 그래도 나는 이제부터는 덜 삭은 젓갈이나 덜 익은 김치보다는, 푹 곰삭은 젓갈이나 김치를 사랑하게 될 것 같다. '잘먹고 잘살려고' 노력하는 것을 창피하게 생각하지 않게 될 것도 같다.

올 봄의 이런 변화들 때문에 지금의 내 마음은 착잡하다. 하지만 이러한 착잡함이 기분 나쁘지만은 않다.

(1986. 3)

액자에 담긴 세 여인을 탐하다

「여자를 밝히다」전시회에서 제일 먼저 눈에 들어온 작품은 사진작가 강영호의 〈없어진 여자〉였다. 제목이 무엇을 뜻하든 간에, 우선 눈에 번쩍 뜨이는 미녀 한 사람의 옆얼굴이 흑백으로 선명하게 찍혀 있었기 때문이다. 설명을 보고 나서야 나는 '없어진 여자'가 무용가 최승희를 가리키고 있다는 사실을 알게 됐는데, 사실 내 기억 속에 남아 있는 최승희의 실제 사진보다는 작품사진이 훨씬 더 세련되고 멋진 미녀였기 때문에 좀 괴이한 기분마저 들었다.

사진 속 여인의 헤어스타일도 너무나 내 맘에 들었다. 짧게 커트한 단발머리. 이런 머리는 이집트의 궁중 여인을 연상시켜 엑조틱한 음심(淫心)을 품게 만들어준다. 코는 또 어떤가. 너무나 완벽하게 오똑한 콧날과 보기 좋은 콧방울이다. 이마를 짚고 있는 손가락도 길고 눈동자 또한 호수처럼 크게 반짝인다. 여자는 입을 살포시 벌리고 마치 키스를 시작할 듯한 표정을 보이고 있다. 나는 문득 성욕을 느꼈다. 아하, 바로 이런 여자가 내가 애타게 찾아 헤매고 있는 '야한 여자'인데!

　나는 도대체 이 사진 작품의 모델이 누굴까 하고 몹시 궁금해졌다. 한국의 배우나 모델들 중에 이처럼 도발적으로 야한 염정미를 보여준 여자는 없었기 때문이다. 그래서 전시장 입구에서 산 팸플릿 속의 해설 부분을 찬찬히 뜯어 읽어보니 모델은 뜻밖에도 배우 성현아가 아닌가! 나는 화들짝 놀랄 수밖에 없었다. 미안한 얘기지만 나는 성현아를 별로 예쁘게 보지도 않았을 뿐더러, 전혀 안 야하게 생긴 여자로 생각하고 있었기 때문이다. 그래서 나는 다시금 사진의 위력을 실감하지 않을 수 없었다. 완전한 재창조요 재생이었다. 거기엔 물론 작가의 섬세한 심미안과 시선 포착 능력이 필요했을 것이었다. 나는 우리나라 여자 모델들을 동원하여 찍은 패션사진이나 얼굴사진에 늘 실망하여 시큰둥하게 여기고 있었는데, 이 작품 하나를 보고 그만 그 생각을 수정하지 않을 수 없었다. 그리고 사진 속 여인에 대한 한없는 애모의 정 때문에 한참 동안을 어리벙벙한 상태로 있었다.

　그 다음으로 내 가슴을 설레게 한 작품은 서영화가 홍성민의 〈매창〉. 황진이와 쌍벽을 이룬 기생 매창에 대한 얘기는 익히 들어서 알고 있었으나, 조선시대 여인을 이토록 야하고 그윽하게 '퓨전화'할 수 있을 줄은 미처 몰랐다. 얼굴도 일품이거니와 헤어스타일이나 의상,

그리고 여인의 무릎 위에 얹고 있는 악기가 전혀 한국적인 모습이 아닌, 이국적인 '짬뽕'이다. 귀고리, 목걸이도 야하고 시스루(see-through) 드레스도 멋지다. 사진을 보고 있는 듯한 착각이 들 만큼 섬세한 세필로 그려진 극사실주의적 묘사 기법 또한 탄성을 자아낸다. 여간한 데생 솜씨가 아니다. 그런 기초적 실력이 있었기에 작가의 구상이 그대로 화폭 위에 아로새겨졌을 것이다.

특별히 칭찬하고 싶은 것은 '한국식'으로부터의 과감한 탈피를 시도했다는 점. 나의 생각에, 조선시대 여인들의 헤어스타일이나 복식은 그야말로 천편일률이요 '안 야함'의 극치이다. 그런데 그림 속 여인은 중동의 하렘에서나 온 듯한 섹시한 자태를 연출하고 있는 것이다!

나는 한국 예술이 발전하려면 하루빨리 '혼혈문화'를 받아들여야 한다고 늘 생각해 왔다. 만날 전통이나 떠들며 수구적 미학을 고집해 봐야 거기서 나오는 것은 촌스러운 궁기뿐이다. 가난한 전통미도 싫고 전통윤리도 싫다. 가난과 성적 억압이 혼합되어 땟국물 좔좔 흐르는 궁색한 미학만을 쏟아내고 있기 때문이다. 내가 소설 『즐거운 사라』로 잡혀 들어간 이유도 결국 그 알량한 전통윤리 때문이 아니었던가.

이 그림 속의 여인은 성형수술을 너더댓 번은 했음직한 한국 여인의 얼굴이다. 나는 수술로 코를 높이고 광대뼈를 깎은 안쓰러운 얼굴이 천연의 얼굴보다 훨씬 더 좋다. 민족주의가 싫고 한국이 싫기 때문이다. 이젠 다 국제결혼을 하여 이 그림 속 여인 같은 혼혈 미녀와 미남을 수없이 생산해 내야 한다.

세 번째로 내 시선을 휘어잡은 작품은 사진작가 김용호의 나혜석을 주제로 삼은 〈이혼고백서〉라는 작품이다. 그야말로 엿보이는 아름다움을 사진으로 형상화했기 때문이
다. 관음증의 미학적 성취라
고나 할까. 또렷이 드러나는
것보다는 희미하게 엿보이는
것이 훨씬 더 아름답다. 전라
의 여체보다는 망사나 시폰으
로 만든 숄이나 드레스를 걸
친 여인이 훨씬 더 야하고 섹시해 보인다.

이 작품에서 나혜석은 두 가지 버전으로 선보인다. 우선 얼굴을 선명하
게 찍어놓은 사진. 이 사진 속의 나혜석은 한 마디로 말해 너무 못생겼다.
넙데데한 윤곽에 낮고 넓은 코, 아예 정 떨어지는 얼굴이다. 그러나 다른
사진 속의 나혜석은 반투명 유리로 가려놓은 것 같은 모습을 하고 있기
때문에 도무지 그 정체를 알 수 없다. 그래서 오히려 신비스럽고 요염하
게 보인다. 마치 밤에 어느 여인을 멀리서 보고 있는 듯한 착각을 불러일
으킨다. 사진적 마술의 성공이라고 할 수 있다.

사진의 색소 또한 황홀하다. 3원색이 적당히 혼합되어 있다. 사실 원색
사진은 흑백 사진에 비해 신비감을 얻기 어려운데, 그 까닭은 사진작가
들이 자신만의 뚜렷한 색감을 갖고 있지 않은 상태로 사진을 찍기 때문이
다. 그런데 이 작품은 원색톤을 유지하면서도 아주 자연스럽게 조화된
색조를 만들어내고 있다. 얼굴을 정면으로 찍지 않고 측면으로 찍은 것
이 그 효과를 더하게 하였다. 그리고 여인의 볼에 짙게 칠해진 볼연지(마
치 선명한 처녀막의 혈흔을 보고 있는 듯한)가 더욱 음탕한 마음을 자아
내게 하여 관음의 쾌감을 선물해 준다.

(2006. 11)

나는 헤픈 여자가 좋다

도둑질 사랑

1991년에 타계한 영국의 영화감독 데이비드 린은 대작을 많이 발표한 명감독이다. 〈콰이강의 다리〉, 〈닥터 지바고〉, 〈아라비아의 로렌스〉, 〈라이언의 처녀〉 등 그의 작품 대부분이 우리나라에 소개되어 관객들의 격찬을 받았다. 그런데 데이비드 린의 영화 가운데 내가 가장 큰 감동을 받은 작품은 그런 대작들이 아니라 그의 초기작에 속하는 〈밀회(Brief Encounter)〉이다.

〈밀회〉는 흑백영화로 만들어진 것인데 돈도 별로 안 들인 소품이다. 군중신도 거의 없고 등장인물도 서너 사람에 불과하다. 내용은 유부녀와 유부남의 짧은 로맨스. 두 사람이 만난 기간은 6주이지만 만난 횟수는 여섯 번에 불과하다. 매주 목요일에만 만났으니까.

선량한 샐러리맨의 아내인 로라(실리아 존스)는 매주 목요일마다 기차를 타고 밀포트로 간다. 오전에는 일주일분의 식료품을 구입하고 오후에는 책방에 들러 신간잡지 등을 구경하다가 영화구경을 하고 저녁차로 귀가하는 것이다.

그러던 어느날 눈에 티가 들어가 쩔쩔매고 있을 때 의사인 알레크(트레버 하워드)의 도움을 받게 되어 두 사람은 급속도로 친해진다. 그래서 두 사람은 매주 목요일마다 데이트를 하게 되고, 세 번째 만났을 때 서로가 사랑을 고백하기에 이른다.

그러나 유부녀인 로라는 고민하지 않을 수 없었다. 또한 알레크도 얼마 후 아프리카의 병원으로 떠나 가야 할 처지다. 그래서 두 사람은 안타깝게 헤어진다. 남편에 대한 죄의식 때문에 고개를 숙이고 돌아온 로라에게 그녀의 남편은 다 양해한다는 듯이 이렇게 말한다.

"여보, 돌아와줘서 고맙소."

어찌 보면 흔해빠진 혼외정사나 불륜의 사랑을 그린 영화인데도 이 작품이 깊은 감동을 주는 것은, 역시 데이비드 린의 탁월한 연출력 때문일 것이다. 그러나 연출력의 문제 이전에 이 영화의 스토리가 전형적인 '짧고 아쉬운 사랑' 또는 '이루어질 수 없는 사랑'을 다루고 있기 때문에 큰 감동을 주었다고 볼 수 있다.

남녀 간의 사랑을 다룬 영화 가운데 짧고 아쉬운 사랑을 테마로 하고 있는 영화는 무지무지하게 많다. 〈로마의 휴일〉, 〈애수(哀愁)〉, 〈라스트 콘서트〉, 〈춘희〉, 〈카사블랑카〉 등 잘됐다는 평을 받은 작품들은 대부분 비슷한 스토리를 채택하고 있다. 혼외정사 등 불륜의 사랑을 다룬 것이 아니면 두 사람 중의 하나가 불치의 병으로 죽거나 자살하는 것이 정석으로 되어 있다.

어째서 이런 내용의 영화들이 관객들의 심금을 울려주는 것일까. 내 생각으로는 모든 사람들이 내심 '도둑질 사랑'이나 '미완(未完)의 사랑'을 동경하고 있기 때문일 것 같다.

'미완의 사랑'의 반대는 '완결된 사랑'일 것이다. 두 남녀가 서로 사랑하다가 결혼하고 백년해로 한다. 이런 것이 바로 완결된 사랑일 터인데, 그래 가지고서는 도무지 재미가 없을 수밖에 없다. 거듭 말하지만 사랑은 성욕이고, 성욕은 식욕과 다를 바 없다. 식욕이 충족되고 나면 남는 것은 '똥'뿐이다. 사랑 역시 마찬가지.

  그래서 결혼한 사람들은 무의식중에 자기 남편이나 아내가 빨리 죽어
버리기를 원한다. 그래서 "마누라가 죽으면 남편은 변소에 가서 웃는다"
는 말이 나왔다. 이러한 심리가 '짧고 아쉬우면서도 스릴 넘치는 사랑'을
테마로 하는 수많은 영화와 소설들을 만들어내게 했을 것이다.

  옛말에 '일도이비삼첩사처(一盜二婢三妾四妻)'라는 말이 있다. 남의
아내 도둑질하는 것이 가장 맛있는 연애라는 얘기다. 실천하긴 어렵지만
(아니 실천하면 안 되겠지만) 상당히 옳은 말씀이다.

(1995. 3)

헤르만 헤세의 『페터 카멘친트』

독일 문학은 대체로 관념적이다. 토마스 만, 괴테, 쉴러 등 명작이라고 불리는 작품들도 실제로 읽어보면 통 재미가 없다. 하지만 그 중에서도 쉽게 읽히는 글을 쓴 작가가 있으니 그가 바로 헤르만 헤세다.

헤세의 작품을 나는 거의 다 읽어보았다. 그 중에서 내가 지금도 자주 다시 꺼내 읽고 하는 책은 그의 처녀작인 『페터 카멘친트』다. 『페터 카멘친트』는 주인공의 이름을 그대로 제목으로 삼은 소설인데, 처녀작이자 출세작인 만큼 헤세의 사상과 정서를 고스란히 다 드러내고 있다.

배경은 19세기 말의 스위스 시골마을. 페터 카멘친트는 가난한 농부의 아들로 태어나 알프스산의 멋지고 장엄한 풍경 속에서 성장한다. 그러다가 우연한 기회에 교회 목사의 추천으로 학교에 들어가 글을 배우게 되어 작가가 되기로 결심한다. 그후 그는 고향을 떠나 유럽 이곳저곳을 전전한다. 그러다가 중년에 이르러 고향이 그리워져 다시 고향에 돌아와 평범한 주막집 주인으로 일생을 마감한다.

이 소설은 독일 소설이 특징으로 갖고 있는 '성장소설' 풍(風)의 작품이다. 말하자면 주인공의 내적(內的) 성장의 기록을 그대로 소설화한 것이다. 그러나 우리는 이 소설의 줄거리를 쫓아가기보다는, 소설 중간중간에 삽입돼 있는 '자연에의 예찬'에 큰 감동을 받게 된다.

페터가 가장 사랑하는 것은 '구름'이다. 그래서 구름에 대한 찬양의 글이 수십 쪽에 걸쳐 실려 있다. 구름은 가장 자유스러운 방랑자이고, 또한 '하늘'을 대신하는 '신의 섭리'이기도 하다. 페터는 구름처럼 이곳저곳을 찾아다니며 사랑하고, 실연하고, 배우고, 쓰고 하는 것이다.

이 소설에서 주인공은 늘 실연만 한다. 특히 엘리자베트라는 여자에게서 당한 실연은 그를 절망시킨다. 그러나 그는 절망에 굴복하지 않고 실연을 오히려 승화시켜 '달착지근한 허무의식'으로 만들어낸다. 미완(未完)의 사랑이 더 아름답다는 것을 보여주는 멋진 대목이다.

자연과 점점 떨어져 사는 우리 도시인들에게, 헤세의 『페터 카멘친트』는 아늑한 위로를 준다. 구름을 사랑하게 하고, 자연과 친하게 하고, 방랑을 벗삼게 한다. 그리고 무엇보다도 '가난하고 소박한 삶'을 즐기게 만들어준다. 거듭거듭 읽어봐도 늘 감동하게 되는 훈훈한 책이다.

(2006. 3)

나르시시즘에 대하여

소위 변태성욕 가운데 '나르시시즘(narcissism)'이라는 게 있다. 흔히 '자기애(自己愛)'라고 번역하는데, '자기도취'라는 의미로 사용되기도 한다.

그리스신화에 의하면 나르시서스라는 미모의 남자가 물에 비친 자기 모습을 보고 반하여 그만 상사병을 얻어 죽게 되었다는 얘기가 있다. 이 전설에 연유하여 명명된 나르시시즘이라는 말은 프로이트에 의해 변태성욕의 일종으로 분류되었지만 사실 나르시시즘은 변태성욕이라기보다는 강력한 자기 자신의 정체성(identity)을 확보한다는 측면으로 해석되어야 한다고 나는 생각한다.

물론 나르시시즘이 노이로제나 정신분열증으로 발전할 수도 있다. 완전히 자기 자신에게 도취되어 자기가 다른 어느 누구보다도 우월하다고 자처하며 자기만을 흥미의 대상으로 삼는 경우, 그것은 노이로제로 발전한다. 지독한 나르시시즘에 빠진 사람은 모든 사람들이 자기에게 관심을 가지고 있다고 확신하게 되는데, 자기를 좋게 본다고 생각하는 때보다 나쁘게 본다고 생각하는 때가 많아서 쉽게 우울증에 빠지게 된다. 과대망상증 환자들도 대부분 자기도취자들이다.

하지만 이러한 극단적인 경우를 제외하고는 나르시시즘을 병적 심리로 볼 수는 없다. 일반적으로 자기 자신에 대한 확고한 자신감을 가지지 않고서는 타인을 사랑할 수도 없고 도와줄 수도 없기 때문이다. 순수한 이타주의는 성립되지 않는다. 설사 순수한 이타주의자가 있다고 하더라도 그들은 자기상실감을 타인에 대한 희생과 봉사로써 자위하려는 목적에서 이타주의를 가장할 뿐인 것이다. 무조건 한 사람의 이성을 맹목적으로 추종하고 그에게 헌신적인 사랑을 바치는 사람을 볼 수 있는데, 만일 그 상대방이 자기를 배신할 경우 그 사람의 헌신적 희생은 곧바로 보상심리와 연결되어 무서운 복수의 집념으로 돌변한다. 우리나라에서 많은 수의 고교생들이 어머니의 과잉기대와 과잉보호에 지쳐 그 부담감 때문에 자살하는 경우가 많은데, 이것은 그 어머니들이 전혀 나르시시즘이 없이 무조건 이타주의적 자기희생만을 내세워 자식을 키웠기 때문일 것이다.

특히 여성의 경우에는 나르시시즘의 심리가 그녀를 아름답게 하고 그녀의 마음을 포근한 만족감으로 이끄는 데 큰 역할을 한다. 여자는 남편이 없어도 평생 거울 하나만 가지고서도 외롭지 않게 살아갈 수 있다는 말이 있는데, 이 말은 그만큼 여성에게 있어 나르시시즘이 대리적(代理的) 성욕충족의 메커니즘으로 작용한다는 뜻일 것이다.

물론 남자에게도 나르시시즘의 심리는 있지만, 남성들은 '신성한 노동의 의무'라는 미끼에 걸려들어 자기의 외모를 가꿀 때 느낄 수 있는 나르시시즘적 쾌감을 박탈당해 버렸다. 아름다운 남자보다 씩씩한 남자, 우락부락한 남자, 용감한 남자가 더 이상적인 남성상으로 인식되게 된 것은 남자들의 노동력을 절대적으로 필요로 한 원시 농경사회의 유물이라 할 수 있다. 그리스신화의 나르시서스는 여자가 아니라 남자였다.

어쨌든 현대 사회에 있어 여성들은 남성들에 비해 탐미적 나르시시즘의 쾌감을 만끽할 수 있는 권리를 확보하고 있는 셈이다. 그런데도 요즘에는 남녀평등을 주장하며, 머리도 남자처럼 짧게 자르고 화장도 하지 않고 치마가 아니라 바지만 고집하고 있는 여성들을 많이 볼 수 있다. 하지만 그녀들은 남녀평등을 원하는 것이 아니라 오로지 '남성처럼 되는 것'을 소망한 나머지 그런 주장을 펴고 있다고 볼 수 있다. 그런 여자일수록 남자들에 대한 질투와 적개심에 불타, 여성이 갖고 있는 따스한 포용력과 모성애적 부드러움, 그리고 화사한 아름다움을 결여하고 있다. 말하자면 기가 센 여자들인데, 그녀들의 잠재의식 가운데는 자기 자신이 아름답지 못하다는 열등감이 자리잡고 있어 그 열등감에 대한 방어심리에서 그런 거친 행동을 드러낸다고 볼 수 있다.

　나르시시즘이 성행위로 연결될 때 그것은 마스터베이션(자위행위)으로 나타나는데, 자위행위에는 두 가지 종류가 있을 수 있다. 하나는 성적 교섭의 대상으로써의 이성을 구할 수 없어서 하는 수 없이 하는 경우이고, 다른 하나는 성행위를 할 이성이 있든 없든 그와는 별개로 스스로의 관능적 판타지를 즐기기 위하여 자위행위를 하는 경우다.

　우리나라 기혼남녀의 경우 배우자가 있는데도 마스터베이션을 하는 것은 온당치 못한 행동이라고 생각하는 이들이 많은데, 그런 커플일수록 더욱 성적 트러블이 잦다. 사실 남녀 간의 성행위 자체가 마스터베이션의 연장이라고 볼 수도 있는 것이다. 자기의 손을 쓰지 않고 다만 이성의 육체를 빌려 관능적 판타지를 유도한다는 점이 다를 뿐이다. 따라서 원만한 성생활을 위해서는 사랑의 상대로써의 이성이 있든 없든 마스터베이션이 주는 나르시시즘적 쾌감을 언제 어느 때라도 당연한 쾌감으로 받아들일 수 있는 태도가 필요하다.

　우리는 결국 혼자 태어나서 혼자 죽는 외로운 존재다. 언제나 남에게 의지하여 자신의 관능적 욕구를 충족시키려고만 한다면, 우리는 자주 절망하게 될 수밖에 없다. 노래가사에도 흔히 등장하는 것처럼 "혼자 있어도 외롭지 않아요"라고 당당하게 말할 수 있는 상태가 되도록 노력해야 한다. 우리는 나르시시즘을 건강하고 자연스러운 쾌감으로써 만끽할 수 있도록 해야 하겠다. 나르시시즘은 건강한 개인주의와 관련이 있고, 건강한 개인주의야말로 집단적 이기주의를 막을 수 있는 수단이 되기 때문이다.

(1999. 10)

신세대 문화

역사는 돌고 돈다. 역사책을 들척거리다 보면 "하늘 아래 새로운 것이 없다"는 생각에 새삼 공감하게 된다. 비록 '문명의 양식'에 있어서는 시대별로 차이가 많지만, 사람들이 갖고 있는 생각이나 '문화의 양식'에 있어서는 별 차이를 발견하기 어려운 것 같다. 기원전 4000년경에 만들어진 이집트의 한 사원에는 다음과 같은 내용이 상형문자로 새겨져 있다고 한다. "세상은 쇠퇴하고 있도다. 요즘 젊은이들은 부모의 말에 복종하지 않나니……." 지금부터 6천 년 전의 그 옛날에도 이른바 세대차이라는 것이 엄존했던 모양이다. 그 당시에도 어른들은 젊은이들의 생각에 공감하기 어려웠고, 젊은이들의 행동을 괘씸한 불복종으로 보았던 것 같다.

1990년대 들어 우리 사회에서 '신세대 문화'라는 말이 논란거리로 자주 등장하고 있다. 10대 후반에서 20대 중반에 이르는 젊은이들이 갖고 있는 사고방식과 행동양식을 기성세대들이 그렇게 이름 붙인 것이다. 내가 대학에 다닐 때에는 '청년문화'라는 말이 유행했는데, 통기타와 청바지, 그리고 생맥주로 상징되는 단순히 외형적 개념의 것이었다. 그러나 요즘 유행하는 '신세대 문화'라는 말은 랩 음악이나 초미니스커트 등의 의상같은 외형적인 것으로 대표되는 개념이라기보다는, 개인주의적 인생관과 자유분방한 윤리관 등으로 대표되는 다분히 정신적인 것이라는 게 내 생각이다.

　기성세대는 신세대 젊은이들의 생활방식과 사고방식을 걱정한다. 6천 년 전의 이집트 사제가 그랬듯이, 아니 한 세대 이전의 우리나라 기성세대들이 그랬듯이, "요즘 애들은 버릇이 없어"라는 따위의 상투적인 말을 거리낌없이 되풀이한다. 그리고 우리나라의 전통윤리와 민족정서 등을 내세워 그들이 갖고 있는 서구 취향의 생활방식을 한탄한다.

　하지만 내가 보기에 그런 식의 막연한 개탄이나 걱정이 오히려 더 비애국적이고 위험한 사고방식같이 보인다. 신세대들의 외형적인 면에 대한 기성세대들의 생각 하나만 봐도 그렇다. 그들은 젊은이들이 즐겨 입는 의상을 가리켜 '서구 문화의 무분별한 추종'이요 '주체성 없는 모방'이라고 걱정한다. 그러나 모방단계를 거치지 않은 창조란 없다는 사실을 그들은 간과하고 있다. 실컷 모방해 봐야 독창적인 창조행위를 할 수 있는 것인데, 모방행위 자체를 가지고 왈가왈부하다가 창조의 기회를 아예 놓쳐버리고 만 것이 우리나라 현대사였다.

　젊은이들이 빈대떡보다 피자를 더 좋아한다고 해도 하는 수 없다. 입맛도 변하고 옷도 변하고 윤리도 변한다. 시계의 바늘을 거꾸로 돌려놓을 수 없다는 사실을 명심하고, 우리는 문화양식의 변화의 대세(大勢)를 더 대범하게 수용할 수 있어야 할 것이다. 그래야만 진정한 발전과 창조가 이룩될 수 있는 것이다.

(1993. 3)

이제는 알몸을 드러낼 때

내가 보기에 한국 미술계 역시, 문학이나 영화, 연극 등과 마찬가지로 지나친 '자기검열'과 '경건주의적 억압'에 시달리고 있다. 군사독재 시절에는 주로 민중화가들이 수난을 당했는데, 군사문화가 사라진 지금이라고 해서 검열문화가 완전히 사라진 것은 아니다. 몇 년 전에도 피카소나 신윤복이 그린 에로틱한 그림을 실었다는 이유로 어느 미술잡지사가 기소되거나 책이 판금된 적도 있고, 누드화 중에서 남녀가 성희를 벌이는 그림 같은 것은 아직도 금기시되고 있는 게 한국 미술계의 현실이다.

나는 우리나라가 자랑하는 세계적인 아티스트인 백남준 씨가 만약에 국내에서만 활동했더라면 그만한 업적을 내기 어려웠을 거라고 생각할 때가 많다. 백남준 씨가 미국에 가서 초기에 한 퍼포먼스들 중에는 여인의 누드를 이용한 것이 많았기 때문이다. 꼭 누드문제뿐만이 아니더라도, 우리나라 문화계는 '모난 돌', 즉 개성이 강한 예술가가 정을 맞는 풍토를 여지껏 유지하고 있다. 미술이 문학에 비해서는 좀 더 표현의 자유를 확보하고 있는 것은 사실이지만, 그렇다고 해서 표현의 자유가 완전히 보장돼 있지는 않은 것이다.

나는 지금까지 두 번의 전시회를 가진 바 있는데, 화랑 측에서 가장 겁내 하는 것은 '에로티시즘 미술' 때문에 시끄러운 문제가 발생하는 것이었다. 예전에는 반체제적 미술이 사법처리의 도마에 올랐지만, 이데올로기적 미술이 한물 간 지금에 있어서는 에로틱한 미술이 주로 구설의 대상이 되고 검열의 대상이 되고 있다. 지난 1997년에 나는 시화집 『사랑의 슬픔』을 출간한 바 있는데, 그때도 출판사 측의 간청으로 내가 아끼는 그림 몇 점을 눈물을 머금고 빼야 했다. 이른바 야한 그림이라서 혹시라도 판매금지나 형사처벌의 대상이 될지도 모른다는 이유에서였다.

미술과 에로티시즘은 떼려야 뗄 수 없는 관계로 맺어져 있다. 그래서 미술대학에서는 '누드 데생'을 필수과목으로 넣고 있는 것이다. 그런데도 이건 예술이고 저건 외설이라는 식의 불투명한 이분법이 존재하는 게 우리나라의 현실이니, 한국에서는 '끼' 있는 작가가 나오기 어렵다. '예술적 끼'는 대개 관능적 상상력에 바탕을 두고 있기 때문이다.

연극에 전라의 여배우가 출연했다고 해서 연극 연출가가 구속된 일까지 벌어지는 게 한국의 현실이다. 예술관계 사건으로 가장 기막힌 사건은, 어느 성냥공장 사장이 '음란물 제조죄'로 입건된 사건이었다. 성냥갑에 고야가 그린 〈나체의 마야〉를 인쇄해 넣었다는 이유로, 그 성냥공장 사장은 대법원에서 유죄확정 판결을 받았다. 그러면서도 또 『세계미술전집』 같은 데는 고야의 〈나체의 마야〉가 버젓이 실려 있다. 그러니 도무지 뭐가 뭔지도 모를 아리송한 기준하에서 미술가들은 늘 막연한 불안을 의식하지 않을 수 없는 것이다.

한국 미술의 유치성을 상징해 주고 있는 것은 광화문 네거리에 서 있는 '이순신 장군 동상'이다. 우람한 어깨에 과장적으로 위엄을 보이는 얼굴이 마치 어색한 만화를 연상시킨다. 경건주의와 엄숙주의, 그리고 군사문화적 잔재가 아직도 한국 미술계에는 엄존하고 있다.

(2000. 9)

씨, 선생님, 교수님, 강사님

호칭문제는 우리나라같이 경어법이 극도로 발달한 언어를 갖고 있는 나라에 살고 있는 사람들에게는 중요하면서도 골치 아픈 문제다. 나는 『즐거운 사라』 필화사건으로 해직된 이래 호칭문제로 속을 썩는 일이 많다.

내 생각엔 누구에게든 연상의 사람에게는 '선생님'이라는 호칭을 사용하는 게 가장 무난하다고 생각한다. 그 사람의 직업이 꼭 학교 선생이 아니라 하더라도, 이름 끝에 '선생님'을 붙여서 부르는 게 가장 좋다고 보는 것이다.

그런데 내가 『즐거운 사라』 필화사건으로 대법원에서 유죄확정 판결이 나 1995년에 교수직에서 해직되자 사람들이 나를 어떻게 부를까 고심하는 모양을 많이 보게 되어 자못 속상했다. "교수님…… 아니, 선생님" 하고 부르는 젊은 학생들도 많고, 아예 "마광수 씨"라고 부르는 젊은이들도 많다. 사람 이름 끝에 직함이나 직위를 붙여 부르는 게 습관이 되다시피 했기 때문일 것이다. 그런데 나는 "마광수 씨"라고 나오는 젊은이가 있으면 상당히 마음이 상한다. '씨'라는 호칭이 낮춤말은 아니지만, 우리나라의 언어관행상 아무래도 하대당하는 기분이 들기 때문이다.

나는 여러 대학에서 특별강연 초청을 받는 일이 많다. 주로 총학생회

주최의 행사인데, 내게 전화를 걸어와 강연요청을 하는 대학생들의 반수 정도가 '마광수 씨'라는 호칭을 사용한다. 예전 같으면 반드시 '마광수 교수님'이라고들 했었다. 그런데 학교에서 쫓겨나자 그런 말을 서슴없이 쓰는 것이다. 억울하게 해직된 것만 해도 울화가 끓어오르는 판인데, '씨'자가 붙어 불리기까지 하니 더욱 속이 상한다. 그래도 나는 꾹꾹 눌러 참는 일이 많은데, 내가 따지고 들며 훈계를 했다가는 자칫 '권위주의자'로 몰릴 위험이 있기 때문이다.

그런데 요즘은 그렇게 불리는 게 더욱 참을 수 없는 지경에 이르렀다. 그래서 언젠가는 대뜸 화를 내며 야단을 쳐줬더니, 학생이 나더러 쩨쩨하다고 따진다. 당신은 유교적 권위주의를 비난하면서 왜 그까짓 호칭문제로 신경질을 내느냐는 것이다. 그래서 나는 더욱 가슴이 답답해질 수밖에 없었다.

나는 사실 전부터 '교수님'이라는 호칭을 싫어했다. 중고등학교 교사에게는 '선생님'이라고 부르고 대학교 선생에게는 '교수님'이라고 부르는 관행이 영 못마땅했던 것이다. '교수'는 직업을 가리킬 뿐 존경의 의미를 담고 있는 건 아니기 때문이다. 그래서 학생들에게 늘 '선생님'이라는 호칭을 사용하도록 가르쳐왔는데, 더욱 기가 막힌 것은 대학교수들 중에 자기를 '교수님'이라고 부르지 않고 '선생님'이라고 부르는 학생이 있으면 화를 내는 사람이 상당히 많다는 사실이었다.

'권위주의'와 '예의바르기'는 다르다. '마광수 씨'라고 부르지 말고 '마광수 선생님'이라고 불러달라는 것은 권위주의를 쫓아가자는 게 아니라 서로가 예의를 갖추자는 것이다. 젊은이들 가운데는 자기네들 나름대로의 권위주의 때문에 나를 일부러 '마광수 씨'라고 부르는 경우도 많다. 특히 성에 대해 알레르기를 갖고 있는 학생의 경우엔 더욱 그렇다. 그런 언어행위 역시 또 다른 권위주의다. 그런 학생이라도 자기의 지도교수 앞에서는 깍듯이 예의를 갖추며 쩔쩔맬 게 뻔하다. 잘 모르는 사람에게는 적당한 호칭을 붙이고 자기가 잘 보여야 할 사람에게는 극존칭의 호칭을 붙이는 관행은 젊은 신세대들이라고 해서 예외는 아니다. 그래서 나는 신세대들의 앞날이 불안할 수밖에 없다. 그들 역시 '권력'을 잡으면 반드시 권위주의자로 돌변할 확률이 높기 때문이다.

젊은이들이 자기보다 나이 많은 사람에 붙이는 호칭은 무조건 '선생님'이 좋다. 나는 심지어 '강사님'이라는 호칭을 들은 적이 있다. 처음 대학 강사로 교단에 섰을 때의 일인데, 요즘 다시 시간강사 노릇을 하는 나로서는 다시 '강사님' 소리를 들을까 봐 겁이 난다. 직위나 직함에 따라 상대방의 호칭을 선택하는 풍조는 우리나라의 고약한 관습이다. 그래서 더욱 권위주의와 관료주의가 만연하게 된다.

(1996. 9)

오럴섹스

　사랑의 행위를 함에 있어, 손으로 만지고 혀로 빨고 핥는 것을 아주 자연스럽게 행동화하는 사람이 있는가 하면 그것을 아주 불결하게 여기는 사람도 있다. 특히 여자들 가운데는 실제의 성교는 한다고 하더라도 '딥키스'나 '오럴섹스(구강성교)'만은 더러워서 못하겠다고 하는 이들이 많은데, 이런 사람들은 사랑의 기쁨을 누릴 자격이 없는 사람들이다(그들의 심리상태는 대개 도덕적·종교적으로 억압되어 있다).

　우리는 어렸을 때부터 늙어 죽을 때까지 만지거나 더듬고 핥고 빨면서 쾌감을 맛보도록 되어 있다. 성교 이외의 모든 접촉을 '변태'라고 정의한 프로이트의 생각은 틀린 것이었다. 그는 '입천장 암(癌)'을 앓아 평생 동안 33번이나 수술을 하는 고통을 당했기 때문에, 특히 오럴섹스를 증오하고 경멸하였다. 그는 오럴섹스뿐만 아니라 흡연습관이나 군것질까지도 모두 다 유아기의 구강성욕으로 퇴행한 형태로 간주했던 것이다. 사람들은 누구나 자기가 하지 못하는 것을 경멸하는 체하며 자기위안의 수단으로 삼는다. 그러므로 우리는 프로이트의 거짓말에 속아서는 안 된다.

　오럴섹스를 위주로 하는 비생식적(非生殖的) 섹스의 형태가 오히려 우리들을 부담 없는 쾌감, 정력의 낭비 없는 쾌감, 항상 에로틱한 상상력에 빠져 끊임없는 판타지를 즐길 수 있는 신비스런 쾌감으로 인도해 준다.

키스 가운데 가장 황홀한 키스는 역시 펠라티오와 쿤닐링구스, 즉 오럴섹스이다. 아직까지도 우리나라의 많은 여성들은 다른 건 몰라도 펠라티오만큼은 도저히 못하겠다고 고백하는 일이 많다. 심지어 펠라티오 자체가 '더러운 변태'라고 믿고 있는 여자들도 있다. 이것은 남자도 마찬가지다. 펠라티오나 쿤닐링구스 또는 애널링구스(항문 핥고 빨기)는 절대로 변태적인 애무행위가 아니다. 가장 기본적이면서도 가장 달콤한 애무가 바로 펠라티오 등인 것이다. 그저 키스의 연장이라고 생각하면 좋겠다.

'성교' 자체는 연령이나 건강상태에 따라 고른 실천이 용이하지 않다. 그러므로 우리가 갓난아기 시절부터 늙어 죽을 때까지 고르게 행동으로 옮길 수 있는 애무형태란 오직 '혀'에 의한 애무가 될 수밖에 없다.

따라서 '주는 섹스'에 있어 가장 기초적이면서도 최종적인 애무는 역시 구강성교일 수밖에 없는 것이다. 만약 당신이 입 속에 남성(또는 여성)의 심벌을 집어넣는 것을 더럽다고 생각하거나 심리적으로 불쾌하게 생각한다면, 당신은 하루 세 끼 밥 먹는 행위까지도 더럽다고 생각하는 이상한 사람이라고 볼 수밖에 없다.

특히 여성의 경우, 남자의 심벌이 질(膣) 속에 드나드는 것은 아무렇지도 않게 생각하면서, 그것을 입 속에 넣는 것만은 비위생적이고 잘못된 행위라고 생각한다는 것은 참으로 앞뒤가 맞지 않는 모순된 사고방식이다. 실제로는 남성(또는 여성)의 심벌에 키스하는 것이 입에 키스하는 것보다 훨씬 덜 비위생적이라고 한다. 사실 입과 목구멍은 '세균의 온상'인 것이다.

아무튼 키스든 오럴섹스든, 위생관념이나 도덕관념의 간섭을 받지 않고 어린애처럼 본능적으로, 그리고 자유자재로 혀를 사용할 수만 있다면 당신은 사랑의 즐거움을 만끽할 수 있게 된다.

오럴섹스는 절대로 상대방의 강요나 애원에 의해서 이루어져서는 안된다. 상대방이 아주 편안한 마음을 갖고서 그것을 즐기도록 해줘야 한다. 다시 말해서 당신이 생색을 내서는 안 된다는 말이다. 특히 여자 쪽에서 남자에게 사심 없이 지속적으로 봉사해 줄 수 있는 자세가 되어 있다면, 상대방 남자가 아무리 이기적인 사내라고 해도 그는 절대 그냥 공짜로만 받아먹으려고 하지 않는다. 그 남자 역시 여자의 열정과 봉사에 감동하고 세뇌되어, 그녀에게 미칠 듯이 '주고 싶어'할 것이 분명하다.

현대의 성은 오럴섹스 위주로 변화되어 왔다. 그것은 임신의 부담을 줄일 수 있어 좋다. 미혼 상태로 사랑을 나눌 경우엔 오럴섹스에 맛 들이는 게 바람직하다.

나는 대학시절에 여자애들이랑 수없이 모텔에 드나들며 사랑을 나누었지만, 오럴섹스만 했기 때문에 임신시킨 적이 한 번도 없었다. 친구들 중엔 연애를 하다가 임신시켜(또는 임신하여) 고뇌하는 경우를 나는 많이 목격하였다.

자! 서로 만지고 핥고 빨고 비비고 문지르며 아낌없이 사랑을 나누자!

(2007. 9)

제5장　일평생 연애주의

생각하는 소녀……
무엇을 생각하고 있는 것일까
연인의 얼굴……?
연인의 입술……?
아니 아니
연인의 정액, 오줌, 똥

생각하는 소녀……
무엇을 생각하고 있는 것일까
연인의 눈동자……?
연인의 가슴……?
아니 아니
연인이 썼던 채찍, 쇠사슬, 수갑

— 시 「생각하는 소녀」 전문

일부러 삐딱하게 보기

나는 학생들에게 시창작법에 대해서 가르칠 때, '시적 관찰'의 기본이 '일부러 삐딱하게 보기'에 있다고 강조하곤 한다. 시인은 상식적인 안목으로 사물을 바라봐선 안 되고, 기존의 상식과 과학적 이론의 틀을 뛰어넘어 모든 것을 의심하고 회의해 보는 자세로 주변의 사물들을 '삐딱하게' 바라봐야 한다는 것이 내 주장의 요점이다.

삐딱하게 바라보는 습관은 우선 시의 표현동기가 되어주어 한 편의 개성적인 작품을 만들어낸다. '삐딱하게 바라본다'는 것은 모든 것을 무조건 왜곡시켜서 해석하고, 비판을 위한 비판을 위해서 좋은 것도 나쁘다는 식으로 떠들어대는 저돌적인 '반골기질(反骨氣質)'과는 다르다. '삐딱하게 바라보는 것을 통해서 사물의 본질을 더욱 확실하게 파악하려는 노력'이 바로 시에 있어서의 삐딱한 태도의 본질이다.

하지만 삐딱하게 보기의 개념이 꼭 시 하나에만 적용되는 것은 아니다. 성공적인 인생을 살아나가는 비결 역시 '창의성'에 바탕하기는 마찬가지이므로, 우리는 '일부러 삐딱하게 보기'의 원칙을 일상생활에도 적용시켜 더욱 보람차고 의미 있는 인생을 살아갈 수 있다고 본다.

'삐딱하게 보기'의 원칙은 마치 선(禪)에 있어서의 수도과정과도 같다. 불교에서는 선을 시작할 때 모든 것을 뒤집어서 생각해 보도록 유도한

233

다. 현상계(現象界)의 가시적 질서를 뛰어넘어 본체(本體)의 세계를 파악하게 하기 위해서다. 그러다 보면 "산은 물이요, 물은 산이다"는 식으로 모든 화두(話頭)가 모순과 궤변으로 점철된다. 사물의 모순된 현상을 바로잡기 위해서는 이러한 '사물에 대한 삐딱한 접근법'이 필요한 것이다. 그러다가 완선한 선(禪)의 경지에 들어 세상의 사물을 원융무애(圓融無碍)한 마음으로 바라볼 수 있는 상태가 되면, 다시금 "산은 산이요, 물은 물이다"로 되돌아가게 된다고 불교는 가르치고 있다.

우리나라는 지금 선진국으로 도약하기 위해 안간힘을 쓰고 있는 상태에 있다. 선진국이란 반드시 국민소득이 몇 달러냐 하는 문제만 가지고서 결정되는 것은 아닐 것이다. 정치, 사회, 문화, 모든 방면에 걸쳐 수준 높은 생활과 사고가 가능할 수 있어야만 진짜 선진국이라고 말할 수 있다.

그러나 우리나라는 지금 사고(思考)의 면에서 볼 때 중진국 수준에도 미처 도달하지 못한 것은 아닌가 하는 생각을 하게 될 때가 많다. 오직 물질적인 면에서만 중진국 수준에 도달했을 뿐, 윤리관이나 도덕관, 특히 성관(性觀) 등의 면에서는 조선시대의 수준을 그대로 답습하고 있는 것이다. 다른 것은 다 민주화해야 하고 자유화시켜야 한다고 주장하면서도, 윤리에 있어서만은 기존의 전통 유교윤리를 그대로 답습하는 것이 마땅하다고 보는 사람들이 국민 대다수를 차지하고 있다. 나는 이런 사람들이 회개(?)하고 반성하지 않는 한, 우리나라의 문화적 선진화는 진정 요원한 일일 수밖에 없다고 생각한다.

정치나 경제 등 기존의 다른 체제에 대해서는 다들 삐딱하게 바라보면서도, 어째서 기존의 도덕이나 윤리를 삐딱하게 바라볼 줄은 모르는 것일까? 하늘에서 뚝 떨어진 완제품의 윤리도덕은 원래 없다. 윤리나 도덕 역시 다른 것들과 마찬가지로 시대적 상황의 변화에 따라 얼마든지 바뀔 수 있는 것이고 또 반드시 그래야만 하는 것이다. 이를테면 여성의 순결 이데올로기 문제나 기혼남녀의 혼외정사 문제, 정상적 도락과 퇴폐적 도락의 차이 문제 등 우리나라의 지도적 문화인들은 케케묵은 조선시대식 주자학 논리를 그대로 답습하고 있다. 그리고 그러한 주장의 이면에는 항상 "반만 년의 유구한 역사……" 운운하며 한국적 전통을 강조하는 말들이 따라다닌다.

나는 조선시대부터 시작된 우리나라의 폐쇄적 윤리야말로 한국을 퇴보시킨 주범이라고 생각한다. 그 중에서도 특히 충효(忠孝)사상은 항상 독재정권에 의해 국민들을 세뇌시키는 무기로 사용되었다고 보는 것이다.

그래서 나는 학생들을 가르칠 때 적어도 마음속으로만은 '불효자'가 되어야 한다고 역설하곤 한다. 아버지의 권위에 의지하거나 복종하는 사람은 절대로 큰 인물이 되기 어렵다고 생각하기 때문이다. 부모뿐만이 아니라 스승이나 선배의 생각까지도 우리는 항상 '삐딱한' 시각을 가지고 바라봐야만 한다.

북유럽이나 일본 등의 선진국들이 일찍이 부(富)의 기틀을 마련한 것은 그들이 기존의 전통 종교나 윤리 등을 삐딱하게 바라볼 수 있었기 때문이었다. 스웨덴은 세계에서 제일 먼저 성해방을 이룩하여 지금 자유와 평등을 고르게 실현시키는 모범적인 사회민주주의 국가로서 자리잡았다. 일본 역시 메이지유신 이래 기존의 유교이념을 버리고 실용주의적 사고를 채택함으로써 계속 발전할 수가 있었다. 그러므로 우리는 구태의연한 성윤리나 도덕관을 가지고 선진국의 문턱을 넘은 나라들이 하나도 없다는 사실을 한시바삐 인정해야만 한다.

물론 지금의 우리나라는 기존의 가치관과 새로운 가치관이 상호충돌하는 과도기에 처해 있기 때문에 윤리관의 개혁과정에서 다소의 부작용이 있을 수 있다. 그러나 국민 모두가 안정된 새 가치관을 가지게 하기 위해서는 그런 부작용을 감수할 수 있어야 한다. 불교에서 말하는 것처럼, "산은 물이요, 물은 산이다"라는 부정의 단계를 거친 뒤라야만 "산은 산이요, 물은 물이다"라는 안정된 평상심(平常心)의 상태가 이루어지기 때문이다.

(2000. 10)

'사라'를 위한 변명

『즐거운 사라』 필화사건(1992)은 '사라'의 혼란에서 비롯된 것이 아니라 문화적 전환기에 처한 우리 사회의 혼란 때문에 빚어진 것이라고 나는 생각한다. 급변하는 모럴 앞에서 문화적 수구주의를 지향하는 이들은 분노와 함께 위기의식을 느낄 수밖에 없었고, 그래서 결국 '사라'를 희생양으로 선택한 것이었다. 그래서 개방적 의식의 보편화와 함께 에로티시즘이 일반화되어 가고 있는 추세에 비추어볼 때, 형평성으로만 따져봐도 도저히 납득하기 힘든 '사라' 사건이 일어나고 만 것이었다.

『즐거운 사라』를 집필한 1990년만 해도 '신세대'란 말은 통용되지 않았다. 두 해쯤 있다가 신세대란 말이 나왔고, 다시 해를 넘기자 신세대 문화에 대한 논의가 비교적 활발하게 이루어지기 시작했다. 내가 허구적 인물인 '사라'를 통해 다소 과장적으로 제시한 인간형이 지금은 어느새 성과 외래문화에 대해 개방적인 '신세대'란 이름으로 우리 곁에 깊숙이 들어와버린 것이다. 그래서 나는 우리 사회에서는 뭔가 새로운 것을 남보다 조금만 먼저 시도해도 반드시 견제를 받는다는 사실을 새삼 실감하지 않을 수 없었다.

'사라'는 구시대의 가치관과 새 시대의 가치관 사이에서 정신적 혼란을 겪고 있는 이 시대 젊은이들의 상징이요, 짓누른다고 숨어버리는 '범죄자'가 아니라 거부할 수 없는 힘으로 다가오는 문화의 흐름이다.

문화란 개체들의 의식이 집결된 것이므로 도저히 물리적으로 억누를 수 없다. 물길이 흐르는 대로 두면서 활발한 논의와 토론이 전개되어야 한다. 그래서 나는 '사라 논쟁'이란 말을 들을 때마다 우울함과 서운함을 느낀다. 설혹 논쟁이 있었더라도 그것은 당사자인 나의 입을 봉해 놓은 채 이루어진 지극히 불공정한 것이었기 때문이다.

이제는 문화도 산업의 개념으로 파악되어야 한다. 나는 우리나라가 에로티시즘 문학의 불모지였던 시절에 힘겹게 이론적 접근을 시도했고 그것을 다시 창작으로 연결시켜 보았다. 막대한 외화를 들여 외국의 에로티시즘 영화나 소설들을 수입해 오는 것에 대해서는 지극히 관대한 태도를 취하면서, 국내 생산품에 대해서는 그토록 가혹한 제재를 가하는 것을 나는 도저히 이해할 수 없었다. 에로티시즘 예술만큼은 일방적인 수입만 하자는 얘기와 다름없기 때문이었다. 또한 관능성보다 폭력성에 훨씬 더 관대한 태도를 보이는 것도 납득하기 어려운 일이었다.

우리가 대원군식 문화적 쇄국주의를 채택할 수 없는 이상 원칙 없는 선별적 모럴 테러리즘을 통해 일시적인 '쇄국'을 시도하는 것은 부질없는 짓이다. 에로티시즘 예술이나 개방적 성윤리에 대해서도 이제는 '토론의 개방성'과 '절차의 민주성'을 통해 합리적으로 대응해 나갈 수 있어야 한다. 그때 비로소 우리 문화의 국제화가 이루어질 수 있다. 다양한 상상력을 인정하는 다원주의적 문화관과 문화의 자유시장 원리의 확립만이 문화를 발전시킨다.

나는 '사라'의 고난이 몇 구절의 외설성 여부 때문에 비롯된 게 아니라 문화적 민주의식의 결여와 비합리적 문화풍토 때문에 비롯된 것이라고 본다. 우리나라의 정치나 경제가 빠르게 변해 가고 있는 것에 비추어 볼 때 문화 면에서만큼은 봉건적 폐쇄성과 은폐된 이중성이 여전히 고수되고 있는 것이다. 경제발전을 위해서는 규제가 없어져야 한다고 주장하면서 문화발전에 대해서는 왜 그리 획일적 규제만능주의를 고수하려 드는 것일까. 게다가 성이 자연스럽게 우리 문화 깊숙이 스며들어 있는 지금, 규제를 넘어 작가를 인신구속까지 한 것은 우리나라는 물론 세계적으로도 유례가 없는 일이라서 그저 아연할 수밖에 없다.

(2005. 6)

등반의 성심리

　상징이론에서는 우리들의 삶 전체를 상징적 행동으로 본다. 독일의 철학자 에른스트 카시러는 인간을 '상징적 동물'이라고 정의하고 인간이 동물과 근본적으로 다른 점을 상징의 측면에서 고찰하였다. 즉 동물은 오로지 신호(sign)에 대한 단순한 반응만으로 살아가는 데 비해, 인간은 상징(symbol)에 대한 '다의적(多義的) 사고'에 의해서 그 삶의 의미를 풍부하게 발전시켜 간다는 것이다.

　일반적으로 상징은 문학적 표현에서 많이 쓰이는데, 이를테면 '하늘'이라고 할 때 그것이 문학작품 속에서 상징적 기법으로 쓰이면, 단순한 자연현상으로서의 하늘이 아니라 '희망', '천국', '하느님' 등등의 내포적(內包的) 의미로 그 활용의 폭이 커져 간다.

　그래서 상징적 사고의 측면에서 이 세상의 사물들과 자연현상들을 관찰해 보면 그것이 눈에 보이는 현상 그대로가 아니라 어떤 상징적 연상물로 인식되게 된다. 예컨대 '물'은 '창조의 신비', '정화(淨化)와 구원', '죽음과 부활', '무의식' 등의 의미가 되고 '원(圓)'은 '전체성', '통일성', '윤회' 등의 의미가 되는 것이다.

　그런데 더욱 재미있는 것은 사물을 단지 문학적 상징의 차원으로서가 아니라 무의식의 차원, 특히 프로이트 식의 정신분석학적 입장에서 바라보면 거의 모두가 성적(性的) 상징이 된다는 것이다. 프로이트에 의하면 꿈의 상징들은 '본능적 자아(id)'가 활동하는 제1차적 사고의 산물이며, 그 의미는 대부분 섹스와 관련되어 있다. 이드(id)란 순전히 쾌락욕구에 의해서 움직여지는 동물적 자아인데, 일상생활 가운데서는 잠재의식 속에 깊숙이 묻혀 있다가 꿈 속에서 비로소 그 정체를 드러내게 된다고 한다.

하지만 성적인 쾌락욕구가 단지 꿈 속에서만 가능할 수만은 없는 일이다. 그래서 꿈꾸는 상태가 아닌 깨어 있는 상태에서도 우리의 무의식은 은근히 쾌락욕구의 충족수단을 찾기 위해서 눈을 돌리게 되는데, 그럴 때 일어나는 현상이 바로 '백일몽(白日夢)'이라고 할 수 있다. 즉, 잡다한 형태로 우리의 상념 속을 지나가는 각종의 망상, 환상, 환영(幻影), 공상 따위들이 모두 다 백일몽을 형성하고 있다.

백일몽은 우리들에게 성욕의 직접적 충족효과를 가져다주지는 못하지만 간접적인 충족의 효과를 가져다준다. 다시 말하면 '대리충족' 또는 '대리배설'이다. 아리스토텔레스는 예술의 목적이 '카타르시스'에 있다고 말했는데, 카타르시스란 '배설'을 뜻하는 말로서, 예술을 통한 축적된 성욕의 대리배설을 뜻한다. 프로이트의 이론대로라면 따라서 모든 예술은 '창조적 백일몽에 의한 성욕의 대리배설(카타르시스)'이 된다.

그러나 꼭 예술가만이 백일몽을 창조해 낼 수 있는 것은 아니다. 보통 사람들도 백일몽을 통해서 성욕을 카타르시스시킨다. 예술작품의 감상을 통해서도 가능하고 스스로 만든 백일몽을 통해서도 가능하다. 그럴 경우 사람 각자가 갖고 있는 각종의 취미나 기호 등이 모두 다 성욕의 대리배설 역할을 해준다고 볼 수 있다. 이럴 때 적용되는 이론이 바로 성적 상징의 이론이다. 예컨대 담배를 피우는 행위는 구강성교(oral sex)의 상징이 되어, 그 사람이 어렸을 때 어머니 젖을 실컷 빨아보지 못한 탓에 생겨난 구강 콤플렉스가 원인으로 작용한다. 손가락을 빠는 행위나 손톱을 물어뜯는 행위 등도 마찬가지다.

하지만 꼭 어린 시절의 성적 욕구불만이 원인이 되어 우리의 특정한 '상징적 성행위'가 이루어진다고만은 볼 수 없다. 어렸을 때 어머니의 사랑을 충분히 받았든 못 받았든, 성욕은 우리가 죽을 때까지 짊어지고 가야 할 무거운 짐이요 의무이기 때문이다(종족보존의 본능과 상관이 있다). 사회적 동물로서의 인간이 각종의 사회적 규범과 윤리 때문에 마음껏 충족시킬 수 없는 성적 욕구를 우리는 자잘한 일상행위를 통하여 간접적으로 충족시켜 나간다고 볼 수 있다. 그럴 경우 우리들 주변에 널려 있는 여러 가지 사물들은 모두 다 성기의 상징이 되고 우리의 모든 행위들은 성행위의 상징이 된다.

지팡이, 우산, 만년필, 나무, 권총, 창, 칼, 모자 등 길쭉한 막대기의 형상을 하거나 도드라져 나온 철자(凸字) 형태를 한 것은 모두 페니스의 상징이다. 마찬가지로 구멍, 웅덩이, 동굴, 항아리, 신발, 병, 호주머니, 배(船) 등의 우묵하게 들어간 요자(凹字) 모양을 한 것은 모두 여자 성기의 상징이 된다. 숲은 음모(陰毛) 또는 음부(陰部) 전체의 상징이 되고 '맛있게 밥 먹는 행위'는 성적 쾌락의 상징이 되며, 피아노 연주나 미끄러지기, 나무 뽑기 등은 자위(自慰)의 상징이고 춤추기, 승마, 등산, 장화 신기, 계단 오르기 등은 성교의 상징이 된다.

그렇다면 등반의 성심리에 대해 이제 서서히 그 정체를 파악하기 시작했을 줄 안다. 상징적 사고는 사물의 명사(名詞)뿐만 아니라 동사에 의해서도 가능해지는데, '등산'보다도 우리가 '산을 탄다'고 말했을 때, 산을 타는 심리가 성행위의 심리와 아주 유사한 것이라는 것을 금세 짐작해 낼 수 있다.

산은 우선 그 모양부터가 성적인 형태를 갖고 있다. 한자로 '산(山)'이라고 했을 때 우리는 곧 '철(凸)' 자를 연상하게 된다. 그래서 프로이트 심리학에서는 산이나 바위 등을 모두 음경의 상징으로 보는 것이다. 그렇다면 '산을 탄다'는 것은 곧 여자가 남자 위에 올라타는 상징이 되어 여자가 능동적으로 성행위를 하는 상징이 된다. 그러나 산을 좋아하는 것이 꼭 여자에 국한되는 것은 아니지 않는가? 오히려 남자들이 더욱 산을 좋아하는 것은 웬일일까?

여기에 상징이론의 묘미가 있다. 즉, 상징의 다의적(多義的) 측면에 의해서 여러 가지 융통성 있는 상징해석의 장(場)이 마련되는 것이다.

산을 남자들이 특히 사랑한다고 할 때, 그들이 좋아하는 등산방법은, '산꼭대기를 정복'하는 것이다. 록 클라이밍(바위타기)일 경우는 더욱 정복욕을 만족시켜 준다고 할 수 있는데, 이 경우의 등산은 산이 음경의 심벌이라서가 아니라 단지 '높이 솟아 있기 때문에' 이루어지는 것이라고 볼 수 있다. 남성들의 성적 욕망은 대체로 사디즘적인 '정복욕'의 욕망으로 나타나게 마련이다. 그러므로 높은 산의 정상을 정복하든, 마천루의 빌딩 꼭대기를 정복하든 그것은 마찬가지 쾌감을 준다.

대체로 요즘 도시인들, 특히 각종의 스트레스에 시달리는 40대 중년기의 남성들이 산을 좋아하는 이유는, 가정에서 마누라 등쌀에 주눅 들고 직장에서는 상사들 눈치보기에 지쳐서, 산꼭대기에 올라가 느긋한 정복자나 제왕(帝王)의 표정으로 산 아래를 굽어보고 싶어하는 심리에 있다. 이것은 낚시꾼도 마찬가지인데, 낚시나 사냥을 통해 느껴볼 수 있는 사디즘이 직장생활에서 짓눌린 피로감과 패배감을 말끔히 씻어줄 수 있기 때문일 것이다.

등산을 한다고 할 때 우리는 두 가지 방법을 생각해 볼 수 있다. 산 정상까지 악착같이 기어올라가는 방법이 그 하나이고, 산 중턱에서 시원한 계곡물에 발을 담그고서 유유자적한 시간을 맛보다가 다시 하산해 내려오는 방법이 그 둘이다. 나는 후자를 더 좋아하는 셈인데, 그건 아무래도 내가 사디스틱한 정력가라기보다 허약한 체질을 가진 마마보이(mama boy)이기 때문인지도 모르겠다.

꼭대기까지 악착같이 기어올라가 봤자 다시 내려와야만 된다는 사실이 나를 언제나 산 중턱쯤에서 머무르게 한다. 특히 산 중턱쯤에 있는 계곡에는 맑고 깨끗한 소(沼)가 많아, 거기에 발을 담그고 앉아 빈둥빈둥 시간을 보내는 것이 산꼭대기에서 느낄 수 있는 정복감보다 더욱 큰 기쁨과 쾌감을 주기 때문이다.

산의 계곡은 대개 'Y' 자 모양으로 파여 있게 마련이어서 대개 여성의 음부 모양을 하고 있다. 그곳에 발을 담근다는 것은 곧 내가 여성의 음부 속에 포근하게 빠져 들어가 있는 것 같은 상징적 착각을 불러일으켜 준다. 말하자면 어머니의 자궁 속에 있는 포근한 양수(羊水) 속에 몸을 담그고 있었던 태아의 상태로 돌아가는 것이다. 일종의 '자궁회귀본능'의 충족을 경험한다고 볼 수 있다.

남자들은 자궁을 가지고 있지 못하기 때문에 여성들에 비해 더욱 마더 콤플렉스(mother complex)에 빠져들 가능성이 많고, 따라서 늘 자궁 속의 편안하고 안락한 상태로 돌아가고자 하는 원초적 욕망을 가지고 있다. 그래서 남자들은 혼인 적령기가 되면 제2의 어머니를 찾아 나서게 되고 그녀와의 결혼을 통해 가정을 꾸미게 되는데, '가정'은 마치 포근한 자궁의 역할을 해준다고 볼 수 있다.

예전에 우리나라 사람들은 산에 오른다고 할 때 악착같이 꼭대기까지 올라가는 법이 없었다. 동양화 중에 산수화들을 봐도, 언제나 사람은 조그맣게 그려지고 그 사람은 계곡가에 앉아 눈을 들어 저 멀리 높이 솟아 구름 속에 가려져 있는 산정을 올려다보고만 있다. 자연을 정복하려고 하지 아니하고, 자연 속에 동화되거나 귀의(歸依)하려고만 했던 우리 조상들은 산에 파묻혀 포근한 자궁회귀의 기쁨을 만끽했다고 볼 수 있다.

그런데 서양인들은 예전부터 자연을 정복하기 좋아하고, 특히 산꼭대기까지 올라가 깃발이라도 하나 꽂아 놓아야만 직성이 풀렸다. 그래서 서양식 사고방식에 길들여져 있는 요즘 우리나라 사람들은, 하나같이 땀을 뻘뻘 흘려가며 산 정상을 '정복'하려고 한다.

하지만 그것은 내가 보기에 지극히 재미없고 부질없는 짓이다. 그런 행위는 마치 성행위 시에 오직 '삽입성교'만을 해버리려는 무모하고 무식하고 멋대가리 없는 행동과 다를 바가 없다. '성행위'란 단지 '삽입'과 '수정(受精)'만을 의미하는 것이 아니라, 각종의 전희(前戲)와 잔잔한 애무들로 이루어지는 포근한 살갗접촉에 의한 충족감을 의미하기 때문이다.

우리 조상들은 성행위 시에도 주로 애무를 위주로 하고 사정은 될 수 있는 대로 절제하는 것을 철칙으로 삼았었다. 그것을 '접이불루(接而不漏)'라고 하는데, 우리 조상들이 산 정상을 정복하기보다 중턱 쯤에서 적당히 탁족(濯足) 정도로만 즐겼다는 것은 '접이불루'의 원칙을 등산에 있어서까지도 적용시켰다는 것을 의미한다. 탁족뿐만 아니라 '원족(遠足)', '소풍(逍風)', '소요(逍遙)' 등이 옛 선인들이 산을 사랑하는 방법이었다. 이런 방법들 역시 은근하면서도 부드러운 페팅 위주의 성행위를 상기시켜 준다.

산 웅덩이의 물이 여자의 음수(淫水) 또는 자궁 속의 양수를 상징해 주는 것과 마찬가지로 '숲' 역시 여자의 풍성한 음모나 길고 숱 많은 머리카락 또는 여성의 음부 전체를 상징해 준다. 요즘 갑자기 유행하기 시작한 깊은 산속에서의 삼림욕(森林浴) 역시 이러한 성적 상징과 관련이 있을 것이다.

대체로 모든 남성들은 여자의 긴 머리카락을 좋아하는데, 때로는 그 머리카락의 수풀 속에 코를 박고 있고 싶은 충동을 느끼기도 한다. 이럴 경우 남자의 코가 찾아가는 곳은 여자의 입이거나 귓바퀴다. 여자의 머리채가 길면 길수록 남자의 얼굴이나 코를 가릴 수 있어서 안전한 보호막 구실을 할 수가 있다. 즉, 숨어서 하는 스릴감 넘치는 키스가 가능해지는 것이다.

'코'는 그 불쑥 튀어나온 모양 때문에 으레 남자 성기의 심벌로 해석된다. 그 코가 여자의 귓바퀴 속을 헤집고 들어간다는 것은 곧 성교를 상징하는 것이 되고, 특히 여자의 긴 머리카락이 그 주위를 감싸고 있을 때 그 머리카락은 풍성하게 솟아 있는 음모의 상징이 될 수밖에 없다. 숲 속에서의 삼림욕이 우리들을 건강하게 만들어주는 것은 나무가 뿜어내는 신선한 산소와 기타 성분들 때문이 아니라 '진정 안락하고 포근한 성행위'의 심벌이어서 더 가능한 것은 아닐까?

육체적인 건강이나 영양 못지않게 정신적인 건강이나 영양 또한 중요한데, 정신적인 영양소로서 가장 먼저 손꼽아야 할 것은 역시 '사랑' 또는 '섹스'일 것이기 때문이다. 산을 찾아가더라도 계곡이나 숲 속에서 성적 카타르시스를 맛볼 줄을 모르고 밋밋한 바윗덩어리나 타다 내려오는 록 클라이머들은 산이 주는 진짜 포근한 사랑의 충족감을 놓치고 있는 셈이다.

예전부터 산에 관해서는 여러 가지 신비한 이야기가 전해져 내려오고 있는데, 그 가운데서 가장 많은 부분을 차지하는 것이 깊은 산에 살고 있다는 신선(神仙)에 대한 이야기다. 속세를 피하여 산속으로 숨어 들어가 은일(隱逸)을 즐기고 있는 신선들은 무슨 이유에서 산을 찾아 나선 것일까? '신선 선(仙)' 자는 그 글자의 모양이 재미있다. '사람 인(人)' 자와 '메 산(山)' 자가 합쳐져서 만들어진 글자이기 때문이다. 즉, 산에 사는 사람이 곧 신선이라는 의미가 된다.

바닷가에서 산다는 것과 산에서 산다는 것은 큰 차이가 있다. 바다는 끝없는 적막감과 두려움만을 갖게 해주고 우리를 소외감으로만 몰고 간다. 그러나 산은 다르다. 산은 포근한 안식처가 될 수 있고 거기서 생활에 필요한 모든 수단을 구할 수가 있다. 산에 있는 동굴은 포근한 집이 되고, 여러 가지 산나물과 약초는 몸에 이로운 음식이 되며 각종의 나무열매들 역시 좋은 음식물이 되어준다. 계곡에 흘러내리는 맑은 물은 식수로도 쓰일 수 있고 목욕탕 대용이 될 수도 있다. 또 육식(肉食)이 먹고 싶다면 산짐승들을 잡아 요리해 먹을 수도 있다. 산속 여기저기에 피어나는 작은 들꽃들은 우리들의 심리적 위안물이 되고 아름다운 장신구 역할까지도 해준다.

이렇게 생각해 볼 때, 산에 있는 모든 사물들이 다 성적 대리충족을 위한 상징물들이라는 것을 알 수가 있다. 동굴은 자궁의 상징이요, 꽃은 여성 성기의 상징이 되고, 나무열매를 '따먹는다'라고 할 때 그것은 성교의 상징이 된다. 계곡의 물은 음수(淫水)의 상징이고 산나물을 캐어먹는다고 할 때, 그것 역시 원시적이고 건강한 야합(野合)의 상징이 될 수가 있다. 그래서 산속에서의 생활은 우리의 관능적 상상력을 통한 완벽한 오르가슴을 가능하게 해주는 것이다. 그래서 산속의 선인(仙人)들은 모두들 불로장수가 가능할 수 있었고 또한 꼭 여자가 곁에 없더라도 특별한 성적 충동을 느끼지 않으면서 충분히 살아갈 수 있는 것이 아니었을까?

꼭 선도(仙道)를 구하는 사람들만이 산을 찾아가는 것은 아니다. 불도(佛道)를 닦으려는 이들도 산속에 은거하여 참선수도한다. 그런데 이상한 것은 산속에 숨어 사는 고승들이나 선인들의 얼굴 표정이 대개 어린아이같이 천진한 빛을 띠고 있고 지극히 화락(和樂)한 웃음을 머금고 있다는 사실이다. 얼굴빛도 건강하게 불그레하고 별로 성욕에 지친 표정을 하고 있지 않다.

그런데 이에 비해서 서양 중세기에 생겨난 수도원 제도에 따라 지금까지 이어져 내려오는 천주교의 수행자들, 예컨대 수사(修士)나 수녀(修女) 또는 신부들을 보면 대개가 고뇌에 지친 표정을 하고 있는 이들이 많다(나의 편견인지는 모르겠지만). 산속의 절에서 스님이 들려주는 법어(法語)는 그 음성이 아주 천진하면서도 낭랑하며 또 차분하게 가라앉아 있다. 그런데 교회에서 듣는 목사님들의 설교는 그 톤이 너무 높고 선동적이고, 가학적이다. 왜 그럴까?

나는 그 이유가 역시 '산'에 살고 있느냐 그렇지 않느냐에 있다고 생각한다. 물론 가톨릭에서도 경치 좋은 곳에 세워진 수도원들이 많이 있다. 하지만 대개는 높은 담장에 둘러싸여 답답한 교도소를 연상케 할 뿐, 자유스러운 구도(求道)가 도저히 불가능할 것 같아 보인다. 산속의 절에 사는 스님들은 담장도 없고, 또 행운유수(行雲流水)처럼 자유로운 수도생활 가운데서, 특히 산속에 있음으로써 얻을 수 있는 성욕의 자연스러운 '대리배설' 효과에 의해 그토록 천진난만하고 만족한 표정과 어린아이처럼 불그레한 얼굴이 가능해진 것이라고 나는 본다.

어머니의 젖꼭지를 입에 물고 젖을 빨아먹고 있는 어린아이의 표정처럼 구족(具足)하고 원만한 표정은 없다. 그 어린아이가 꼭 직접적인 삽입성교를 통해 황홀한 극치감을 느껴서는 아닐 것이다. '오럴섹스'를 통해서라도 충분히 대리적으로 얻을 수 있는 관능적 만족감이 그 어린아이의 표정을 그토록 행복하게 만들었을 것이다. 특히 남자의 경우는 아까 언급했다시피 자궁회귀본능이 강하기 때문에, 그래서 산을 좋아할 수밖에 없고 산속에 파묻혀 성의 포근한 대리충족을 항상 맛볼 수밖에 없을 것이다. 신선들이나 고승들이 다같이 산을 즐겨 찾고 산속에 파묻혀 은둔하는 것을 최고의 기쁨으로 삼는 것은, 내가 보기엔 모두 다 그 근본적 원인이 '관능적 법열감의 일상적(日常的) 대리충족'에 있기 때문이라고 본다.

그래서 산은 이성(異性)과 함께 찾아가기보다는 혼자서 찾아가는 게 좋다. 맑은 계곡물에 발을 담그고 하루종일 혼자 누워 있어도 전혀 심심하거나 외롭지 않기 때문이다. 나는 될 수 있으면 등산객들이 많이 가지 않는 코스를 택해 적당한 장소에서 발을 멈추고 느긋한 마음으로 누워 있다가 돌아오는 산행(山行)을 즐긴다. 먼 곳으로는 내설악 백담계곡을 애용했고, 가까운 곳으로는 대성리(大成里) 근처의 작은 계곡을 애용했다. 그러나 요즘에는 그곳에 등산객들의 발길이 너무 잦아져 아직 새로운 장소를 물색하지 못하고 있다.

물가에 앉아 준비해 온 간식을 곁들여 소주 한 잔 들이키고 달콤한 오수(午睡)에 빠져든다. 팔 베고 누운 채 하늘을 올려다보면 흰구름이 두둥실 떠가는 게 보이고 티없이 맑은 하늘이 호수처럼 청아한 빛으로 나의 눈으로 빨려든다. 아, 이보다 더 포근한 사랑과 애무를 베풀어주는 어머니나 여인이 이 세상 어디에 있을까?

그래서 산을 좋아하는 사람들은 대개 지나치게 여자한테 빠져들지 않는다. 여자도 마찬가지. 남자에게 미칠 듯 기대거나 의지하지도 않는다. 산이 곧 애인이요, 섹스요, 포근한 애무가 되어주기 때문이다.

나는 성행위란 결국 이성의 도움을 빌려 마스터베이션(자위행위)을 하는 것과 별다를 게 없다고 생각한다. 내 생각이 맞다면 우리는 굳이 속세의 이성을 찾아 애걸복걸 의타적(依他的) 성행위를 구걸할 필요가 없을 것이다.

　모든 것은 나 혼자서 해결해야 될 문제요, 나 혼자서만이 해결할 수 있는 문제다. 그렇다면 사랑도 거기서 예외가 될 수는 없다. 자연과의 성행위, 이 얼마나 웅대하고 흔쾌하고 시원한 카타르시스요 오르가슴인가! 만날 때는 좋지만 헤어질 때는 질질 짜고 울어대거나 치정적(癡情的) 복수극으로 발전하기 쉬운 속세의 변덕스런 사랑보다, 산과의 사랑은 사정 후의 허탈감도 없고 또 이별 뒤의 찜찜함도 없이 다만 우리의 본능적 욕구들을 서서히 그리고 아주 자연스럽게 충족시켜 주기 때문에 좋다.

　이제는 사춘기에나 가질 수 있는 사랑의 열병도 지나가고, 또 주책없이 찾아드는 '종족보존의 욕구'조차 시들해진 나다. 그래서 나는 그저 어떻게 하면 하루 스물네 시간을 모두 '관능적인 상상력을 통한 성욕의 대리 배설'에 쏟을 수 있을까 하는 간절한 소망으로 마음속이 꽉 차 있다. 그렇게 되려면 한시바삐 옛 사람들처럼 속세의 티끌을 털어버리고 산속으로 들어가야 할 터이다.

　그러나 속세의 인연을 떨쳐버릴 자신도 없고, 또 요즘의 산에서는 예전의 산들 같은 심심(深深)하고 유유(幽幽)한 맛을 찾아보기가 힘들어 나를 주춤거리게 한다. 이런 어정쩡한 처지가 못내 안타깝고 서럽다.

(1989)

중도(中道)

　나는 '중도(中道)'라는 말을 가장 좋아한다.

　불교의 진수가 무엇인지 나는 잘 모른다. 하지만 중도사상(中道思想)이 불교의 가장 중요한 핵심부분에 들어가는 것으로 알고 있다. 극단적인 금욕주의나 극단적인 쾌락주의를 지양하고, 정신과 육체를 변증법적으로 통일시키려는 노력이 곧 중도사상의 요체라고 할 수 있고, 그것은 또한 대승불교의 기본강령이 된다고 본다.

　그런데 요즘 발표되는 불교에 관련된 각종의 글이나 특히 소설 혹은 드라마 등을 통해서 볼 때, 중도사상에 위배되는 소승적 회신멸지(灰身滅智)를 추구하는 소신공양(燒身供養)을 지나치게 미화시키는 경향이 있는 것 같다. 그 대표적인 보기가 고등학교 교과서에서 수록되었던 김동리의 소설 『등신불』이다. 자기의 몸을 불살라 중생을 구원한다는 소신공양의 정신은 물론 소중한 불심의 하나라고 볼 수 있다. 그러나 한창 자라나는 청소년들한테 사람의 몸이 불에 타서 까맣게 되어 죽어가는 모습을 보여준다는 것이 과연 바람직한 것일까?

　우리나라에서는 1980년대부터 수십 명의 분신자살자들이 나왔다. 정치가 제대로 안 되다 보니, 젊은이들은 피끓는 혈기로 자신의 몸에 휘발유를 뿌리고 거기에 불을 붙이고 끔찍한 자폭행위를 감행하게 되었다.

나는 이러한 행위가 숭고한 자기희생으로 찬양되는 작금의 세태에 대해서 늘 불만을 느껴왔다. 그리고 혹시라도 그들의 과격한 희생정신이 『등신불』 같은 소설에서 긍정적으로 묘사된 '소신공양'의 정신에서 영향받은 것은 아닌가 하는 의구심을 가졌다.

내가 알기에 불교정신의 진수는 원융무애하고 대자대비한 불심을 통해서 중생들의 고통을 구원해 주는데 있다. 중생들이 겪는 고통은 단지 정신적 고통에만 그치는 것이 아니라, 육체적 고통들도 포함된다. 중도 사상에 따르면 육체를 멸시하는 것이 육체적 쾌락을 추구하는 것보다 더욱더 미망(迷妄)에 속하는 일이 될 것이다. 석가모니는 금욕주의적 고행을 통해 자학적인 수행을 거듭하다가 결국 지쳐 쓰러져버리고 말았다. 그때 지나가던 처녀가 우유를 석가의 입에 흘려넣어 줌으로써 석가를 회생시킨다. 이것이 부처님께서 받으신 첫 번째 공양인데, 오랫동안 굶주린 끝에 음식을 먹은 부처님께서는 필시 미각의 '쾌감'을 맛보았을 것이다. 먹는 것도 역시 쾌락의 일종이므로, 석가는 그때 육체적 쾌락을 추구한 것이 된다. 육체적 쾌락이 정신적 쾌락만큼이나 소중한 사실이라는 것을 깨닫고 나서 얻어낸 지혜가 바로 '중도'인 것이다.

극단적인 금욕주의와 극단적인 쾌락주의는 물론 다 나쁜 것이지만, 그 가운데서도 유독 쾌락주의 쪽이 더 공격을 받는 것은 그때나 지금이나 똑같은 것 같다. 요즘도 우리나라의 지도층 인사들은 하나같이 '쾌락주의의 박멸'을 외쳐대며 극기(克己)의 정신을 강조하곤 한다. 하지만 쾌락에 대한 긍정적 자세가 선행되지 않은 상태에서 어찌 복지국가가 이룩될 수 있을 것인가. 지금 우리가 이만큼이나 경제발전을 이룩하게 된 것도 결국은 쾌락추구의 열망 때문이 아닐까.

불교와 기독교가 근본적으로 다른 점은 금욕적 고행을 인정하느냐, 안

하느냐에 있다고 나는 생각한다. 물론 금욕주의적 고행을 통한 수도방법이 절대적으로 나쁜 것은 아니다. 그래도 십자가에 못박힌 예수 그리스도의 상징과, 열반에 드시는 부처님의 모습이 주는 상징적 의미의 차이는 크다. 우리나라의 불교가 소승불교가 아닌 대승불교라는 점을 감안하여, 이제부터라도 우리 불교계는 좀 더 중도사상의 실천에 힘써야 하겠다. 아직도 기복(祈福) 신앙에 얽매어 있는 많은 불제자들을 깨우쳐, 대승적 기량과 무애하고 활달한 포용력 쪽으로 유도해 나가야 한다. 그래야만 광명(光明)이 편조(遍照)하는 복지국가, 즉 실제적 불국토를 이룩할 수 있을 것이다.

(1990. 1)

직장 여성

　내가 가르친 여학생들 가운데 중고등학교에서 교편을 잡고 있는 졸업생들이 많다. 아주 오랫동안 교직생활을 한 제자들은 별로 없고 대개 교사 초년생들이 많은 편인데, 그네들이 나를 만났을 때 털어놓는 직장생활의 불평 중 가장 대표적인 것은 역시 "마음대로 멋을 낼 수 없다"는 것이다. 학교 선생이라는 직업은 특히 한창 자라나는 학생들에게 영향을 많이 끼치는 직업이어서 말씨 하나 옷차림 하나에도 일일이 신경을 써야만 한다는 것이다.

　게다가 교장 선생님이 유별나게 보수적인 분이기라도 하면 여교사의 복장에 대해서도 간섭을 많이 하게 마련이어서 영영 촌스러운 옷을 입을 수밖에 없고 화장도 거의 못한다고 했다. 그래서 그런 생활을 몇 년 하다 보면 자신이 금방 늙어버린 것 같아 안타까워진다는 것이다.

　학교 선생보다는 덜하겠지만 일반 직장의 여사원들도 복장에 신경 쓰이는 것은 마찬가지일 것이다. 큰 회사일수록 여사원들에게 유니폼을 입히는 경우가 많은데, 그렇게 하는 이유를 물어보면 대개의 회사 간부들 말은 "남자 사원들의 눈을 헷갈리지 않게 하기 위해"라는 것이었다. 여사원이 화장하고 야한 차림을 하고 일을 하면 남자 사원들의 마음이 들뜨게 되어 일이 손에 잡히지 않는다는 것이다.

이러한 경우는 대학교에서도 일어난다. 내가 재직하고 있는 연세대학교도 여학생이 많은 편이어서 도서관에서 공부를 할 때 야한 여학생이라도 한 명 앞자리에 앉아 있으면 공부를 통 할 수 없다고 하소연하는 남학생들도 많다.

여사원이나 여학생의 화려한 옷차림이 정말로 공부의 능률이나 작업 능률을 떨어뜨리는 것일까? 나는 그렇게 생각하지 않는다. 나 같은 경우는 화사하게 차려입은 여학생들이 많이 있는 클래스에서는 오히려 더욱 신명나게 강의를 하게 되기 때문이다.

서양 중세기의 암흑시대에는 마녀라는 누명을 씌워 애꿎은 여자들을 많이 죽였는데, 그 여자들 대부분이 요염한 얼굴과 야한 옷차림을 한 여인들이었다고 한다. 성욕을 죄악시하여 억압하고 금욕주의적 생활을 천국에 이를 수 있는 '유일한 길'로 믿었던 중세기의 성직자들은, 그렇게 야한 여자들을 보면 자신이 유혹받을까 봐 겁이 나서 미리부터 여자들을 마녀로 몰아 죽여버렸던 것이다. 이런 '중세기적 사고방식'이 아직도 많은 남성들 사이에 잔존하고 있다는 것은 슬프고 안타까운 일이라 아니할 수 없다.

모든 직장에서 '발상(發想)의 전환'이 필요하다. 아름답고 야한 여성을 '남자를 유혹하는 여우'로만 볼 게 아니라 남자의 근무능력을 올려주는 '미의 여신'으로 보는 것이 어떨까.

흔히들 "연애하면 공부 못한다"고 말하는데 나의 경우는 학생시절에 연애할 때 오히려 공부가 더 잘 되었다. 항상 음(陰)은 양(陽)을 부르고 양은 음을 부르는 법이다. 음양이 서로서로 보완작용을 할 수 있을 때 음은 음대로 양은 양대로 제 가치를 십분 발휘할 수 있다. 남자와 여자도 마찬가지다.

중고등학교 학생들의 교복을 없애고 자유복장으로 바꿀 때도 말들이 많았다. '사치풍조 조작'이니 '옷에만 신경쓰게 되어 공부를 못한다'는 게 교복 고수를 주장하는 사람들의 의견이었다. 그러나 중고등학교에서 일단 자유복장이 정착된 요즘(1991) 형편을 보면 그런 걱정들이 쓸데없는 기우였다는 것이 드러나고 있다.

요즘은 자율복장뿐 아니라 남녀공학을 실시하고 그것도 남자와 여자를 짝이 되게 앉혀 놓고 공부시키는 학교가 점점 더 늘어나고 있다. 오히려 학습태도가 진지해지고 남학생들이 싸움을 하지 않게 되었으며 여학생들은 더 얌전하고 예쁘게 되었다고 한다. 이성을 의식할 때 아무래도 몸을 가꾸게 되고, 그렇게 되면 자연스럽게 미의식이 신장되어 마음을 평화스럽게 만들어주기 때문일 것이다. 사관학교 같은 데서도 교양과목 강사로 여선생을 초빙했더니 생도들의 실력이 더욱 향상되었다고 들었다.

직장 여성들에게 획일적인 유니폼을 강요하거나 언제나 소위 '얌전하고 우아한' 태도로 근무하라고 하는 것은 전근대적인 사고방식이다. 이제부터는 '야한 아름다움'을 남녀가 공통적으로 수용하여 오히려 밝고 활기찬 직장 분위기를 만들어나가도록 노력했으면 한다.

(1991. 5)

똑똑하면서도 매력적인 여자

    여성 문인이나 예술가, 혹은 드물지만 여성 정치가들이 세인(世人)들 앞에 나섰을 때 그녀들의 모습은 대체로 정갈하며 품위 있어서 지적(知的)인 이미지를 물씬 느낄 수 있다. 비싸 보이고도 참하게 디자인된 정장 위로는 고상한 얼굴이 솟아 있고, 거기에 금테안경이라도 걸치고 있다면 고집스러운 듯한 눈초리는 더욱 차갑게 느껴질 것이다. 한편엔 멋을 내는 여성들도 있지만 외모는 전혀 손도 대지 않은 듯한 여성들도 있다. 요즘은 중학생들조차 하지 않는 단발머리에, 칙칙한 검은 뿔테안경 정도만 해도 개성으로 봐줄 수 있다. 그렇지만 거기에 세수하고 로션이나 발랐을까 싶은 '맨얼굴'은 나이값과 아줌마티까지 함께 엉켜서 참신이라기보다는 센스 없다는 느낌을 줄 때가 있다.

    외국의 경우를 드는 것이 사대주의적이라는 투의 식상한 욕을 동반하지 않아도 된다면, 위의 현상과 아주 다른 모습 몇 가지를 금방 떠올릴 수 있다. 미국의 유명한 여배우 브룩 쉴즈는 프린스턴 대학에 다니는 영재이며, 얼마 전 미국에서 개봉된 〈나이트(Night)〉라는 영화에서 윤간당하고 법정투쟁을 끝까지 승리로 이끌어가는 똑똑하고 예쁜 여대생역을 맡았던 여배우도 외모 못지않은 수재로 옥스퍼드 대학 재학 중이라 한다.

    먼저 짚고 넘어가야 할 것은, 사람을 평가하는 기준으로서의 외모와 지성(知性)에 대한 우리들의 선입견 내지는 성급함에 대한 반성이다. 사람의 모든 것을 기계적으로 크게 둘로 나누어 외모와 마음씨(지적 수준 포함)라고 할 때 둘 다 갖추어야만 최상의 인간형이라는 것은 평범한 우리들에겐 너무 섭섭한 얘기다. 물론 둘 다 갖추었다면 얼마나 좋을까만, 그건 하늘의 별따기일 것이다.

그러므로 인간세상에서의 가장 중요한 덕목은 '주제파악의 노력'인 것이다. 자신의 모습을 살펴서 모자라는 것을 알아, 그것을 메우기 위해 노력하는 것이 우리의 살아가는 모습이다. 그래서 열심히 공부하는 것이며 일하는 것이라고 생각한다. 그런데 문제는 내면적이고 형이상학적인 모습에의 충실은 극대(極大)한 찬사를 받으면서, 외모에 대한 센스나 '매력관리'에 대한 노력은 아주 천시되는 요즘의 상황이다.

사실 머리에 든 것 없이 덕지덕지 화장을 한 여자만큼 보기 흉한 것도 없지만, 손끝 하나 까딱하지 않은 외모의 후줄근함을 자랑처럼 하고 다니는 소위 지성녀(知性女)처럼 아쉬운 것이 또 있을까? 남자나 여자나 다 마찬가지다.

이미 변증법은 대중적일 만큼 확산되어 있고, '육체에 대한 멸시'는 '실존적 인식'이라는 솔직하고 인간적인 기초이론과 자유주의 사상에 의해서 다시금 재검토되고 있다. 육체적인 것에 대한 무식하리만치의 멸시가 최고의 지성을 과시할 수 있는 수단이 될 수 있다는 착각을 우선 뿌리부터 뽑아버려야만 한다.

상업주의에 편승하여 성(性)의 타락문제가 포르노 문화, 향락문화라는 형태로 문제시되지만 그 현상의 깊은 근저에는 '성의 소외'와 '성의 왜곡'이 있음을 왜 간과해 버리는가?

연애할 때는 헤어스타일에도 신경쓰고 향수도 사지만, 결혼을 하고 나면 전혀 멋과 상관없는 '아줌마성(性)' 속물로 가라앉는 심리적 이유 속에 정조라든지 현모양처라는 왜곡된 모습의 여인상이 있음을 우리는 안다. 똑똑한 여자나 지적인 여자일수록, 얼치기 관념철학이나 교조적(敎條的)인 유교윤리에 강하게 묶여서(거기에다가 남성에게 예속되기 싫다는 자기정체성까지 겹쳐진다) 성적으로 매력적인 여자는 반드시 굴종과 예속의 구렁텅이에 빠지고 또한 무능력한 여자라는 한심한 공식을 이끌어내기에 이른 것이다.

시몬 베이유의 불꽃 같은 희생의 삶은 참으로 존경스럽지만, 그녀의 마음속엔 스스로 여성다운 외모가 아니라는 열등의식이 있었고, 그 때문에 자기는 평범한 여인네들의 삶을 살기엔 부적당하다는 말을 했다는 사실은, 한 여자로서의 시몬 베이유의 삶이 얼마나 위선저이고 편협했는가 하는 생각을 갖게 한다.

모든 여자들이 뛰어난 아름다움을 가지고 태어날 필요는 절대로 없다. 그건 마치 모든 고3 수험생이 서울대에 입학할 '필요'가 없는 것, 아니 그래서는 '안 되는 것'과 같다. 하지만 모든 수험생은 자기 수준에서의 최고의 노력을 하려고 애쓰고, 꼭 원하는 대학에 들어가지 않아도 그들의 삶은 충분히 행복할 수 있다.

우리의 외모에 대한 인식도 이와 비슷해야 할 것 같다. 모든 여자가 양귀비 같고 황진이 같고 브룩 쉴즈 같다면 세상은 얼마나 단조롭고 심심할까? 모든 여자가 날씬하다면 '날씬하다'는 말은 필요가 없을 것이고, 모든 남자가 '근육질'의 위압적인 모습이어야만 사랑받을 수 있다면 빈약한 모든 남자들은 평생 총각이어야 한다는 얘기가 된다.

중요한 것은 획일적이고 통일된 가치관에만 맹종하는 것이 아니고, 나름대로 모자라고 빈약한 자기 주체를 실존적으로 엄격히 인정한 후, 그

안에서 개성있는 매력을 위해 노력해 나간다는 것이리라.

옛날에는 여자가 글을 잘 쓰고 그림이나 가무(歌舞)에 능하면 곧 기생의 품성이라 하여 팔자가 사납게 되거나 야하게 살게 된다 하여 그녀의 능력을 발휘시키기는커녕 억제하고 숨겼다. 하지만 곰곰이 생각해 보면, 기생의 삶만큼 자유롭고 줏대 있는 여성의 삶이 과연 조선시대에 있었겠는가 하는 의문에 이르게 된다. 물론 한 남자와 사랑하며 평범하게 살아가면서 느낄 수 있는 행복은 없었겠지만, 가정은 곧 예속이고 복종이었다 해도 과언이 아니었던 조선시대에 콧대 높은 기생만큼 자기 자신을 내세우며 살았던 여자들이 달리 존재했을까 의심스럽다. 그렇다고 해서 똑똑하면서 매력적인 여자가 되기 위해 이 시대의 한국 상황에서 '기생 같은 매춘부'가 되자는 얘긴 아니다.

단지 기생의 기질을 얘기하면서 언급하고 싶은 것은 옛날에는 '똑똑한 여자'와 '매력적인 여자'를 같은 동전의 앞뒤로 보았다는 사실이다. 그래서 그러한 생각의 근본만은 왜곡되지 말고 계속 전승되었으면 하는 게 나의 바람이다. 여자의 외모의 아름다움과 두뇌의 총명함이 겹쳐지면, 팔자나 운명의 어쩔 수 없는 힘으로 그 여자는 불행한 삶과 비뚤어진 사랑만을 겪게 된다고 믿는 우습지도 않은 미신을 한시바삐 버려야만 한다.

똑똑하면서도 섹시하고 매력적인 여자, 사랑을 주고받으면서도 자기를 주장할 수 있는 여자, 여성해방의 방향은 그런 여자를 이상적 모델로 정해야 한다. 단지 똑똑하다는 면 때문에 관능적 센스가 없는 무딘 여자가 되어야 한다는 어리석은 고집을 버려야 한다. 부부 사이에서도, 연애중인 애인 사이에서도, 관능적으로 매력적이기 위한 노력은 사랑의 증거로써 존중되어야 하며, 성적인 고민 또한 부부와 애인끼리 솔직하게 대화하여 풀 수 있는 풍토가 마련되어야 한다. 그러러면 우선 여자 본래의 모습과 남자 본래의 모습이 티끌 하나 없이 완전히 드러나야 할 것이다.

　서로 정신적으로 오해하며 착각하며 사랑(물론 거짓사랑이다)하는 것이 아니라 육체적 '사람'으로서 서로를 사랑할 수 있게 되면, 매춘이나 퇴폐산업은 자연스럽게 줄어들 것이다. 즉, 여성해방을 통한 인간해방은 성(性)에 대한 솔직한 인식에 기초해야만 가능한 것이며 그러기 위해서는 육체적인 것을 무시하는 '어리석게 똑똑한 여자'들의 자기반성이 반드시 필요하다.

　다시 한번 강조하거니와, 똑똑하면서도 매력적인 여자만이 자기의 삶을 온전히 거느릴 수 있다.

(1988. 1)

수양버들과 여인

　서울의 봄은 수양버들과 함께 온다. 내가 지금 서울 같은 대도시가 아니라 산골에 살고 있다면, 봄은 수양버들과 함께가 아니라 산나물과 함께 찾아올 것이다. 3월 초부터 파릇파릇 새순이 돋아 나오기 시작하는 쑥, 달래, 냉이, 씀바귀 등의 산나물들이 집 주변의 들판을 온통 희미한 연두색으로 물들일 것이기 때문이다. 그러나 서울에서는 그런 풍경을 보기가 힘들다.

　물론 조금만 신경을 써 주의를 기울이면 못 볼 것도 아니다. 내가 살고 있는 동부이촌동의 아파트 단지나 내가 일하고 있는 학교 구내에서도 쑥 같은 풀이 많이 자라나고 있기 때문이다. 하지만 다람쥐 쳇바퀴 돌 듯 바쁘고 단조롭게 왔다갔다하기만 하는 일상에서는, 그런 세세한 관찰의 기회를 갖기가 어려운 것이다.

　그래서 내가 해마다 봄의 신록(新綠)을 처음 접하게 되는 순간은, 출퇴근길의 차창을 통해 엿보이는 수양버들을 볼 때이다. 수양버들은 가로수 가운데 제일 먼저 새순이 돋아 나오고 제일 늦게 낙엽이 진다.

　최근 들어 봄철에 하얗게 흩어져 날리는 버들개지가 여러 가지 알레르기 질환의 원인이 된다고 해서 수양버들을 구박하는 일이 많아졌다. 아예 베어버린 곳도 많다. 그 대신 튼튼하게 오래가는 가로수로 은행나무가 권장되고 있다.

하지만 나는 은행나무를 별로 좋아하지 않는다. 은행나무는 여러 가지 종류의 가로수 가운데 새순이 제일 늦게 돋아 나온다. 그리고 제일 먼저 낙엽이 진다. 또 자라는 것이 너무 더디다. 특히나 은행나무는 숱이 너무 적다. 유실수라서 영양분을 몽땅 열매 맺는 데 소모하기 때문에 그런지, 여간 오래된 은행나무가 아니고서는 시원한 그늘을 만들어주기 어렵다.

연세대학교의 명물인 백양로(白楊路)는 지금 이름만 백양로지 사실은 은행로(銀杏路)가 되어버렸다. 1969년에 백양나무를 다 뽑아버리고 은행나무로 교체했기 때문이다. 백양나무가 쉬 늙고 병충해에 약하기 때문에 그랬는데, 은행나무를 심은 지 20년이 넘은 지금까지도 전혀 그늘을 만들어내지 못하고 있다. 그래서 나는 한여름 뜨거운 폭염 속에서 백양로를 오갈 때마다 원망스런 눈초리로 은행나무를 쳐다보곤 한다. 한 20년 더 지나 내가 폭삭 늙어버렸을 때쯤 가서야 비로소 은행나무는 시원한 그늘을 만들어낼 수 있을 것 같다.

은행나무에 비해 볼 때 수양버들은 숱이 너무나 많다. 별로 굵지도 않은 줄기에서 여러 가닥의 가지들이 쫑쫑쫑 뻗어 나오고, 거기에 또다시 많은 숫자의 잎사귀들이 수북이 매달린다. 신경질적인 사디스트마냥 가지치기를 해주지만 않는다면, 수양버들은 금세 푸근한 그늘을 만들어낸다.

내가 수양버들을 좋아하는 진짜 이유는, 수양버들이 꼭 여인의 숱많은 머리카락을 연상시켜 주기 때문이다. 수양버들은 엉덩이까지 내려오는 치렁치렁한 긴 머리카락을 가진 여인 — 거기에 일렁이는 잔물결 모양의 펴머가 되어 있으면 더욱 좋다 — 의 이미지로 내게 다가온다.

수양버들의 가느다란 줄기는 여인의 호리호리한 몸통을 연상시킨다.

폭포수처럼 흘러내리는 자잘한 잎사귀들이 만들어내는 곡선은 뭉게구름처럼 풍성한 펑크 스타일의 가분수형 머리 같다. 그래서 수양버들은 섹시하고 야하게 생긴 처녀귀신의 모양처럼 보여, 요염무쌍(妖艶無雙)하기 이를 데 없는 고혹미(蠱惑美)로 나를 뇌쇄시킨다.

3월 초 새학기가 시작되고 나서, 나는 젊은 여학생들의 인파로 북적이는 신촌거리를 거닐면서 깜짝 놀랐다. 갑자기 여자들의 머리가 엄청나게 길어져 있었다. 작년(1989) 엔 짧게 커트하고 앞머리를 빳빳하게 뻗쳐올린 헤어스타일이 대유행이었는데, 내가 올봄에 본 젊은 여인네들의 머리는 한결같이 길게 늘어져 있었고 먹음직스런 솜사탕처럼 소복이 퍼머되어 있었다.

여자의 머리카락은 길면 길수록 좋고, 치마는 짧을수록 좋다. 사회심리학에서는 여자들의 머리가 짧고 치마길이가 길면 무언가 불안하고 답답한 사회의식을 반영한다고 본다. 올해는 긴 머리뿐만 아니라 밝은 색깔의 미니스커트도 유행할 것이라고 하는데, 왠지 좋은 일이 많이 생길 것 같은 예감이 들어 벌써부터 군침이 넘어간다.

수양버들처럼 섹시하게 생긴 여인들이 경쾌한 걸음걸이로 활보하는 이 봄에, 그래서 나는 그네들을 바라보기만 해도 배가 부를 것 같고, 별로 외로울 것 같지도 않다. 하긴, 수양버들처럼 숱 많은 여자의 머리채 속에 내 코를 박고서, 생긋한 봄내음을 쿵쿵 냄새 맡을 수 있다면야 더 바랄 나위가 없겠지만…….

(1990. 4)

수필과 소설

20세기 후반에 들어와 많은 소설가들은 수필적 요소를 소설에 첨가시키고 있다. 그래서 수필은 점점 소설의 영역까지 지배하는 폭넓은 문학 장르가 되어가고 있다. 과거에도 소설에는 수필적 요소가 많이 들어가 있었다. 특히 자기고백 조로 일관하는 자전적 소설이 그러했는데, 대표적 예로 헤르만 헤세의『페터 카멘친트』, 서머싯 몸의『인간의 굴레』같은 것을 들 수 있다.

특히 독일에서 발달한 '성장소설(또는 교양소설)'은 주인공의 지적 성장과정을 쫓아가며 기술하는 에세이적 요소로 이루어져 있다. 헤세의『데미안』이나 토마스 만의『토니오 크뢰거』등은 에세이적 요소가 많고, 소설 전체가 에세이로 이루어졌다고 해도 과언이 아닌 것이 릴케가 쓴『말테의 수기』이다.

나는 허구적 사실에 기초하여 에로틱 판타지를 묘사해 본 소설『권태』와『광마일기』,『알라딘의 신기한 램프』,『광마잡담』,『자궁 속으로』,『로라』등에서 주인공의 의식을 추적하는 형태로 에세이적 요소를 많이 집어넣어 보았다. 요즘 소설이 거대 담론이나 거대 이데올로기를 위주로 하는 교훈주의 성향에서 차츰 벗어나고 있다고 볼 때, 앞으로는 에세이(또는 수필)와 소설의 구분이 점점 어려워질 것 같다는 예감이 든다.

소설인지 에세이인지 구분이 아주 어려운 작품의 예로 아르헨티나 작가 보르헤스의 단편들을 들 수 있다. 그는 자신의 방대한 독서체험을 바탕으로 철학적 논문에 가까운 에세이를 쓰고 거기에 허구적 요소를 살짝 가미시키는 수법을 쓰고 있는데, 과거의 단편소설이 갖는 정형성을 탈피하고 있다는 점에서 크게 주목된다. 다만 보르헤스의 소설은 지나치게 현학적인 면이 흠이라고 생각되므로, 앞으로 시도되는 에세이적 소설에는 미셀러니적 요소가 더욱 강조되어야 한다고 본다.

현재 한국의 소설이 갖고 있는 문제점은 지나치게 스케일을 의식한다는 것이다. 몇 권으로 된 대하소설이나 역사소설이 너무도 많이 쏟아져 나오고 있고, 또 그런 작품을 쓰는 작가만이 역량 있는 작가로 간주되고 있다. 하지만 문학발전을 위해 가장 필요한 것은 역시 다원주의이므로 '작은 것은 아름답다'는 명제에 기초하는 수필적 소설이 많이 나와야 한다는 게 내 생각이다. 필연성 없이 무작정 권수만 늘리는 대하소설은 필요없다.

또 장편소설이라 해도 꼭 원고지 1천 장 이상이 돼야 할 필요가 없고 5백 장 내외로도 충분한 것이다. 수필적 요소가 많이 가미된 짧은 장편소설이면서 높은 완성도를 가진 소설이 많이 씌어져야 한다. 예컨대 프랑수아즈 사강의 『어떤 미소』나 『슬픔이여 안녕』 같은 작품은 분량이 2백 자 원고지로 5백 장도 못 되는 것이지만, 수필적 요소가 갖는 담백함 때문에 대단한 성공을 거두었던 것이다.

단편소설도 마찬가지다. 1백 장 내외가 될 필요가 없다. 30장 내외로도 얼마든지 우수한 단편이 씌어질 수 있는데, 거기에 수필적 요소를 가미하면 더욱 친근감 있는 감동을 이끌어낼 수 있다고 본다.

아무튼 수필(또는 에세이)은 소설의 영역까지 점령할 만큼 폭넓은 장르이고, 나아가 산문시까지도 수필적 요소로 씌어질 수 있으므로 앞으로의 문학은 수필이 왕좌를 점령하게 될 것이다.

과거에는 특수한 경험(모험에 가까운)만이 소설의 소재가 될 수 있었고, 설사 수필이라 해도 소수 지식인의 전유물로 끝나는 게 보통이었다. 그러나 자유민주주의 사회로 나아갈수록 누구나 글을 쓸 수 있게 되었고, 또 영웅적이고 모험적 경험이 아닌 사소한 일상적 경험까지도 문학의 소재가 될 수 있다는 게 입증되었다. 그러므로 앞으로 수필은 에세이일 경우 현학적 아카데미즘을 더욱 지양해야 하고, 미셀러니일 경우 선량의식(選良意識)에 바탕한 교훈주의를 경계해야 한다.

또한 수필과 소설을 합치시킬 경우, 과거의 상투적 구성법(발단-전개-위기-절정-결말)에서 탈피해야 할 것이다. 요컨대 현학적 외피(外皮)나 허구적 과장의 외피를 벗고, 더 솔직하고 단순해져야 한다는 말이다.

수필을 소설과 합치시켜 새로운 장르로 개발해 낸 것이 바로 일본의 사소설(私小說)이다. 이념과 스케일을 중요시하는 우리 눈으로 볼 때는 꾀죄죄해 보일지 모르지만, 일본 문학가들은 어쨌든 자기들 체질에 맞는 양식을 만들어냈다. 또 헨리 밀러의 『북회귀선』 같은 작품 역시 수필적 사소설의 전형이라고 할 수 있다.

(2005. 9)

일과 여성

　여성 하면 곧 '현모양처'를 떠올리게 되고 남편 뒷바라지와 육아에 전념하는 것이 여성이 해야 할 가장 바람직한 일로 인식되는 것이 얼마 전까지의 통념이었다. 하지만 남녀평등사상의 보급과 여권의 신장에 따라 요즘에 와서는 이런 생각이 크게 변모되고 있다. 우선 '결혼' 자체가 필수가 아니라 선택으로 인식되고 있는 것이다.

　1994년 5월 한국사회문화원에서 1,500명의 남녀 대학생을 대상으로 실시한 설문조사에 따르면 "결혼을 하지 않겠다"고 대답한 학생이 전체 학생의 31%에 달했고 여학생만 따지면 40%에 육박했다. 그리고 결혼을 안 하겠다는 이유로는 "사회활동에 지장을 초래하기 때문"이라고 대답한 학생이 가장 많았다.

　이 수치만 놓고 볼 때 남성이든 여성이든 가정생활보다 '일'에 더 가치를 매기는 젊은이들이 크게 늘어나고 있다는 얘기가 된다. 그런데 여성의 경우 결혼을 하게 되면 아무래도 가사노동에 많은 시간을 할애해야 하는 것이 지금의 현실이기 때문에 결혼을 꺼리는 여대생이 남대생보다 훨씬 더 많을 수밖에 없다. 이것은 10여 년 전에 비해 볼 때 실로 엄청난 의식의 변화라 할 것이다.

　직장에 다니지 않는 기혼여성의 경우에도 가정생활에서보다 취미활동에서 더 보람을 찾는 여성들이 점점 더 늘어나고 있다. 핵가족제도의 정착과 가사노동의 기계화 등으로 인해 주부들의 시간이 많아졌기 때문에, 문화센터나 평생교육원 등에 나가 문예창작이나 미술창작을 익히거나 기타 다양한 교양을 습득하는 여성들이 많은 것이다.

내가 아는 어떤 40대의 가정주부는 문화센터의 문예창작 교실에 나가 소설습작을 시작하고부터 그동안 가정생활에서 쌓이고 쌓였던 우울과 짜증이 싹 가시게 됐다고 고백했다. 그만큼이나 요즘 여성들은 남편의 아내나 아이의 어머니로서의 역할보다는 자기만의 '일'에서 더 큰 보람을 찾고 있다고 볼 수 있다. 이것은 어찌 보면 '사랑'보다 '일'이 더 소중한 가치로 인식되기 시작했다고 말할 수도 있을 것이다.

이럴 때 가장 딱한 것은 남성들이다. 대부분의 남성들은 아직도 구시대의 미망에서 깨어나지 못하고 있다. 그들은 여전히 착하고 순한 내조자로서의 여성을 바라고 있고, 여성들이 일에서도 보람을 찾고 가정생활에서도 보람을 찾기를 원하고 있다. 그래서 결혼 후 맞벌이를 하더라도 가사노동의 대부분을 아내가 맡아줄 것을 바라고, 아내가 자기보다 덜 출세해 줄 것을 바란다. 아내가 바라는 남편상이 착하고 순한 외조자라는 것을 모르고서 말이다.

이럴 때 필요한 것은 미혼의 경우라면 남성이든 여성이든 '일'과 '결혼'에 한꺼번에 욕심을 내지 않는 태도라고 생각한다. 특히 미혼여성은 미혼남성보다 혼기에 더 신경을 쓰게 마련인데, 어떤 '일'에 대한 자신의 성취욕구가 강하다고 판단될 경우에는 일단 결혼을 접어두고 넘어가는 것이 낫다. 이젠 이른바 '노처녀'라 할지라도 현진건의 단편소설에 나오는 'B사감'같이 못생기고 심통맞은 여자가 아니라, 여유있게 세련된 여자로 생활하는 것이 얼마든지 가능해졌기 때문이다. 그러다가 자신의

'일'을 진심으로 이해해 줄 수 있는 남자를 만나면 좋고, 또 못 만난다고 해도 어쩔 수 없는 것이다.

직장이 없는 기혼여성에게 '일'에 대한 열정이 갑자기 솟구쳐 올랐다면 사실 좀 골치 아픈 문제다. 그럴 경우 우선 남편과 자식을 설득시켜 자기만의 일을 가져보면 좋고, 그게 안 된다면 어떻게든 짬을 내어 그림 그리기나 글쓰기 등 집 안에서 할 수 있는 취미활동을 시작해 보는 게 좋을 것이다.

아무튼 사랑보다 일이 더 소중하게 생각되어 가는 것이 엄연한 현실이기 때문에 여성들은 부디 자기가 '현모양처형'인지 '사회활동형'인지를 냉정하게 판단하여 한 쪽에서만이라도 참된 보람을 찾을 수 있는 구체적인 방도를 강구해 봐야 한다. 지금은 과도기이기 때문에 더욱 그러한데, 남녀평등사상이 어느 정도 정착된 이후라야 여성에게 있어 결혼과 일의 양립이 아주 자연스럽게 이루어질 수 있기 때문이다.

(1994. 10)

인화(人和)

손자의 병법에 이런 말이 있다. "천시(天時)가 중요하나 지리(地利)만은 못하며, 지리가 역시 중요하나 인화(人和)만은 못하다"는 말이다. 결국 천시(天時)를 못 얻고 지리(地利)를 못 얻어도 인화(人和)만 이룰 수 있다면 싸워서 반드시 승리할 수 있다는 이야기일 것이다.

이것은 나라를 다스리는 방법, 즉 정치의 도(道)를 묻는 제자에게 공자가 대답했다고 하는 "족식 족병 민신지의(足食 足兵 民信之矣)"와도 상통하는 이야기라 하겠다. 공자 역시, 족식(足食, 즉 경제)과 족병(足兵, 즉 국방)이 이루어지지 못하더라도 민신(民信, 즉 백성의 믿음)만 있으면 바른 정치를 펼 수 있다고 보았던 것이다.

작은 가정의 일에서부터 회사의 운영, 크게는 나라를 다스리는 일에 이르기까지 가장 중요한 것은 역시 '인화(人和)'라고 생각된다. 무슨 일이든지 그것의 시작은 사람들의 노력에서 비롯되는 것이니, 아무리 시설이 좋고 경영 시스템이 완벽하다 해도 사람들이 단결되지 않으면 일이 능률적으로 수행될 수 없는 것이다.

이것을 회사의 운영에다 적용시켜 보자. 나는 '인화'보다도 '소속감'이 더 회사운영의 기초적인 원동력이 될 것 같다. 소속감이 각 부서에서 일하는 사원들 마음속에 뿌리 깊게 심어지면 인화는 자연히 해결될 것 같기 때문이다. 학교도 마찬가지다. 뿌리 깊은 소속감을 바탕으로 하는 애교심이 학생들 마음속에 심어져 있지 않는 한, 교육이 제대로 이루어질 수 없다.

회사운영에서 가장 중요한 것 중 하나가 인사관리이고, 인사관리의 요체는 소속감을 통한 인화(人和)의 배양에 있다. 그렇다면 어떻게 해야 모든 사원들이 깊은 소속감과 연대감을 갖게 할 수 있을까? 우선 모든 사원들에게 한 가족이라는 생각을 심어주어야 한다. 그리고 평생 고용제를 채택하여 실업의 공포로부터 해방시켜 줘야 한다. 지나치게 능력위주로만 승진을 시키지 말아야 한다. 자유경쟁을 시켜 생산성을 높이는 것은 좋으나, 그렇게 되면 사원들 간에 위화감이 생겨 인화는 깨지고 만다. 또한 사원들마다, "나는 지금 내 능력에 가장 알맞는 분야에서 일하고 있다. 이 일만은 내가 없으면 안 된다"고 생각할 수 있는 자긍심(自矜心)을 심어주어야 할 것이다. 그렇게 되려면 마치 지방자치제처럼, 각 분야에마다 어느 정도 자율권을 주어 타율에 의해서가 아니라 스스로의 의사에 의해서 능동적으로 일에 몰두할 수 있도록 해줘야 함은 물론이다.

우리나라 직장인들 대부분은 대개 다음과 같은 생각에 빠져 있기 쉽다. 즉, "나는 이 정도의 일자리보다 훨씬 더 좋은 일자리에서 일할 능력을 갖추고 있다. 그런데 운이 나빠서, 연줄이 없어서 이 지겨운 일을 해야만 한다"고 말이다. 이것은 모두 그들에게 소속감을 심어주지 못했기 때문이다.

신입사원을 채용했을 경우에도 치열한 생존경쟁이나 능력경쟁만 강요하지 말고 우선 회사의 가족적인 분위기에 흐뭇하게 젖어들 수 있도록 유도해야 할 것이다. 요즘 문제가 되고 있는 파업사태 같은 것도 인화에 신경을 쓰고 안 쓰고에 따라 그 양상이 달라질 수 있다. 인화(人和), 그것은 기업경영에 있어 황금률(黃金律) 중의 황금률이다.

인화는 또한 한 나라 전체의 발전에도 영향을 미친다. 한때 우리나라 사람들의 입에서 "엽전이 별 수 있나"라는 말이 거침없이 새어나오곤 했던 적이 있다. '엽전'이란 한국 사람을 가리키는 말이다. 한국 사람은 무슨 일을 하든지 항상 남을 속이는 데만 열심이고 성실하게 일을 수행할 능력을 갖고 있지 못하다는 것, 이것은 특히 일제강점기 때 식민사관(植民史觀)을 주입받은 사람들 사이에서 마치 확신처럼 되어 있다. 6·25의 참극과 국토의 분단이, 그리고 복잡한 정치상황이 더욱 그러한 생각들을 가속화시켰는지도 모른다. 그래서 한때 뜻있는 사람들이 우리나라의 암울한 정치상황에 염증을 느껴 해외로 이민을 떠났고 우수한 두뇌를 가진 대학생들은 외국유학을 가는 것을 지상의 목표로 삼기도 하였다.

그러나 요즘엔 해외로 이민을 떠났던 사람들이 하나둘씩 다시 고국으로 돌아오고 있다. 외국에서 아무리 잘먹고 잘산다고 하더라도 역시 모국만은 못하다는 것을 뼈 아프게 깨달았기 때문이다. 물론 우리나라가 올림픽을 치를 만큼 부강한 국가로 성장했기 때문이기도 하겠지만, 역시 뿌리 깊은 '소속감'을 느낄 수 없는 곳에서는 살아갈 수 없다는 사실을 자각했기 때문일 것이다.

전 국민의 가슴속에 조국에 대한 사랑에 바탕을 두는 소속감과 인화정신을 심어주려면 어떻게 해야 할까? 내 생각으로는 역시 '관료주의 및 권위주의의 청산'이 가장 중요한 처방이 될 수 있을 것 같다. 학교에서 학생들과 상대해 봐도, 학생과 교수의 사이가 험악해지는 것은 대개 교수들이 갖기 쉬운 권위주의적 태도 때문이다. 학생과 교수 간에 이데올로기가 다르다거나 가치관이 다르다거나 하는 것은 사실은 별 문제가 안 된다는 것이 내 생각이다. 민주화는 곧 권위주의의 청산이어야 하고 권위주의의 청산은 국민적 결속과 인화를 촉진시킨다. 한 회사의 경영자든 한 나라의 정치를 맡고 있는 위정자든 간에 '인화'가 통솔력에 있어 가장 중요한 포인트가 된다는 것을 잊지 말자.

(1989. 5)

아이는 무섭다

　예전에는 어머니들이 아기를 키울 때 반드시 모유만을 먹였고 언제나 품에 안아서 키웠다. 그런데 요즘에는 주로 우유로만 키우고 아이를 품에 안거나 업어서 키우는 일이 드물다. 우유가 모유보다 영양성분이 좋지 않다거나 하는 것은 사실 별 문제가 되지 않는다.

　실상 문제가 되는 것은 아이가 모유를 먹으면서 자랄 때는 어머니 품 안에서 '살갖접촉(skinship)'에 의하여 포근한 만족감을 얻게 되는 데 반하여 우유를 먹으면서 자랄 때는 살갖접촉에 의해 전달되는 이심전심의 애정을 직접 피부로 느낄 수 있는 기회가 드물다는 데 있는 것이다. 그러므로 우유를 먹일 때도 엄마가 꼭 안아주는 세심한 배려가 필요하다고 하겠다. 아이들은 꼭 젖을 먹기 위해서만이 아니라, 어머니의 가슴에서 느껴지는 따스한 체온과 정감을 맛보기 위하여 어머니의 품 안으로 파고드는 것이다. 또 구강성욕의 만족감을 얻기 위해 엄마젖을 언제나 물고 있으려고 하는 것이다.

　요즘 흔히 어린아이들에게 고무로 만든 젖꼭지를 물려놓은 것을 볼 수 있는데, 이는 어린아이들이 항상 무언가 입 속에 넣고 빨기를 즐겨하기 때문일 것이다. 이 시기의 어린아이들은 눈에 보이는 것은 무엇이나 입으로 가져가기 때문에 엄마의 세심한 주의와 관찰이 필요하다. 이러한 인간의 속성은 자라남에 따라 다른 방식으로 표현되는데, 그것이 여성들의 경우에는 군것질을 많이 하는 것으로 나타나고, 남성들에게는 담배나 술에 탐닉하는 것으로 나타난다.

구강기(口腔期)의 어린아이들이 욕구불만을 갖게 되면 어른이 되었을 때도 종종 정서불안 및 이상성격자가 될 가능성도 있다. 때문에 아이를 기르는 데 있어서 가장 중요한 일은 엄마가 아이와 얼마나 살갗접촉을 갖느냐에 있다고 할 수 있다. 어른이 된 뒤에 정서가 안정된 사람으로 살아나가기 위해서는, 특히 어린아이 때 엄마에게서 충분한 사랑을 받아야 하기 때문이다.

엄마의 사랑은 절대로 관념적 애정이나 육아법의 지식만으로 이루어지는 것이 아니다. 예전의 어머니들은 어린 자식의 눈에 티가 들어갔을 때 혓바닥으로 핥아서 떼어주었다. 그런데 요즘의 엄마들은 육아법에 관한 지식이나 어린이의 건강관리에 대한 지식은 풍부하면서도, 실제로 아이를 기를 때 그런 원시적인 모성적 행동이 잘 발휘되지 않는 것 같다. 위생적으로 한답시고 그저 아이를 안고 소아과 병원으로 달려가는 게 고작이니 말이다.

그렇다고 해서 모든 엄마들이 우유를 먹이지 않고 모유만을 먹일 수는 없을 것이다. 아이를 낳고 나서도 곧바로 직장에 출근해야만 하는 여성들이 늘어나고 있는 현 상황에서, 우리 조상들의 전통적인 육아법만을 고집할 수는 없다. 그러므로 요즘 젊은 엄마들이 아이들에게 해주어야 할 일은 될 수 있는 대로 많은 살갗접촉을 갖고 아이를 꺼안고 어루만지고 뽀뽀해 주는 일에 인색하지 않도록 노력하는 것이다. 이러한 노력은 엄마뿐만 아니라 아빠도 같이 해야 한다.

어린아이들에게 엄마의 사랑이 무엇보다 중요하다는 것은 더 강조할 필요도 없는 사실이지만, 아빠의 사랑에 대해서는 간혹 소홀히 다루어지는 경우를 가끔 볼 수 있다. 아침 일찍 출근했다 저녁 늦게 퇴근하는 남자들에게 엄마가 하는 만큼의 것을 요구하는 것은 어쩌면 무리일지도 모른다. 그렇기 때문에 아빠들에게 강조하고 싶은 것은 아이와 같이 있을 때는 사랑의 표현을 수시로 자연스럽게 하라는 것이다.

아이가 조금 자라 말귀를 알아듣게 되면 엄마와 아빠의 입장에서 어떤 행동을 강요하게 되기 쉽다. 옷이 입기 싫다는 어린아이에게 억지로 옷을 입히거나, 너무 위생만을 강조하여 깨끗하게 만들려고 한다거나, 배변훈련을 지나치게 엄격히 시키거나 하는 것 등인데, 이런 것은 모두 아이의 정서발달에 해를 끼친다. 나는 육아법의 비결이 그저 자연 그대로 내버려두는 데 있다고 보기 때문에, 될 수 있는 대로 어린아이를 동물의 상태로 방치시켜 두도록 당부하고 싶다.

어린아이들은 자연 그대로이므로 자유롭게 뛰놀게 하고, 다소 더럽게 놀더라도 엄하게 야단을 치는 것은 피해야 한다. 아이들은 또한 대개 동물적 사디즘을 그 본성으로 가지고 있는데, 거기에 대해서도 될 수 있는 대로 너그럽게 대하도록 노력해야 한다. 장난감을 부수고 그림책을 찢어대고, 벽지를 뜯어내더라도 그냥 내버려두어라. 어린 시절에 그러한 자연의 본성을 억압당하면 자란 뒤에 정서불안 상태가 되어 진짜 변태적인 사디스트가 될 수도 있기 때문이다.

그러나 자연인으로 키운다는 것을 버릇없는 아이로 키우는 것으로 착각하는 경우가 있으니 문제다. 자연인으로 키운다는 것은 아이에게 욕구불만의 요소를 최대한 줄여주라는 것이지 버릇없이 무례한 행동을 하는 것을 무조건 방관하자는 말은 아니다.

예의바른 아이로 키우기 위해서는 우선 엄마 아빠가 예의바른 행동을 보여주어야 한다. 아이들의 욕구표현이 본능적인 행위라고 한다면 예의 바른 행동들은 학습을 통해서 나타나는 행위들이기 때문이다. 예의바른 부모 밑에서 예의바른 어린이가 자라날 수 있는 것이다.

아이를 키우는 일이 육아서적에 나와 있는 것처럼 어떠한 공식을 두고 원칙대로 풀어갈 수 있는 문제가 아니라는 것이 요즘 젊은 엄마들이 느끼는 육아의 고충일 것이다.

아이를 키우다 보면 다른 일로 화가 난 것을 아이에게 신경질을 부림으로써 푸는 일이 있을 것이다. 그러나 아이는 어머니의 소유물이 아니므로 절대로 그런 행동을 보여줘서는 안 된다. 아이는 자기가 원해서 이 세상에 태어난 것이 아니라 엄마 아빠의 사랑의 결과로 태어난 것이다, 때문에 부모들은 애완동물을 기르는 기분으로 그저 자식을 사랑하는 것으로 만족해야 하는 것이다,

그들에게 어떤 기대감을 갖고 있다가 충족되지 못했을 때 느끼는 실망감을 아이에게 느끼게 하는 것은 더욱 금해야 할 일이다. 우리나라 속담에 "세살 버릇 여든까지 간다"고 했다. 어린아이 때의 정서가 평생을 지배한다는 의미다. 우리의 사주팔자보다 더 무서운 것이 어린 시절의 가정환경이다. 어떤 학자는 인간의 성격은 출산하는 순간에 얼마나 순산(順産)을 했느냐의 여부에 따라 결정된다고도 했다. 유태인들이 다른 민족보다 독한 성질을 가진 것은 갓난아이 때 칼로 (마취도 시키지 않고) 할례(포경수술)를 시키기 때문이 아닐까. 아이를 엉터리로 기를 바에는 차라리 안 낳는 게 낫다.

(2003. 9)

이성도 그립고 고독하기도 합니다

김유신 시인에게 보내는 편지

김선생님.

가을입니다. 결실의 계절답게 댁내(宅內) 모든 일들이 풍성히 여물어가고 계시리라 믿습니다.

추석의 달맞이를 어떻게 지내셨는지 궁금하군요. 저는 추석 전날, 오랜만에 혜산(兮山) 박두진 선생 댁을 찾았습니다. 그리고 훈훈한 사제(師弟)의 정을 느끼고 오랜만에 미래에 대한 가능성과 흐뭇한 행복감을 맛보았습니다. 정말로 인생 항로에 지표(指標)가 되어주실 분 같습니다.

일단 등단의 관문을 통과하셨다니 기쁩니다. 좀 더 자유로운 분위기에서 좋은 시를 쓰실 기회가 되리라고 생각합니다. 저도 노력해 보겠습니다. 계속 격려해 주십시오.

생활의 무게가 저를 짓누를수록 이상하게도 요즈음은 자꾸만 미래에 대한 긍정적인 희망에 차 있는 자신을 발견하고는 놀랄 때가 많습니다. 성경과 예수님의 비유들로서 인생의 무한한 가능성을 많이 느꼈습니다.

시를 비롯한 예술적 창조물들이 한갓 감정의 유희로서가 아니라, 충분한 창조적 가능성을 가진 현실적인 효용물(效用物)로 생각되는군요.

아울러 모든 것에서 초월할 수 있는 인생관이 필요할 것 같군요. 동양

적인 달관(達觀)의 경지 같은 것 말입니다. 『채근담(菜根譚)』에 있는,

身如不繫之舟
心似既灰之木

이라는 구절이 제 마음을 끌고 있습니다. "몸은 매어놓지 않은 배와 같이
세파(世波)에 자유롭고, 마음은 이미 타서 재가 되어버린 나무와 같아 색
(色)이나 향(香)으로 꾸밀 수가 없다"는 말입니다만, 그것을 그저 초극적
(超克的)이고 도피적인 처세법(處世法)으로가 아닌, 마음의 수양을 위한
금언(金言)으로 받아들일 때 큰 감동을 주는 것 같습니다.

그저 요즈음은 좀 더 많은 경험과 연륜을 쌓아야겠다는 생각뿐입니다.

바쁜 일과 속에서 이성도 그립고, 또 고독하기도 합니다. 다 성장의 과
정이겠지요.

다시 한번 안성(安城)의 가을 산을 찾아 텁텁한 농주(農酒) 속에서 자연
을 즐기고 싶군요. 다시 뵈올 때까지 건강하시길 비오며, 우선 난필(亂筆)
로 소식을 전합니다.

1975. 9. 21.
馬光洙 올림

곡선의 멋

곡선이 주는 멋은 한 마디로 말하여 융통성이요, 유연성이라고 할 수 있다. 영어로 말한다면 'flexibility'이다. 사람도 유연성이 있어야만 인간미가 있는 것처럼 옷이나 집도 유연한 선을 갖고 있어야만 멋과 인간미를 풍길 수가 있다.

서구의 모든 사상이나 예술은 모두가 정식화(定式化)되어 있다. 특히 청교도주의로 무장된 서구 정신은 한 치의 양보도 허락하지 않고 모든 표현양식이 직선적이다. 이것이냐 거것이냐 가부를 묻기를 좋아하고 타협을 인정하지 않는다. 그러나 우리는 역사상으로 하나의 종교, 하나의 사상으로 통일된 적이 없었다. 물론 고려시대에는 불교를 국교로 삼았고 조선시대에는 유교를 국교로 삼았지만 그것이 전체적으로 통일되어 시행된 것은 아니었다.

조선시대의 대표적인 문학작품이라고 할 수 있는 『구운몽』을 보더라도 그것을 알 수 있다. 유교와 불교와 도교가 한꺼번에 뒤섞여 있다. 한 종교를 강조하고 다른 종교사상을 비방하거나 헐뜯는 법이 없다. 지금 우리나라의 민간신앙을 봐도 알 수 있듯이 불교, 유교, 샤머니즘이 모두 다같이 융화되어 한국적인 특유의 사상을 형성해 내고 있는 것이다. 그러한 유연성과 여유, 그것이 바로 전통적으로 이어져 내려온 한국인의 멋이요, 특질일 것이다.

고려청자의 선이나, 전통적인 민속화에 나타난 선을 보라. 어느 것도 직선적인 것이 없다. 동양화에 나오는 인물들은 등이 구부러진 노인이요, 그들이 짚고 다니는 지팡이는 연륜이 깃든 꾸불꾸불한 곡선으로 이루어진 것이다. 모두 무언가 한 마디로 설명할 수 없는 묘한 풍취를 풍겨주고 있다. 석굴암의 부처님에서 볼 수 있는 부드러운 가슴의 선, 어깨의 선, 빙그레 웃는 인자한 석가모니불의 입가에 번져 나오는 곡선은 진정 아름답다. 서구인들이 보기엔 우리나라의 곡선이 불안정하게 보일지도 모른다. 그러나 불안정하다는 것이 오히려 여운을 남겨주지 않는가?

탈춤을 출 때 쓰는 탈의 표정은 모두가 불안정하다. 웃는지 우는지 확실치 않은 표정들이 많다. 눈은 좌우로 기이한 곡선을 그으며 꼬부라져 그 사람의 심중을 간파하기 어렵게 만든다. 거기서 우리들은 우리의 상상력을 풍부하게 할 수 있는 여지를 마련하게 되는 것이다. 우리의 모든 전통적인 가구에 나타난 무늬들도 그렇다. 밋밋한 직선보다는 교묘한 곡선으로 배합되어 있다. 이 모두가 한국인의 심성 가운데 무의식적으로 흐르고 있는 여유, 유연한 불확정성(不確定性)의 미학(美學)을 보여주고 있는 것이다.

내가 우리나라 전통예술에 나타난 선의 멋을 가장 직감적으로 감지할 수 있었던 것은 추사 김정희의 〈세한도(歲寒圖)〉에서였다. 이 작품은 현란한 색채의 배합이나 입체적인 면의 구성은 하나도 찾아볼 수가 없고, 간단한 선만으로 이루어진 초가집 한 채와 그 옆에 빈약하리만치 가느다랗게 바싹 마른 모습으로 서 있는 겨울 소나무 한 그루뿐이었다.

서구적 미술이론으로 본다면 그것은 낙서와 같이 무의미한 것일지도 모른다. 성의가 없이 이루어진 단순한 스케치에 불과할지도 모른다. 그

러나 그 속에서는 우리의 전통적 선이 꿈틀대고 있는 것이다. 사실 소나
무만큼 유연하게 곡선을 긋고 있는 나무가 있을까? 소나무는 땔감으로
도, 재목으로도 쓰이기 힘든 쓸모없는 나무다. 그러나 소나무는 곡선의
정취와 멋이 있다. 소나무를 통해서 우리는 어려움 속에서도 면면히 버
티어 온 강인한 민족성을 엿볼 수 있다. 물질적인 효용(效用)이나 가치를
초월해서 스스로 강인한 생명력을 갖고 버티어 가는 의지, 그것은 바로
한국인의 마음과 품격이 되는 것이다. 자를 대고 그은 듯한 선이 아니라,
붓끝의 떨리는 곡선으로 무작위적으로 그어진 이 그림 가운데, 우리의
전통적인 얼이 꿈틀대고 있는 것이다. 추사의 〈부작란도(不作蘭圖)〉 같
은 그림에서도 전통적인 유연한 선의 흐름은 그 멋을 한껏 발휘하고 있
다.

한국의 전통예술에 나타난 곡선의 멋은 지금까지도 우리 현대인의 가
슴에 물결 치고 있다. 선은 직선이 아닌 곡선이라야 멋을 풍긴다. 직선은
단조로워서 기하학적이고 물리적인 것에 불과하지만 곡선은 그런 물리
적인 계량의 측면을 초월하여 예술적인 경지로까지 이어질 수가 있는 것
이다. 그러나 안타까운 일은 현대 한국인들이 점점 그러한 전통적인 곡
선의 미를 잃어가고 있다는 사실이다. 지나친 서구 문화의 유입과 영향
때문에 차츰 우리의 생활에서 곡선이 사라지고 직선만이 판을 치게 되었
다. 요즘 서울거리에서 한복을 입고 다니는 여성은 찾아보기 힘들다. 남
성들도 칼라가 빳빳한 와이셔츠, 그리고 언제나 고정화된 넥타이, 일직
선으로 곧게 뻗어간 바지가 주된 의상이 되었다.

현대 예술작품들도 선보다는 색을 더 중요시하고 면(面)을 통한 입체화
를 시도한다. 현대 작가들에 의해서 그려지는 동양화에서도 선의 완만한
흐름은 찾아보기 힘들다. 화려한 색채만이 있을 뿐이다. 집, 가구, 심지

어 인간성마저도 직선화되어 간다. 모든 것이 정형화되고 경직되어 간다. 이것은 분명 안타까운 일이다.

우리의 조상들이 지녔던 그 부드러움과 유연함, 은근함을 다시 되찾아야 하겠다. 융통성은 자칫하면 적당주의로 오해받기가 쉬우나, 사실 '적당'하다는 말처럼 좋은 말은 없는 것이다. 우리나라뿐만 아니라 동양 예술, 동양 정신 전체를 지배하고 있는 원리가 바로 이 적당주의, 곧 중용(中庸)의 철학에 기반을 두고 있는 것이다. 이 중용의 철학이야말로 우리의 전통예술에 나타나 있는 곡선의 부드러운 흐름, 바로 그것이 아니겠는가. 적당주의를 타협주의로 오해하지 말자. 적당히 구부러질 줄도 알아야 하고 적당히 여유를 부릴 줄도 알아야 한다. 거기서 인정이 꽃피고 훈훈한 인간미가 샘솟게 된다.

우리의 조상들이 사랑했던 곡선의 미, 곡선의 멋을 되찾는 일이야말로 우리의 주체성을 회복하고 한국의 전통미를 재건시킬 수 있는 지름길이 될 것이다.

(2003. 10)

아내의 조건

　사랑의 대상을 선택하는 문제에 있어 현대의 남성과 여성은 서로 상당한 차이점을 보여준다. 남성은 대체로 여성을 자기 것으로 '소유'하고 싶어서 안달복달하며 사랑에 빠져든다. 여기서 말하는 남성이란 대체로 중산층 이상에 속하는 '문화인'을 말한다. '정신적 사랑'이니 '남녀 상호간의 인격존중'이니 하면서 아무리 외쳐대도 소용없다. 특히 겉으로 윤리적으로 강하게 무장되어 있는 사람일수록 상대방을 소유하고자 하는 욕망이 잠재적으로 더 강하게 일어난다. 그래서 요즘 전통적인 여성상이나 유교적 윤리에 따른 현모양처상을 예찬하면서 요즘 여성들의 성적 타락을 개탄하는 사람들은 대개 '고상한 지식인'들이다. 그들은 자기의 마누라를 집 안에다 가두어놓으려고 하며 그것을 '부덕(婦德)'이라는 말로 호도하는 것이다.

　오히려 여성을 '소유'하려 하지 아니하고 '사랑'하려고 노력하는 사람들은 고상한 지식인이 아니라 질박(質朴)한 성품의 진짜 '민중'들이다. 그들에겐 사회적 체면이 별로 문제가 되지 않기 때문이다. 그리고 그들에겐 건강한 리비도(libido)가 있다. 또 지식인들 가운데서도 예술가적 자유분방함을 가진 창의적 성격의 남성들은 여성을 소유하기를 싫어한다. 그들은 '소유'는 곧 부담을 가져다준다는 것을 알고 있기 때문이다. 대체로 고상한 지식인들이란 대개 사회적으로도 지위가 높게 마련인데, 그들이 그런 지위까지 올라가기 위해서는 '탐욕'과 '소유욕'이 그 원동력이 되어주었을 게 틀림없다. 그래서 겉으로 윤리·도덕이나 요즘 유행하는 '남녀평등'을 부르짖는 문화 상층부의 사람들일수록 여성을 소유물로 보는 경향이 많다.

한 남성이 여성을 소유하고자 할 때, 그에게 있어 성(性)은 어떤 위상(位相)을 차지하는 것일까? 소유가 전제되는 한 '성적 기쁨'은 단지 부차적인 가치로 돌려질 수밖에 없다. 그래서 그들은 '자식'에 더 집착하며 자식 역시 '대견스러운 소유물'로 보려는 경향이 짙다. 그래서 소위 점잖은 집안일수록 자식들은 심각한 애정결핍증에 시달릴 확률이 높다.

여성의 경우는 조금 다르다. 고등교육을 받은 여성이라 할지라도 대체적으로 여성들은 남성들보다 순수하고 진실된 상태에서 사랑에 빠져든다. 그들에게는 '소유' 이전에 '사랑'이 전부이며, 남성은 사랑의 대상이 될 뿐이다. 왜냐하면 여성들이 진짜로 소유하고 싶어하는 대상은 '자식'이기 때문이다. 남성이 자식을 소유하는 것과 여성이 자식을 소유하는 것은 근본적으로 다르다. 여성은 직접 아이를 잉태하고 낳기 때문에 훨씬 더 안정감 있게 자식을 소유할 수 있다. 그래서 여성은 남성을 오직 사랑의 대상으로 본다. 여기서 결혼생활의 비극이 싹트게 된다. 왜냐하면 '사랑'은 곧 '섹스'를 전제로 하는 것이기 때문이다. 최근 40대 유부녀들의 탈선이 잦아진 것은 이러한 이유 때문이다. 그녀들의 남편은 아내를 소유하고 있는 것만으로도 만족할 수 있지만, 아내는 그렇지가 못한 것이다. 그녀들은 끊임없는 사랑, 즉 성애(性愛)만을 원하는 것이다.

여성을 진짜로 '소유'하고 싶은 남성이라면 미인을 아내로 맞이하는 것이 좋다. 여기서 '미인'이라고 함은 화용월태(花容月態)를 지닌 진짜 타고난 미인을 가리키는 것은 아니다. 현대에 와서 미인의 개념은 조금 달라졌다. 멋있는 여성, 멋내기를 좋아하는 여성이 다 미인이다. 이런 여인들은 나르시시즘이 강하다. 자기 자신의 얼굴에 자부심을 품으며, 또 자기의 외모를 꾸미는 데 들이는 시간을 통해 성욕을 카타르시스시킨다. 그래서 남자더러 자기를 사랑해 달라고 들들 볶아대지 않는다. 그러나 이런 여자들이 갖고 있는 결함은, 자식에 대한 사랑 역시 남편에 대한 사랑만큼이나 덜하고 약하다는 점이다. 이런 류의 여자들은 성애 자체보다도 아름답다는 칭찬을 듣기를 더 좋아하며, 자기를 칭찬해 주는 남성에게 결국 끌려간다. 그래서 미인을 소유하기는 쉽다. 무조건 칭찬만 해주면 된다. 단, 돈이 좀 많이 드는 게 흠이다. 아무래도 옷치장, 몸치장에 보통 여자들보다 비용이 더 들 터이니까.

그래서 남자는 가정을 이루고자 할 때 다음의 세 가지 중 한 가지를 선택해야만 한다. 그것은 첫째, 아내만을 소유하는 경우, 둘째, 자식만을 소유하는 경우, 셋째, 아내의 미(美)만을 소유하는 경우다. 첫째 경우에 남자는 성적 노예로 전락하기 쉽다. 둘째 경우엔 부부가 냉랭하고 불화(不和)한 상태가 되는 것을 각오해야 한다. 셋째 경우엔 끊임없는 아부꾼이 되어야 한다. 이래저래 남자는 역시 고달픈 존재요, 외로운 노동자다.

(2003. 9)

육체와 가치관

　세계 여러 나라 가운데 우리나라처럼 여러 가지 가치관이 복잡하게 엇섞여 돌아가는 나라도 또 없을 것이다. 종교 하나만 보더라도 불교, 유교, 기독교, 천주교 등을 비롯하여 천도교, 증산교, 대종교 등 가지각색의 종교 및 종파들이 난무하고 있다.

　정치적 이데올로기 역시 그래서 자본주의, 사회주의, 사회민주주의 등 여러 가지 이념들이 공존하고 있다. 또 각 이데올로기마다 극단적 보수파와 극단적 진보파가 대립하고 있고, 최근(1990년대 초)에는 운동권이니 비(非)운동권이니 하는 말까지 대학가에서 심심찮게 떠돌아 다니고 있다. 그만큼 우리나라는 지금 대단히 복잡다단한 분열양상 가운데 놓여 있는 것이다.

　어떻게 살아가는 삶이 더 가치 있는 삶이냐 하는 문제에 있어서도 그렇다. 황금만능주의에 경도하고 있는 사람들은 오로지 돈을 많이 벌면 그만이라고 생각한다. 그래서 수단과 방법을 가리지 않고 축재(蓄財)하기에만 급급하다. 그래서 과소비와 사치 문제가 나오고 가진 자와 못 가진 자 간에 존재하는 위화감의 문제가 나온다. 그런가 하면 청빈(淸貧)한 삶이나 금욕주의적 삶을 가치 있는 삶으로 보아 물질적인 행복을 경멸하면서 살아가는 사람들도 있다.

가치관의 혼돈상태를 가장 극명하게 보여주고 있는 것은 아마도 성관(性觀)에 있어서일 것이다. 프리섹스를 아무렇지도 않게 받아들이는 사람이 있는가 하면 아직도 조선시대의 순결지상주의를 그대로 따라가야 한다고 믿고 있는 사람도 많다. 성의식의 편차와 불균형 상태는 결혼문제에 심대한 영향을 미친다. 이른바 '신혼 이혼'을 하는 부부가 열 쌍 가운데 두 쌍 꼴이라는 통계자료가 이 사실을 입증해 준다. 신혼 첫날밤에 아내의 정조를 의심하여 아예 이혼을 결심하는 사내들도 있고, 또 그냥 참고 살더라도 평생 의처증에 시달리는 사내들도 있다. 여자들 중엔 신혼 첫날밤에 신랑이 포르노 비디오를 틀었다고 보따리를 싸는 경우도 있다. 또 중년 이후에 늦바람이 나서 남편과 자식을 버리고 도망가는 여자들이 늘어나고, 10대의 미혼모들도 증가추세에 있다.

결혼문제보다 더 심각한 것은 청소년의 성문제일 것이다. 유교식 순결교육을 얌전하게 받아들이는 학생이라면 별 문제가 없겠지만 대부분의 청소년들은 그렇지가 못하다. 사방에 지천으로 떠돌아 다니고 있는 각종의 성(性) 홍보물 때문에 그들은 가만히 앉아 있어도 저절로 흥분이 될 수밖에 없다. 그래서 스스로의 본능적 충동을 솔직하게 드러낼 수밖에 없는 마음 약한 학생들이라면, 무조건 참아내는 고통을 이기지 못해 결국 일탈(逸脫)의 길로 접어드는 것이 당연한 일이다.

최근 정부에서는 현금의 시국을 '총체적 난국'이라고 정의 내렸다. 특히 경제문제와 정치문제 때문에 그랬을 것이다. 그러나 생각해 보면 물가상승이라든지 노사분규 같은 것들은 표면상으로 드러나는 문제점에 불과하고, 아무래도 진짜 병인(病因)은 다른 데 있는 것 같다. '가치관의 혼동상태'가 진짜 심각한 문제인 것이다.

'가치관'이라는 것도 따지고 보면 사실 별 게 아니다. 나는 우리가 절대적로 지향해야 될 가치관이란 있을 수 없다고 생각한다. 모든 가치관은 그 시대상황에 따라 상대적으로 결정되는 것이다. 가치관을 상대적으로 결정짓는 요인은 '육체의 상태'에 있다고 생각한다.

가치관이란 결국 정신 또는 의식의 수준을 말하는 것인데, 배후에서 정신을 조종하고 있는 것은 다름 아닌 육체다. 예를 들면 우리가 무척이나 배가 고플 때는 무엇보다도 '빵'이 제일이라는 가치관이 생겨난다. 그러나 일단 식욕을 충족시키고 나면 빵이 우스워 보이고 명예나 성욕 쪽으로 신경을 쓰게 마련인 것이다.

이러한 사실을 우리 조상들은 체험적으로 알고 있었던 것 같다. 그래서 '용감한 사람들'을 가리킬 때 '간이 크다'거나 '대담하다'는 표현을 사용했다. '용감하다'는 것은 정신의 상태를 가리키는 말이지만, 그러한 정신 상태는 결국 '간이 크다'는 육체적 상태에 의해서 결정된 것에 불과하다고 본 것이다.

지금 우리나라 사람들이 각각 천차만별의 가치관을 갖고 있는 까닭은 각 세대마다 성장배경이 다르기 때문이다. 쉽게 말해서 국민소득이 1백 달러 미만일 때 자라난 사람의 육체적 상태와 8천 달러 이상일 때 자라난 사람의 육체적 상태는 다를 수밖에 없다. 마찬가지로 6·25를 겪은 세대와 안 겪은 세대, 5·16을 겪은 세대와 안 겪은 세대의 가치관 역시 다를 수밖에 없다.

그럴 수밖에 없는 근본적 이유는 정치관이나 윤리관 등 정신적 수준의 차이 때문이 아니라, 각 세대가 성장기에 겪은 육체적 수준의 차이 때문일 것이다.

종교를 예로 들어봐도 그렇다. 1950년대에 성장한 사람들은 미국이 '지상의 천국'이라고 생각했다. 미국은 우리나라에 구호물자를 보내준

은혜로운 나라였고, 그래서 그 나라 사람들이 믿고 있는 기독교는 최고의 종교로 인식되었다. 또한 반공 이데올로기와 기독교 이념이 유착되어 1950년대의 정치가들은 사회주의자로 몰리지 않기 위해서라도 기독교도가 될 수밖에 없었다.

그러나 요즘처럼 반미(反美) 데모가 빈번히 일어나고 있는 시대에는 기독교는 그저 서양 사람들의 토착종교이거나 또는 여러 가지 종교현상 중의 하나로 간주될 수밖에 없는 것이다.

그러므로 이제부터 우리가 노력해야 할 일은 '다양한 가치관'을 융통성 있게 수용할 수 있는 여유와 아량을 키워 나가는 일이다. 그리고 무엇보다도 가장 중요한 것은 '육체적인 안락과 행복'만이 최고의 선(善)이라는 사실을 인정하고 들어가는 일이다.

최근 소련이나 동유럽에서 공산주의 이데올로기가 허무하게 무너져가고 있는 것은 육체적인 이유 때문이지 정신적 이유 때문은 아니다. 공산주의 이데올로기 자체가 갖고 있는 이론적 모순 같은 것은 문제가 되지 못한다. 잘 먹고 잘 즐기면서 살아갈 수 없는 데 대한 국민들의 분노와 짜증이 동구권의 여러 국가들을 지리멸렬하게 만들었다고 볼 수 있다.

얼마 전 어떤 노동관계 시위 때 일부 대학생들은 격렬한 시위를 벌였다. 그런데 그때 상당한 숫자의 시민들이 거기에 호응을 보였다. 작년(1991) 말까지만 해도 대학생 시위는 국민들에게 별로 인기가 없었다. 그런데도 국민들이 학생데모에 다시금 호응을 보인 까닭은 무엇 때문일까. 학생들이 주장하는 이념에 국민 대다수가 동조했기 때문은 절대로 아닐 것이다. 진짜 이유는 전세 값, 사글세 값이 다락같이 오르고 채소값 등 생필품 값이 금값이 됐기 때문이다. 육체적 상태가 짜증스러울 때 민중들은 곧잘 이데올로기적 투사도 되고 반골기질을 보여주게도 된다.

여러 정치지도자들이 점점 우리들에게 실망을 안겨주고 있는 까닭도 이런 데서 찾아볼 수 있다. 그들은 아직껏 공소(空疎)한 정신적 차원 안에서만 머물고 있고 명분에만 집착하고 있다. 말하자면 유연하고 융통성 있는 가치관을 가진 실용주의자가 되지 못하고 있는 것이다.

특정한 종교, 특정한 이데올로기는 더 이상 국민들의 관심사가 될 수 없다. 더욱 구체적이고 실질적인 인생관과 가치관, 그리고 정치관이 시급히 요청되는 시점이라 하겠다.

(1992. 3)

제6장   오라, 내 사랑

황홀한 기쁨
오르가슴의 엑스터시
모두 다 담배 연기에 흩날리고

당신 이마에 솟은 땀방울
내 사타구니에 솟은 점액들
모두 다 담배 연기에 흩날리고

다시 한번 더 뜨거운 입맞춤
다시 한번 더 뜨거운 교합(交合)
담뱃불처럼 활활활 순간적으로

— 시 「사랑을 나눈 후 피우는 담배」 전문

연애편지

오늘은 금요일.

어제 예기치 않게 술을 마시게 되어 꾸물꾸물하다 보니 그냥 집에 있게 되었다.

초가을의 금요일이라 그런지 하루 종일 집에서 책만 보려니까 물밀듯 고독만이 밀려왔다.

하긴, 학교 연구실에 나갔으면 더했겠지.

지금은 저녁 8시. 텔레비전을 보고 있는데 화면 속에 나타나는 것은 온통 너의 얼굴뿐이다.

왜 이리 우리는 마음껏 뭉칠 수 없는 걸까? 저절로 한숨이 나온다.

하지만 그래도 너를 만난 것이 다시 한번 기적같이 여겨지고 새롭게 정열이 용솟음쳐 온다.

오늘 하루 종일 전혜린의 수필집과 일기 및 서한집 두 권을 읽었다.

고독에 찌들고 가정생활의 부조(不調)에 찌들어 괴로워하던 그 여자의 시름이 내 시름처럼 가슴에 와 닿았다.

너는 나를 지금 보고 싶어하고 있을까? 모르겠어.

사랑에 빠지게 되면 언제나 이쪽만 손해 보고 있다는 생각이 들게 마련이니까.

너를 사랑해. 아주아주 미치도록.

지금 난 너 때문에 살아가는 것 같아.

하지만 헤어질 때마다 굳어 있는 네 표정을 보면 죽고 싶어져.

실컷 키스라도 하고 나서 (그 담엔 물론 섹스도 왕창하고) 헤어지고 싶은데 그게 마음대로 안 되더구나.

너무 뜸하게 만나니까 기다리다가 진이 빠져나가 버리는 것 같다.

너는 어떠니?

너무 남자가 많아서 나를 만나는 게 피곤하기만 하니?

네가 도와주면 나도 꽤 멋지고 로맨틱한 글을 많이 쓸 수 있을 것 같다.

정말이야. 나를 더 깊이 사랑해 줘.

가을이 오는 소리가 들리는 것 같다.

더 섹시하고 소프트해진 네가 내 곁에서 미소짓고 있는 것 같다.

가을은 고독과 사색의 계절이라고 하지만, 네가 있는 한 나에게 가을은 그런 계절이 아니야.

가을은 쿨한 섹스의 계절이야.

너의 운명과 나의 운명, 그리고 우리의 기이한 만남에 축복하고 싶다.

(2006. 9)

나의 여성관(女性觀)

나는 몸이 약질(弱質)이라서 그런지 어렸을 때부터 여성을 시각적 대상으로 놓고 바라보기를 좋아했다. 말하자면 여성을 성적 교합의 대상으로 보다는 '아름다운 완상물(玩賞物)'로 바라보았다는 뜻이다. 스무 살 전후의 혈기왕성했던 대학시절(아무리 약질이라도 그 나이 때는 역시 왕성한 성욕을 간직하고 있는 법이다)에도, 그래서 난 한 번도 삽입성교를 가져본 적이 없다.

친구들에게 이끌려 여자가 있는 술집으로 가거나 또는 더 나아가 몸 파는 아가씨들이 있는 곳까지 가게 되더라도 나는 '동정'을 지킬 수 있었다. 그것은 내가 남성의 정조를 귀하게 여겨서였다기보다는 도저히 그런 행위 ― 사랑도 없고 관능적 상상력의 자극도 없으며, 다만 신경질적인 '배설'만이 있는 ― 를 해볼 엄두가 나지 않아서였다.

그런 이유로 서른이 넘도록 난 동정을 간직할 수 있었는데, 그래서 친구들 사이에선 "쟤가 아무래도 고자거나 발기불능인가 봐"라는 이야기가 돌았다고 한다.

물론 연애를 하기는 했다. 그리고 같이 자기도 했다. 하지만 언제나 애무로 그쳤을 뿐 성행위까지 간 적은 한 번도 없었다. 그래서 많은 여자들이 나의 그 '박력 없고 소심한' 성격에 질려 도망들을 갔고, 그 덕분에 나는 별로 연애후유증 같은 것을 겪어본 적이 없다. 친구들은 연애를 했다 하면 애인한테 덜컥 임신시켜 놓기도 잘 했고 유산시킬 돈이 모자라 내게 꾸어간 친구도 있었다. 그런 식의 연애는 대개 뒷맛이 꺼림칙하여 연애 후유증을 남겨놓게 마련이다. 그런데 나는 대개 여자들이 도망을 갔고, 또 설사 내가 싫증이 나서 그만둔 여자라 할지라도 나중에 보면 은근히 그렇게 된 것을 고마워하는 눈치였다.

내가 꼭 '육체적 합일(合一)'에 의한 사랑의 확인에 미온적인 태도를 보여주어서 그랬던 것은 아니다. 대개의 여자들은 내가 까다로운, 때로는 변태 같기도 한 심미안(審美眼)을 충족시켜 달라고 끝없이 보채대는 것에 진력이 나 있었던 것이다. 손톱을 길게 길러라, 매니큐어 색깔은 될 수 있는 대로 그로테스크한 것(검은색이나 파란색 등)을 칠해라, 뾰족구두도 아주 송곳같이 높은 굽으로, 화장은 덕지덕지, 귀고리는 크고 무거운 것으로, 헤어스타일은 이집트 식으로……. 이렇게 매일같이 칭얼대는 내가 그만 역겨워졌으리라.

물론 나와 쿵짝이 아주 잘맞는 여자가 이 세상에 아주 없는 것은 아닐 것이다. 남자에게 예쁘게 보이기 위해서가 아니라 나르시시즘(自己愛)으로서 자기의 외모를 가꾸는 것에서 일종의 관능적 법열감(法悅感)을 느끼는 여자가 어딘가 있기는 있을 것이다.

그러나 아직껏 나는 그런 여자를 만나보지 못했다. 불행한 일이다. 아무튼 그런저런 경험들을 통해서 나는 내가 페티시스트(fetishist: 이성의 육체 중 특정 부분이나 이성의 육체에 부착된 장신구, 의상, 구두 등 특정 물체를 바라볼 때 생겨나는 관능적 상상력을 통하여 성적 기쁨을 느끼는 사람)라는 것을 알게 되었다. 그리고 나의 그런 취향이 변태성욕 때문이 아니라 나의 유미주의적 예술관과 독특한 미관(美觀) 때문이라는 것을 알고 나면서부터 그런 여성관을 나의 아이덴티티(identity)로 받아들이기로 하였다.

여자들을 만나보고 또한 책을 통하여 여자(또는 인간)의 속성에 대해 공부하다 보니 여자건 남자건 두 가지 유형이 있다는 것을 알게 되었다.

하나는 '관능형'이고 다른 하나는 '다산형(多産型)'이다. 관능형의 사람이란 관능적 상상력이 발달한 사람으로서 사랑을 오직 쾌락원칙에 따라 받아들이는 사람이다. 여자로 따진다면 사랑이 자식보다 더 중요하다고 생각하는 여자가 여기에 속한다.

남자도 비슷해서 평생 연애만으로 시종하는 예술가형의 사람들이 바로 관능형의 남자다. 그들 역시 종족보존이나 가문의 번창 등에는 관심이 없다. 윤리나 의무보다 개인의 이기주의적 쾌락을 더 중시한다.

다산형의 여자는 사랑을 쾌락원칙으로 받아들이는 것이 아니라 '임신을 위한 준비과정' 정도로만 받아들이는 여자다.

그들은 요부형(妖婦型)이 아니라 어머니형이요, 따라서 모성애가 무척 강하다. 이 유형의 여자들은 관능적 상상력보다는 실제적 생활에 관심이 많고 특히 경제에 밝다. 남자도 마찬가지여서 마누라보다는 자식을 좋아하여 여기저기 '씨 뿌리는 데' 총력을 집중한다. 사업가형의 사람인데, 이들은 여러 여자를 거느리고 사는 경우도 있지만, 진짜 사랑 때문이라기보다도 단지 '씨 뿌릴 수 있는 많은 밭'을 소유하고 싶은 욕심 때문에서이다.

관능형 여자는 키스만 해도 다르다. 적극적으로 입을 벌리고 혀를 잘 활용한다. 그러나 다산형의 여자는 키스 자체도 무언가 불결한 것같이 생각하여 약간 움츠러드는 경향이 있다.

진짜 관능형의 여자, 겉과 속이 다 야하디야한 여자, 손톱을 길게 기르

고서도 조금도 짜증 내지 않는 여자, 그런 여자를 만나고 싶다. 아니 그저
바라보기만 해도 좋겠다.

(1989. 4)

나는 헤픈 여자가 좋다

'철(凸)'보다 '요(凹)'가 좋다

　여자를 구별짓는 요소들 가운데 가장 특징적인 것은 역시 성기(性器)의 구조일 것이다. 남자는 양(陽)이요 여자는 음(陰)이다.

　'들이밈'의 상징인 양과 '받아들임'의 상징인 음의 상호조화에 의해 이 세상만물이 끊임없이 생성과 소멸을 되풀이하면서 움직여가고 있다.

　남녀의 성기는 우주법칙을 절묘하게 상징적으로 형상화시켜 보여주고 있는 것이다.

　나는 잘나지 못한 남자라서 그런지, 언제나 여자를 부러워한다. 그래서 요즘 배웠다는 여자들이 남자를 부러워하면서 남자들에게 적개심을 품는 것을 도저히 이해할 수가 없다. 노자(老子)도 그의 『도덕경(道德經)』에서 여자를 부러워하며 예찬하고 있는데, 노자의 말대로 하면 여자는 유연(柔軟)하고 부드러움의 상징이 되고 남자는 딱딱하고 융통성 없음의 상징이 된다. 낙숫물이 굳은 바위를 뚫듯이, 부드럽고 유연한 것이 딱딱한 것을 이긴다고 노자는 힘주어 강조하고 있다.

　어른과 어린아이가 똑같은 시간에 높은 곳에서 떨어지면 어른은 죽기 쉽지만 어린아이는 다치긴 해도 죽지 않고 살아날 확률이 더 높다고 한다. 어린아이의 뼈와 살은 유연하고 탄력이 있어 어른의 굳어버린 뼈와 살보다 다칠 위험이 한결 덜한 것이다. 그래서 노자는 남자보다 여자가 더 오래 살고 병에도 더 잘 견디며, 어른보다도 아이가 더 강하고, 불(양의 상징)보다도 물(음의 상징)이 훨씬 더 큰 힘을 갖고 있다고 역설하고 있다.

나도 그렇게 생각한다. 특히 성행위 시의 남녀 성기를 생각해 보면 더욱 그렇다. 아무리 정력이 좋은 남자라 하더라도 나이를 먹으면 페니스를 발기시키는 데 힘이 들고, 또 젊은 남자들 가운데도 발기부전으로 고민하는 사람이 많다. 페니스가 언제나 딱딱해 주면 좀 좋으련만, 그게 마음먹은 대로 안 되는 것이다.

또한 성행위 시에도 남자는 여자보다 더 허리를 움직여야 되고, 아무튼 힘이 많이 소모된다. 남자는 오르가슴을 느껴봤자 수초에 불과하고 여자는 남자에 비해 아주 길다. 참 억울하다.

그래서 난 아라비아 여인들의 배꼽춤을 좋아한다. 강렬한 허리운동으로 이어지는 게 배꼽춤이기 때문이다. 배꼽춤의 유래를 책에서 찾아보니, 배꼽춤은 처음에 하렘에서 왕을 즐겁게 해주기 위해서 창안되었다고 한다.

그냥 시각적으로 즐거움을 주는 것이 아니라, 왕이 수많은 후궁들과 섹스를 하려니 너무 허리가 아프고 피로해지므로 성행위 시 왕의 허리운동을 대신해 주기 위해서 고안되었다는 것이다. 말하자면 여성 상위의 체위로 성교를 하면서 남자는 편안히 누운 채 꼼짝하지 않아도 된다. 하렘의 후궁들은 어떻게 해서라도 왕의 페니스를 발기시키고 또 그 발기를 오랫동안 지속시키기 위해서 갖은 수단을 다 썼는데 그 방법의 하나로 만들어진 것이 배꼽춤이라는 것이다.

남자가 오르가슴에 도달할 수 있느냐 없느냐 하는 것이 오로지 여자에게 책임지워져 있었던 셈이니, 하렘 속에서 노닐던 아라비아 왕들은 참

신나고 좋았겠다.

또 여자 성기는 안으로 들어가 있어 안전한데, 남자의 성기는 밖으로 돌출되어 있어 위험하기 짝이 없다. 차라리 어서 빨리 여성 상위시대가 되었으면 좋으련만.

(2004. 7)

뱀

뱀은 흔히 두 가지 의미의 상반된 상징으로 문학에서 사용된다. 하나는 '지혜'의 상징이요, 하나는 '악'의 상징이다. 사람들이 뱀을 싫어하게 된 것은 그 모양이 흉물스럽고 또 독사의 경우에는 맹독을 가지고 있어서 사람들에게 해를 끼치기 때문이기도 하지만, 서양의 경우에는 특히 기독교 창세기에 나오는 인간의 원죄(原罪)를 만들어낸 장본인이 뱀이기 때문이다. 창세기에서 뱀은 인간에게 지혜를 준 존재이기도 하고 또한 그것 때문에 인간을 고생으로 몰아넣은 존재이기도 하다.

동양에서는 뱀을 그리 싫어하지 않았던 것 같다. 12지(支)에는 뱀이 들어가 있어 12년에 한 번씩 뱀해가 돌아온다. 또 아이를 배었을 때 꾸는 태몽 가운데는 뱀꿈이 상당수를 차지한다. 뱀꿈을 꾸고 잉태된 아이가 나중에 나쁘게 되었다는 말을 들은 바가 없으니, 뱀은 오히려 동양인들에게는 친근한 동물이었던 모양이다. 또 한 집에서 대대로 오래 살았던 우리 조상들은, 집집마다 반드시 그 집터를 지켜주는 수호신 격인 오래 묵은 뱀이 한 마리씩 있는 것으로 믿었다. 우리 조상들은 뱀을 영물(靈物)로 보아 경외했으면 했지 사악한 존재로 보지는 않았던 것이다.

그런데 서양의 경우는 다르다. 서양 문화는 온통 기독교 문화 일색이라고 해도 과언이 아닌데, 『구약성경』 창세기에 뱀이 인간을 타락시킨 장본인으로 등장하였기 때문에 뱀을 극도로 싫어하게 된 것이다.

창세기의 설화는 그것을 보는 시각에 따라 여러 가지 해석이 가능하기 때문에 재미있다. 설화의 내용을 요약하면, 하나님이 에덴동산을 창조하고 거기에 아담과 이브를 살게 하였다. 그곳은 일을 하지 않고서도 얼마든지 안락한 생활을 누릴 수 있는 지상의 파라다이스였다. 그런데 하나님은 아담과 이브에게 그러한 행복을 제공하는 대가로 하나의 조건을 내건다. 그것은 에덴동산에 있는 모든 과실나무의 열매는 마음대로 따먹되, 다만 '선악과(善惡果)'만은 안 된다는 것이다.

그래서 아담과 이브는 그 지시를 충실히 지키며 행복한 나날을 보내고 있었다. 그런데 그때 뱀이 나타나 그들을 꼬이기 시작했다. 그때까지만 해도 뱀은 동물들 가운데 가장 영리한 존재로서 하늘을 날아다닐 수도 있었고 말을 할 수도 있었다고 한다. 뱀은 인간에게 선악과를 따먹으면 선과 악을 분별하는 능력이 생기고 하나님처럼 지혜로워질 수 있다고 설득했다. 그 꼬임에 넘어간 이브가 먼저 선악과를 따먹었고, 이브의 권유로 아담도 역시 선악과를 먹었다.

선악과를 따먹고 난 뒤 그들은 갑자기 눈이 밝아져서 수치심이 생겼다. 그래서 그때까지는 벌거벗고 있어도 아무렇지 않았는데 갑자기 자기들의 나신이 부끄럽게 생각되어 나뭇잎사귀를 따 치부를 가리게 되었다. 이 일을 알고 난 여호와 하나님은 노하여 그들을 에덴동산에서 추방한다. 그리고 인간과 뱀에게 똑같이 벌을 내리는데, 그래서 그 이후로 아담은 노동을 해야만 먹고 살 수 있게 되었고 이브는 아이를 낳는 고통을 겪게 되었다. 또 뱀은 말을 못하게 되고, 날지도 못하게 되어 땅 위를 기어다니게 되었다.

이 설화의 해석은 구구하나, 우선 선악과를 먹고 나서 아담과 이브가 알게 된 것이 성(性)의 기쁨이라고 생각해 볼 수가 있다. 왜냐하면 그 이후로 이브가 아이를 낳는 수고를 하게 되었기 때문이다. 또 하나는 선과 악을 분별할 수 있는 능력이 생겼다는 것인데, 이것은 오히려 인류에게 큰 해를 끼쳤다고 볼 수 있다. 선악을 분별한다는 것은 얼핏 보기엔 좋은 것 같지만, 사실 그러한 '분별심' 때문에 갖가지 흑백논리가 생겨나고, 이데올로기의 분쟁이 생겨나고, 갖가지 전쟁이 생겨나게 되었기 때문이다. 그러나 어쨌든 뱀은 인간에게 섹스의 쾌락과 분별심을 준 존재이기 때문에 악의 상징인 동시에 지혜의 상징이 되기도 하는 것이다.

그래서 뱀은 특히 성적인 심벌로 많이 사용된다. 성의 쾌락이라는 것은 인간의 지혜가 만들어낸 최고의 걸작이라 할 수 있기 때문이다. 다른 동물들이 일년에 한 번 발정기 때만 교미를 하는 데 비하여, 인간은 연중무휴로 섹스를 즐길 수 있다. 인간에게 있어서의 성은 단지 본능적 충동의 산물이 아니라 에로틱한 상상력의 유희로서 더 존재가치를 지니는 것이기 때문이다.

그래서 예부터 섹시한 여인들의 장신구로 뱀의 모양이 많이 쓰였다. 팔찌나 반지, 귀고리 등 서양에는 뱀의 형태로 된 장신구가 많다. 〈클레오파트라〉라는 영화를 보았을 때도, 뱀은 클레오파트라의 왕관이나 팔찌, 목걸이 등을 장식하고 있었다.

뱀이 이렇듯 선정적이고 에로틱한 느낌을 주는 이유는 뱀의 형태가 남성의 페니스를 많이 닮아 있기 때문일 것이다. 뼈가 없는 것처럼 흐물흐물하면서도 한없이 뻗어 나갈 수 있다는 점에서, 그리고 길고 동그란 그 모양새 때문에 뱀은 언제나 남성의 페니스를 연상시킨다. 그러면서도 또한 매서운 독을 지니고 있는 뱀의 사악한 성격으로부터 사디즘이 연상되어 가학적이고도 그로테스크한 성욕의 상징이 된다.

그로테스크란 추악(醜惡)한 아름다움을 일컫는 말인데, 특히 현대에 들어와 새로운 미(美)의 기준으로 많은 이들에게 사랑받고 있다. 예컨대 손톱을 아주 길고 뾰족하게 기르고 거기에 핏빛 매니큐어나 검은색 매니큐어를 칠하면 그 손톱은 그로테스크한 손톱이 된다.

날카롭고 뾰족한 것들, 이를테면 송곳같이 뾰족하고 높은 하이힐이라든지, 가늘고 긴 채찍이라든지 하는 것들이 모두 다 그로테스크하고 사디스틱한 관능미의 심벌인데, 뱀 역시 가늘고 뾰족하기 때문에 그로테스크한 관능미를 풍기는 것이다. 뱀가죽으로 된 하이힐을 신은 여자는 섹시하다.

뼈에 사무치도록 요염한 여인이 고양이나 뱀에 견주어지는 것도 이 때문이다. 나는 외국 여배우 가운데 나스타샤 킨스키를 제일 좋아하는데, 그녀가 발가벗은 채 비단구렁이에 칭칭 휘감겨 있는 사진작품을 보게 되었을 때 숨이 막혀 죽을 것만 같은 관능적 극치감을 느꼈다. 시인 서정주도 「화사(花蛇)」라는 작품에서 뱀의 관능미와 가학적 성격을 예찬하는 악마주의적 시풍을 보여주고 있다.

하나님의 명령을 거역했다는 점에서, 뱀은 인간의 자유 또는 인간의 주체성의 상징이 될 수도 있다. 또한 섹스의 해방자로서 현대의 프리섹스 운동의 상징이 될 수도 있다.

아무튼 나는 뱀같이 지혜롭고 반항적이고, 또 그로테스크하면서 야한 모습을 한 여자를 좋아한다. 탈(脫)윤리적인 관능미에 넘치는 여자를 사랑한다.

(2005. 1)

'여가'에 대하여

　인간의 행복은 세 가지로 결정지어진다. 하나는 '일'이고 하나는 '사랑'이며 또 하나는 '놀이'다. '여가'란 말하자면 '놀이'의 영역에 속하는 것일 터이다. 사람은 일만 하고 살 수는 없다. 8시간 일하고 나면 8시간 자야 하고 나머지 8시간은 놀아야 한다. 이 '노는 시간'이 바로 '여가'에 해당할 것이다.

　네덜란드의 인류학자 호이징가는 "인간은 놀이(또는 유희)하는 동물"이라고 말했다. 다른 동물은 오로지 먹고 섹스하고 자기만 한다. 그러나 인간은 '일'보다도 '놀이'에 더 큰 가치를 두는 동물인 것이다.

　근대 산업사회 시절에는 오로지 일하기만 했다. 노는 일은 귀족에게만 해당되었고, 일반 서민은 여가시간을 즐길 수 없었다. 그러나 산업이 발전하면서부터 일반인도 어느 정도 놀 수 있는 기회를 갖게 되었다. 노동을 기계가 대신해 주기 때문이었다. 우리나라도 최근에 이르러 주5일 근무제가 확산되면서 놀 수 있는 시간, 즉 여가시간이 많아졌다. 그래서 요즘 신세대들은 일보다 오히려 놀이에 집착하는 경향이 많은 것이다.

　가장 바람직한 것은 '일'과 '놀이'와 '사랑'이 합치된 경우다. 예컨대 영화배우가 되어 사랑하는 연기를 하면서 돈도 벌 수 있다면 가장 바람직한 인생이 될 수 있는 것이다. 그러나 우리가 모두 영화배우가 될 수는 없다.

그러므로 어떻게 효율적으로 여가시간을 활용하느냐에 따라 우리의 행복이 결정된다고 할 수 있다.

요즘 사람들은 스트레스가 많다. 만병의 근원이 바로 스트레스다. 그런데 이 스트레스를 풀 수 있는 방법은 놀이밖에 없다. 그러므로 우리는 스트레스에 기인한 여러 가지 질병에서 벗어나기 위해서라도 잘 놀 줄 알아야 하는 것이다. 그런데 대부분의 사람들은 잘 놀 줄 모른다. 거의가 여지껏 일에만 매달려왔기 때문이다. '일 중독'이란 말이 있을 정도로 지금의 기성세대들은 놀이를 도외시하였다. 또한 우리나라는 놀이를 죄악시하는 경향이 있다. 놀이란 '향락'을 뜻하는 것인데, 우리 사회는 향락을 나쁜 의미로만 받아들인다(그리고 그렇게 교육시킨다). 국어사전을 보면 '향락'이란 '즐거움을 누림'이라고 정의되어 있다. 즐거움을 누리는 것이 어떻게 죄가 될 수 있단 말인가. '향락'은 또한 '쾌락', '도락'과 비슷한 의미를 가지고 있다. 그런데 우리 사회의 지도층들은 쾌락은 나쁘다고만 떠들어댄다.

내가 에세이집 『나는 야한 여자가 좋다』나 시집 『가자, 장미여관으로』를 냈을 때 대다수의 언론은 나를 '쾌락주의자'라고 매도했다. 그리고 소설 『즐거운 사라』를 냈을 때는 심지어 검찰에서 나를 잡아가기까지 했다. 『즐거운 사라』 재판은 3심까지 근 4년을 끌었는데 결국은 유죄로 판결이 났다. 이유는 사라가 '즐겁게' 섹스를 한다는 것이었다. 우리나라에서는 가장 즐거운 '놀이'인 섹스조차도 심각한 표정으로 해야 하는 모양이다.

최근 나는 『알라딘의 신기한 램프』라는 장편소설을 냈는데, 대다수의 평론가들은 나를 '탐미적 쾌락주의자' 또는 '변태적 섹스광'이라고 매도했다. 그래서 나는 우리나라 지식인들이 아직은 '놀이'로서의 '섹스'를 백안시하고 있다는 사실을 재삼 확인하게 되었다.

모든 놀이는 섹스에 바탕을 둔다. 이를테면 사교춤 같은 것이 좋은 예다. 성교까지 가진 않지만 남녀가 부둥켜안고 추는 블루스 같은 것은 섹스가 변형된 형태라고 볼 수 있는 것이다. 또한 놀이는 인간의 '가학욕구'와도 관계 있는데 이를테면 스포츠 경기라든지 화투(또는 트럼프) 놀이 같은 것이 그렇다. 모든 승부 게임은 결국 가학욕구의 변형된 형태인 것이다. 인간 역시 동물이기 때문에 살아남기 위해서는 남을 죽일 수밖에 없다. 그런데 실제로 죽이면 범죄가 되기 때문에 대리적으로 죽이는 것이다.

사회가 밝고 건강해지려면 섹스나 가학욕구의 대리배설(카타르시스) 장치가 다양하게 개발되어야 한다. 예를 들면 포르노를 개방해 성욕을 잠재워주어야 하고, 도박을 양성화하여(우리나라에도 카지노는 있다. 그런데 그런 곳엔 거의 외국 사람만 들어갈 수 있다) 가학욕 또는 승부욕을 대리충족시켜 줘야 한다. 그래야만 우리나라의 외화(外貨)가 외국으로 빠져 나가지 않을 것이다.

지금도 돈 많은 사람들은 여가시간에 외국으로 빠져 나가 포르노 비디오를 보고 나체쇼를 보고 도박을 한다. 그러니 우리나라 경제가 잘 돌아갈 수가 없다.

나는 요즘 여가시간을 잘 활용하지 못하고 있다. 『즐거운 사라』 사건 이후 10년 동안 직장에서도 잘리고 문단에서도 '왕따'가 되어 변변한 수입이 없었기 때문이다. 다행히 복직이 되긴 했으나 그동안 내가 형편없이 늙어버렸다. 그래서 춤을 같이 출 여자도 없고, 같이 교외로 드라이브를 나갈 애인도 없다. 그래서 몹시 외롭다.

외로운 내가 그래도 여가시간에 놀이로 즐기는 것은 '그림 그리기'다. 지난 2005년 2월에 나는 미술전시회를 가졌다. 요즘은 틈만 나면 그림을 그리고 있다. 외로워서 그런지 '야한 여자'만 그린다. 손톱이 길고 짙게 화장한 여자. 그런 여자를 그림으로 그릴 때 나는 조금 행복함을 느낀다.

여가시간을 잘 활용해야 한다. 그래야 스트레스를 받지 않고 오래 건강하게 살 수 있다.

(2005. 4)

'일류' 연예풍토 우려

　사람들은 연예인들이 다들 돈 많이 벌고 화려한 생활을 하고 있는 줄로 착각한다. 물론 일류 연예인이라면 어느 정도 돈을 많이 버는 것도 사실이다. 그러나 그런 연예인은 전체 연예인의 10%에도 채 못 미친다. 연예인의 범위는 꽤나 넓어서, 꼭 2류다 3류다 하는 구차스런 명칭을 붙이지 않더라도, 일종의 전문적인 '엑스트라' 역에 종사하는 이들이 많은 것이다.

　이를테면 영화의 군중신에 출연하는 엑스트라도 있고, 텔레비전의 쇼 프로그램에서 가수가 노래할 때 뒤에서 춤을 춰주는 무용수도 있다. 또 밤무대에서 코미디 연기나 노래를 하는 이른바 무명 연예인들도 있다. 이런 사람들을 다 통틀어 '연예인'이라고 부르는 것이다.

　국민소득이 늘고 경제가 발전할수록 사람들의 '놀이욕구'가 커진다. 그래서 각종 오락업소가 늘어나고 술집도 늘어난다. 따라서 사람들에게 어떤 형태로든 '놀이'의 즐거움을 선사하는 연예인들의 수요도 많아진다. 그렇다면 연예인들을 하나의 당당한 '직업인'으로 인정해 주는 풍토가 이룩돼야 할 터인데, 아직까지 우리나라에서는 그런 풍토가 정착되지 못하고 있는 것 같다.

　그러다 보니 연예인이 될 바엔 반드시 '일류'가 되어야만 하고 그렇게 될 가망이 없으면 아예 미리부터 때려치우는 것이 낫다는 사고방식이 뿌리 깊게 심어져 있다. 그래서 영화나 연극 같은 경우엔 주역만 있고 조역은 없는 현상이 일어난다. 특히 영화에서는 조역이나 엑스트라의 연기가 나빠서 영화 전체를 망치는 수가 많다. 보수가 적은 것도 이유가 되고 연기에 성의가 없다는 것도 이유가 될 것이다.

얼굴이 예쁘고 몸매가 좋은 여배우는 처음 데뷔할 때부터 주역이 아니면 안 하겠다는 배짱으로 나오고, 오랫동안 연기수업을 쌓고 조연급으로서의 경력이 오래된 사람이더라도 결국은 무능한 연예인으로 간주된다. 요컨대 '한탕주의' 풍토가 우리나라 연예계에서는 너무 심한 것 같다.

가요계 역시 마찬가지다. '어리고 예쁜' 가수가 아니면 명함도 못 내민다. 〈가요무대〉 같은 프로그램이 생겨 원로가수나 경력 있는 중견가수들에게 무대를 제공해 주긴 했지만, 일반 쇼 프로에서는 역시 신인가수 위주로만 나가는 것이다. 노래수업이라고는 전혀 안 해 봤을 것 같은 명청한 '영계'들이 마치 연예인의 상징이라도 되는 것처럼 가요계를 누비고 있다.

작사나 작곡도 마찬가지다. 문맥이 맞지도 않는 엉터리 가사와 얼렁뚱땅 외국가요 흉내 내기 위주의 곡들이 판을 친다. 클래식 성악가나 클래식 작곡가들처럼 나이를 먹을수록 관록이 붙고 존경을 받는 풍토를 가요계에서는 마련할 수 없는 것일까.

이젠 우리나라 연예인들도 직업인으로서의 자부심을 갖고 당당하게 일할 때가 되었다. 연예인 하면 대마초나 피우고 퇴폐적인 연애나 하는 사람들로 간주되던 시대는 지났다. 다른 직업과 마찬가지로, 연예인들 역시 전문인으로서의 자부심과 긍지를 지녀야 한다. 그러기 위해서는 우선 '한탕주의'에서 벗어나야 한다.

해방 전까지만 해도 '가요'와 '가곡'의 구별이 없었고 '가수'와 '성악가'의 구별이 없었다는 사실을 상기하자. 가요를 부르든 가곡을 부르든 다 똑같이 '예술가' 대접을 받는 풍토를 한시바삐 마련해야겠다.

(1999. 3)

서른아홉 개의 낙엽을 밟으며 홀로 서서 갑니다
여대생 제자에게 보내는 가을편지

P양에게.

추석도 지나고 나니 비로소 진짜 청명한 가을 날씨가 다가와 이제야 조금 살 것 같은 생각이 드는군요. 그곳 샌프란시스코의 날씨는 어떤지요? 여러 가지 복잡한 일들이 겹쳐 한껏 우울하던 차에 P양이 보내준 편지를 받았습니다. 먼 이국땅에서 어렵게 공부하면서도 옛 선생을 기억하고 격려의 편지를 보내준 것에 대해 진심으로 큰 고마움을 느낍니다. 게다가 대학시절에 자주 친밀한 대화를 나누지도 못한 사이인데도 불구하고 그토록 따뜻한 글을 보내준 것이 더욱 뿌듯하게 느껴집니다.

사실 금년(1989) 봄에 처음으로 수필집을 낸 이후로 나는 수없이 많은 편지를 받아왔고 답장을 써야만 한다는 강박감에 시달려왔습니다. 물론 독자들이 보내오는 편지지요. 인생상담을 부탁하는 내용이 많았는데, 아직 인생경험이 부족한 나로서는 무척이나 겁나고 힘드는 일이었던 것입니다.

하지만 P양의 편지처럼 아무 부담감 없이 내 마음을 촉촉한 감동으로 적셔주는 편지는 얼마든지 많이 와도 내게 부담감을 줄 것 같지가 않군요. 특히 몹시 어렵고 골치 아픈 상황에 처했을 때 받게 되는 한 통의 짧은 전화나 서신은 아무리 짧은 내용이라 할지라도 고맙게 느껴지는 법이

지요.

P양은 국문학 전공도 아니었고 단지 제 강의를 들었을 뿐이라 사제관계라고 말하기도 조금 쑥스럽지만, 그래도 결국 사제의 인연이라고 해야 하겠지요. 선생 노릇을 10여 년째 하다 보니 졸업한 뒤에 제자들이 보내오는 안부 전화나 편지가 그렇게 고맙고 반가울 수가 없더군요. 특히 여자 졸업생의 경우가 더욱 그렇습니다. 여자는 아무래도 출가하면 가정일에 매이기 쉽기 때문에 짬이 나지 않는가 봅니다.

내가 속한 문과대학에는 여학생이 과반수를 훨씬 넘어서 마치 여학교에서 가르치는 것 같은 착각에 빠질 때도 많은데, 재학시절에 그토록 가깝게 지내던 여학생 제자가 졸업 후에는 소식을 뚝 끊어버리는 일이 많습니다. 세상일이 워낙 바쁘게 돌아가는 판이라서 뭐 그다지 크게 섭섭해할 것까지는 없겠습니다만, 그래도 내가 원체 학생들과의 시간을 많이 갖도록 노력하고 있는 만큼, 그렇게 소식이 두절되어 버리면 조금은 서운했었지요. 그런데 P양처럼 자주 대화도 못 나눈 사이의 제자가 그것도 먼 외국에서 편지를 보내올 때, 나는 크게 감격하는 마음이 들게 되는 것입니다. 내가 너무 마음이 여린 탓일까요?

P양의 편지 가운데 다음과 같은 내용이 있었습니다. 선생이란 직업도 결국 학생이라는 '고객'을 상대로 하는 직업인 만큼, P양이 내 강의를 기억해 주고 격려해 주는 것이 나는 여간 흐뭇하지 않았어요. 특히나 P양은 나와 전공도 다르고 해서 절대로 '아부성 발언'을 할 필요가 없는 사이라서 더욱 그랬나 봅니다.

"…… 제가 2학년 때 처음으로 개설된 선생님의 '세계문학' 강의를 들었습니다. 저는 그때의 작은 감동과 흥분을 잊을 길이 없습니다. 잔잔한 물결로 때로는 거센 파도로 다가왔던 신선한 감동은 저의 작은 눈을 크게 해주었고, 이 세상을 좀 더 깊게 볼 수 있는 계기를 마련해 주었던 것입니다. 물론 선생님의 견해를 찬성하고 안 하고를 떠나서 우리가 너무도 당연하다고 여겼던 것까지 회의하게 하는, 그래서 인간의 편견에 의해 가려졌던 또 다른 있는 그대로의 세계를 보았던 것입니다. 저는 그때 개인적으로 인간의 허위의식, 지식인의 이중성 등에 대해 깊게 고민하던 터라 더욱 유익한 강의였던 것입니다. 물론 선생님의 견해는 또 다른 편견일 수도 있다는 비판적 견해를 가져보기도 했지만, 아무튼 문학과 문화와 인간의 본능 등 다양한 주제에 대해 많은 것을 배웠고 그러한 감동을 아직도 간직하고 있습니다. 그래서 선생님의 책 『나는 야한 여자가 좋다』가 베스트셀러가 되자 그것은 아주 당연한 일이라 생각했습니다.

그런데 우리 사회는 아직 신선한 충동을 그대로 받아들이기에는 너무 경직되어 있는 듯합니다. 참으로 사람이 두려운 사회입니다. 물론 제 생각으로는 함축적 언어와 있는 그대로의 사전적 언어가 너무 혼선되어 사회에 전달되는 바람에 문제가 발생할 거라고는 생각했습니다. 그렇다고 해도 서로를 존중하는 비판과 대화를 통해 해결이 되어야지, 비난과 일방적인 몰매와 더욱이 학생과의 대화통로까지 차단시킨 이번 모교의 조치는 너무하다고 생각합니다. 하루빨리 자유로운 사회가 되어 선생님의 신선한 강의를 많은 학생들이 들을 수 있기를 기원합니다. 힘내십시오.”

내가 P양의 편지를 허락도 받지 않고 너무 길게 인용했나요? 나중에 P양이 이 글을 보면 남의 편지를 자기 선전에 이용해 먹었다고 오해할지도 모르겠군요. 하지만 최근에 받은 편지 가운데 P양의 글이 제일 제 마음을 움직였기 때문에 그렇게 한 것이랍니다. 부디 오해하지는 말아주시기 바랍니다.

작년부터 올해에 걸쳐 나는 정말 숨가쁜 우여곡절과 이런저런 인생의 굴곡을 거쳤습니다. 작년에는 내 사생활 문제(아내와의 별거)로 마음 고통을 무척 겪었지요. 그리고 나서 작년(1988) 말에 우연한 계기에 처음으로 수필집을 묶게 됐는데, 처음에는 그 수필집의 반응이 좋아 내심 기쁘기도 했습니다. 사실 작년부터 나는 두려움에 떨며 마음이 조마조마하고 있던 참이었기 때문입니다.

스물여덟 살부터 스물아홉 살에 걸쳐서, 나는 흔히들 '아홉수'라고 부르는 고통을 겪어보았습니다. 그때 나는 몹쓸 신병(身病) 때문에 거의 일 년 반 가까운 기간을 고통 중에 보내야 했지요. 그런데 신기한 것은 우리 나이로 스물아홉 되는 봄에 내가 처음으로 대학의 전임강사로 취직을 할 수 있었다는 점입니다. 희비(喜悲)가 한데 엉겨 무서운 속도로 몰려오는 것이 바로 '아홉수' 전후의 기간이로구나 하는 것을 그때 나는 절감하였습니다. 어디 그뿐인가요. 그때는 공교롭게도 광주민주화운동까지 일어나서, 나뿐만 아니라 내 주위 상황까지도 정신없이 돌아갔던 것입니다.

그래서 서른아홉이 되는 올 봄에 내 책이 좋은 반응을 얻을 때도 내 마음속은 무언지 모를 불안에 계속 떨고 있었던 것입니다. 호사다마라는 말도 있듯이, 또 무슨 일이 틀림없이 닥칠 것 같은 예감이 들어서였습니다. 내 책이 단지 많이 읽히는 것뿐만이 아니라 매스컴 등으로부터 과민반응을 받게 되고, 또 화제를 지나 논란이 벌어지는 상태에까지 가자 나는 더욱 불안해졌지요.

하지만 그때 제가 다시 한번 더 뼈저리게 깨달은 것은, 세상사 모든 일이 결국 운명(또는 섭리)에 의해 돌아간다는 것이었습니다. 나는 원래 동양철학을 열심히 공부해 왔고, 특히 『주역(周易)』을 인생의 스승으로 삼아 수없이 나 혼자 역점(易占)을 쳐보며 살아온 탓으로 더욱 그런 생각을 가지게 된 것인지도 모릅니다. 『주역』에서는 운명이라고 표현하기보다는 '음과 양의 교대작용(交代作用)'에 의한 '인생의 굴곡과 리듬'을 가르쳐주고 있기 때문입니다. 20년 전부터 써서 모아놓은 잡문들이 그토록 거센 반향을 일으킬 줄은 난 정말 몰랐어요. 역시 운명의 힘을 절감했지요. 그리고는 더욱 그 다음 운명이 걱정되었지요.

아니나 다를까, 내 예상대로 처음에는 호의적으로 나오던 매스컴들이 이번에는 아주 적의(敵意)를 품고 달려들기 시작했습니다. 내 책상 위에는 소위 '팬레터'라는 게 자꾸 쌓여가는데도 불구하고, 몇몇 분들이 발표한 공격의 글이 빌미가 되어, 나는 아주 이상한 상황에 몰리고 말았던 것이지요.

나무만 보지 말고 숲 전체를 봐야 할 터인데, 내 책의 어느 한 구절만을 거두절미하고 달랑 인용해 대고는 거기에 집중공격을 해대니 어디 당해낼 경황이 있었겠습니까? 심지어 어떤 사람은 그 뒤에 내가 펴낸 시선집 제목만 가지고서 서너 페이지의 공박문을 어느 잡지에 싣기까지 했습니다. 『가자, 장미여관으로』가 제목이었는데, 그 사람은 "가자! 라고 느낌표 표시를 붙였으니 퇴폐와 방종을 부추기는 것 아니냐"라고 썼는데, 제목에도 없는 느낌표를 빌미로 잡아 비평이 아니라 공격을, 아니 공격 정도가 아니라 단죄(斷罪)를 해대는 데는 나는 그저 고소(苦笑)를 삼킬 수밖에 없었지요.

그 책의 서문에서 나는 분명히 '장미여관'이 상상 속의 여관이요, 분출하는 본능과 억압적인 도덕률 사이에 다리를 놓아주는 역할을 해주는 상상 속의 안식처를 상징한 것이라고 밝혔는데, 아마 그 사람은 그따위 책은 보지 않아도 다 안다는 식으로 얻어들은 제목만 갖고서 미리부터 흥분했던 모양입니다.

어디 그뿐이었나요. 여름방학이 시작되자마자 학과 선배 교수들이 나를 걱정해 주어 미리 보호조치(?)로 다음 학기 강의권을 박탈했는데 (물론 지나친 '과보호'라는 생각이 들어 당시엔 너무나 섭섭하고 야속했지만, 지금 와서 생각해 보니 그분들이 가지고 있는 전통적인 사고방식과 후배 걱정 때문에 빚어진 진짜 '보호'였다는 생각이 들어 선배들의 심정을 지금은 이해할 수 있을 것 같습니다) 그것만 가지고도 그 긴 여름을 나 혼자 끙끙 앓아가고 있던 차에, 여기저기 매스컴에서는 남의 사생활까지 추적, 공개하여 저를 몹시도 괴롭게 만들었습니다. 아무튼 그래서 나는 이번 여름을 우울증에 휩싸여 지냈고, 지금까지도 그런 기분은 여전합니다.

나는 요즘 오래 전부터 생각해 왔지만 실천으로 못 옮겼던 소설창작을 시도하고 있습니다. 『권태』와 『광마일기(狂馬日記)』라는 제목의 두 편의 장편소설을 연재하고 있는데, 특히 『권태』는 지금까지 내가 직접·간접으로 배우고 체험했던 성심리의 문제를 가식 없이 파헤쳐보겠다는 비장한(?) 결심으로 시작한 소설입니다. 그런데 연재가 채 끝나기도 전에 벌써부터 여기저기서 말이 많다 보니 또 한편으로는 두려운 마음이 드는 것이 신경질이 나기도 하고 어찌할 수 없습니다.

P양도 알다시피 내가 갑자기 이런 글들을 쓰게 된 것은 아닙니다. 공자께서도 "마흔에 불혹(不惑)"이라고 하셨듯이, 나도 내년이면 마흔이 되고 불혹(어느 정도의 확고한 인생관을 가지게 된다는 뜻이겠지요)의 나이에 접어드는 만큼, 예전부터 공부해 왔던 테마(상징, 카타르시스, 그리고 상

상적 일탈행위에 의한 본능의 대리배설 등)를 어느 정도 자신을 갖고 적용시켜 본 것뿐입니다.

그런데도 이 사회는 너무나 경직되어 있고 사고의 다양성이나 상상력의 자유, 또는 표현의 자유를 제약하고 있고, 더욱이 인간의 중요한 실존적 근거 가운데 하나인 성애(性愛)의 문제에 대해 이상한 선입관과 색안경을 쓰고서 바라보고 있습니다.

물론 그동안 우리를 너무나 억눌러만 왔던 정치상황이나 경제적 불평등, 또는 남북분단 문제 등이 겹쳐 우리의 개방적 사고를 옥죄어왔기 때문이기도 할 거예요. 하지만 어쨌든 최근의 나는, P양의 말마따나 이 사회가 두렵고 사람들이 두려워질 뿐입니다.

하지만 저의 모든 문제들 역시 시간이 해결해 줄 문제겠지요. 요즘 나는 시간의 무서움을 정말로 절감하고 있습니다. 내 마음은 아직도 대학 시절의 청춘 같은데, 머리를 만져보면 머리털이 반이나 빠져나가 버렸고 또 거울을 보면 특히 작년부터 금년 사이에 형편없이 늙고 찌들어버린 나 자신을 발견하게 되곤 합니다. 늙어가는 것은 참으로 서럽고 괴로운 일인데도, 금년 같은 서른아홉 고개에서는 어서 한시바삐 이 해가 지나가서 마흔 살이 되어버렸으면 좋겠다는 심정입니다.

내가 강의시간에 자주 "약 먹듯이 살자"라고 말했던 것을 P양은 기억하실지 모르겠습니다. 약이 입에 쓰긴 하지만 그렇다고 안 먹을 수도 없는 일. 우리들의 인생도 그런 것이 아닐까요? 그저 하루하루 때워나가는 게 우리 인생이 아닌가 합니다. 어찌 보면 이런 인생관을 운위한다는 것이 무척이나 절망적이고 비관적인 태도처럼 받아들여질지도 모르겠습니다만, 차라리 이렇게 담담한 태도를 가지고 살아가는 것이 나을 것 같군요.

하지만 이럭저럭 인생을 때워나간다고 해서, 수단방법을 가리지 않고 불의와 부정마저도 저질러가면서 그때그때마다 적당히 개인의 안락만을 구하라는 말은 아닙니다. 일종의 조용한 체념상태에 들어가서 별다른 의도나 계획, 또는 야심 같은 것 없이 담담히 '현재'만을 살아가라는 것이지요.

예수 그리스도가 말한 '마음이 가난한 자'가 되도록 노력하는 것, 또는 석가모니가 말한 마음의 '공(空)' 상태에 들어가도록 노력하는 것이 우리가 계속 가다듬어야 할 마음자세가 아닌가 생각되는군요.

이제부터 본격적인 가을 날씨가 계속됩니다. 나에겐 좀 스산하고 을씨년스러운 가을이 될 것 같습니다만, 그래도 흔히 말하듯 가을은 사색의 계절이니, 이번 가을에는 나도 혼자서 생각하며 관조(觀照)의 자세를 배우도록 노력해 보려고 합니다. 사랑의 열정도, 그리고 지나친 의욕과 기대도 모두 다 한때일 뿐이라는 것을 가을은 우리들에게 가르쳐줍니다. 낙엽이 한 잎 두 잎 떨어져갈 때, 우리는 인생의 조락(凋落)에 대해서도 생각해 보게 되고 옷깃을 가다듬어 더욱 겸손해질 수 있을 테니까요.

지금 P양은 학부 때 전공과 다른 전공을 택하여 미국 땅에서 공부하고 있습니다. 미술, 그 가운데서도 '행위예술'을 전공한다고 하니 약간 부러운 느낌마저 듭니다. 내가 하고 있는 문학보다는 더 직관과 영감의 영역에 자유롭게 접근해 갈 수 있을 것 같아서요.

나도 한때 미술을 꿈꾸어보았던 적이 있고 지금도 틈나는 대로 문인화(文人畵)를 그려보고는 있습니다만, 역시 관념의 지배를 많이 받는 문학을 주로 공부하고 있는 탓에 잘 되지가 않는군요. P양은 학부 4년 동안 공들여 공부했던 전공을 과감히 박차고, 학문이 아니라 예술에 속하는 전공을 택했습니다.

들건대 그곳의 분위기가 무척이나 자유스럽고 개방적이라고 하니 아마도 미술을 공부하는 데 그런 분위기가 큰 도움을 줄 것입니다. 이번에 보내온 편지에 동봉해 온 P양의 요즘 사진을 보니까, 정말 몰라볼 정도로 자유스러운 복장과 표정을 하고 있더군요. 기억을 더듬어보니까 대학 재학 중의 P양 모습이 떠오르는데, 그때의 P양은 무척이나 규격적인 옷차림을 하고 있었던 것 같아요. 아무쪼록 P양의 외면과 내면이 더 야(野)해지고 더 대담한 상상력으로 가득 차게 되어, 예술가의 천재성을 유감없이 발휘해 주기를 바랄 뿐입니다. 나도 다시금 정신을 가다듬고 계속 소신껏 밀고 나가 보렵니다.

이 가을이 P양에게도 상당히 외로운 계절로 다가오겠지요. 혹 고국에 대한 향수 때문에 밤을 지새우는 날이 많을지도 모르겠습니다. 하지만 예술적 상상력의 카타르시스를 통해서 그 따위 외로움쯤 간단히 처치해 버리세요.

인간은 결국 혼자라는 것, 완벽한 사랑이나 우정이라는 것이 가능하다면 그것 역시 결국 '스스로를 진심으로 사랑하고 있는 사람'에게만 찾아와준다는 것을 부디 잊지 마시기 바랍니다.

가을밤이 깊어갑니다. 건강에 조심하시고 계속 건승하시기를 빕니다.

1989년 9월 20일
마 광 수

반항정신에 대하여

　인간이 일생 동안 벌이는 싸움은 소유욕과 지배욕을 충족시키기 위한 싸움이고, 그런 싸움의 이면에는 '반항정신'이 도사리고 있다. 회사에서 승진을 위해 벌이는 싸움은 '사장'에 대한 반항정신이 기초가 되고, 이성 (異性)을 소유하기 위해 벌이는 사랑싸움은 상대방의 냉담함이나 건방짐에 대한 반항정신이 기초가 된다.

　독창적 학문을 위해 벌이는 싸움은 기존 이론에 대한 반항정신이 기초가 되고, 정치적 민주화를 위해 벌이는 싸움은 집권자에 대한 반항정신이 기초가 된다.

　낭만적 휴머니스트들은 흔히 인간만이 갖고 있는 고귀한 특성 — 이를테면 '성선설(性善說)'이 주장하는 것 같은 — 을 찬양하고, 이러한 특성 때문에 인류의 장래엔 반드시 평화가 올 것을 기대하며, 문화생활을 함으로써 야수성이 없어질 것이라고 믿는다. 그러나 아이러니컬하게도 '평화'를 위한다는 명분으로 여전히 전쟁은 벌어지고 있고 '문화생활'을 보호한다는 명분으로 갖가지 무기가 개발되고 있다. 그리고 인간의 선성 (善性)을 보호한다는 명분하에 갖가지 자유권 침해가 이뤄지고 있다('미풍양속을 해칠 가능성이 있다'는 이유로 문학에 있어 표현의 자유를 억압하거나 개인의 독특한 성취향, 이를테면 동성애 같은 것을 억압하는 것

따위).

   그러므로 낭만적 휴머니즘에 기초한 긍정적 인간인식은 성악설(性惡說)에 바탕을 둔 부정적 인간인식보다 한결 더 위험하다. 차라리 인간은 무조건 반항하고 싸워나갈 때 그래도 실존적 아이덴티티(identity)를 확보할 수 있다는 현실적 인간관이 실질적인 효용가치가 있다.

   내가 문학을 하면서 사디즘과 마조히즘의 심리에 관심을 두게 된 것은 그 때문이다. 마조히즘이 사디즘의 이면이라면 (다시 말해서 사디즘의 대상이 '자기 자신'인 것이 마조히즘이라면) 인간은 누구나 사디스트인 셈이고, 사디스틱한 공격욕이 인간실존의 근거가 되는 것이다. 문제는 이런 사디즘을 어떻게 '창조적 반항'이나 '창조적 공격욕구'로 승화시키느냐에 있는 것이지, 사디즘 자체가 무조건 나쁜 것은 아니다.

   예수는 사디스트적인 면모를 종종 보여주었다. 그는 자기가 목마를 때 무화과나무에 무화과 열매가 안 열렸다고 해서 무화과나무에 신경질적 저주를 퍼부어 나무를 말라죽게 했다. 그러나 무화과나무에게는 죄가 없었다. 그때는 열매가 달릴 철이 아니었기 때문이다. 예수는 또한 먹고 살겠다고 성전 안에서 장사를 하는 불쌍한 잡상인들을 채찍으로 내리쳐가며 몰아내는 비겁한 잔인성을 보여주기도 했다. 그리고 조국 이스라엘에 대한 끊임없는 저주를 퍼부으며 조국이 곧바로 멸망해 버리기를 기원했다. 그러니 예수를 교조로 떠받드는 기독교가 로마의 국교가 되어 곧바로 세계의 종교(당시는 로마가 곧 세계였으므로)로 제도화될 수 있었던 것은 어찌 보면 당연한 귀결이었다. 로마 역시 사디즘을 기초로 번성한 무력국가였기 때문이다.

   하지만 사디스틱한 투쟁정신이 문제가 되는 것은 역시 그것이 안고 있는 위험성 때문이다. 사디즘은 자칫 '극단적인 저항'으로 치달을 위험이 있다. 극단적인 저항이란 '너를 죽이지 않으면 내가 죽는다'는 식의 논리를 말한다. 예수는 반항과 투쟁을 그토록이나 강조했음에도 불구하고 십자가에 못박혀 죽을 때는 스스로의 어이없는 희생을 긍정적으로 자기합리화했다. 말하자면 사도마조히스틱(sado-masochistic)한 자기위안이 이루어진 것이다. 그래서 예수를 따르던 제자들도 결국에 가서는 스승의 죽음을 긍정적 인식으로 받아들이게 되었고, 그 부산물로 '부활'과 '대속(代贖)'의 교리가 이루어졌다.

내가 보기에 예수의 저항은 분명 '창조적 불복종'이요, '창조적 반항'이었다. 그는 혈연과 지연까지 무시하는 과감한 면모를 보였다. 그러나 그 이후 예수를 따르던 많은 신도들이 순교자가 되어 희생되거나 교리다툼의 와중에서 희생된 것을 모두 다 창조적 반항의 결과라고 보기는 어렵다. 교주에 대한 맹목적 충성심이나 내세의 보상을 희구하는 마조히스틱한 자해의식(自害意識)에서 나온 경우가 더 많았기 때문이다.

(1998. 2)

『임마뉴엘 부인』에 대하여

　임마뉴엘 아루상이 쓴 『임마뉴엘 부인』은 영화로 더 유명해진 소설이다. 이 소설은 1970년대에 씌어졌음에도 불구하고 아직까지도 '성 혁명서'로서의 확고한 위치를 점하고 있다.

　『임마뉴엘 부인』에서는 새로운 성철학을 제시한다. 상투적인 삽입성교뿐만이 아니라, '관능적 상상력'에 의한 여러 가지의 '특이한 성취향'(지금까지 '변태'로 불렸던)이 모두 다 성적 쾌감의 증진에 도움을 준다는 것이다.

　이 작품을 나는 우선 영화로 보았다. 그런데 기대했던 것보다는 너무 단조롭고 상투적이어서 실망했다. 그러다가 원작소설을 구해 보고 이 작품이 진짜로 의도하고 있는 주제의 핵심을 이해하게 되었던 것이다.

　임마뉴엘은 20대 후반의 유부녀다. 그러나 남편의 흔쾌한 동의하에 동성연애, 그룹섹스 등을 마음껏 연습해 본다. 그녀의 남편은 자기의 친구가 방문했을 때 자기 아내 임마뉴엘을 친구의 섹스 파트너로 제공할 만큼 파격적인 성관(性觀)을 갖고 있는 인물이다. 그리고 임마뉴엘의 여자 친구들과도 태연하게 성관계를 갖는다. 그러면서도 부부 간의 애정에 절대로 금이 가지 않는다는 것이 이 소설이 갖는 특색 있는 설정이라 하겠다.

　임마뉴엘은 또 성철학자인 마리오라는 남자를 만나 새로운 성의식을 습득해 나간다. 그가 주장하는 것은 '관능적 상상의 해방'이다. 상투적인 삽입성교만 하기보다는 차라리 뭇 이성(異性)을 상상하며 마스터베이션을 하는 게 더 낫다는 것이 그의 생각이다. 마리오는 관능적 상상력이야 말로 섹스에서 가장 중요한 것이며, 성해방이 이루어지려면 먼저 '관능적 상상력의 해방'이 이루어져야 한다고 역설한다.

나 역시 그와 비슷한 생각을 갖고 있었다. '정력'보다는 '정열'이 중요한 것이고, 가장 잘 듣는 최음제는 비아그라가 아니라 '성적 상상'이라는 것을 나는 늘 주장해 왔다. 그러던 차에 읽게 된 것이 이 소설이어서 나는 큰 공감을 느꼈다. 서구의 '섹스혁명'에 불을 당긴 작품이라는 점에서, 이 소설은 중요한 가치를 지닌다고 할 수 있다.

『임마뉴엘 부인』에서 특이하게 생각되는 것은, 그토록 자유로운 섹스를 부르짖으면서도 결혼제도를 용인하고 있다는 사실이다. 물론 '각자 바람 피우기'를 허락하는 결혼이라고는 하나 어쩐지 찜찜한 기분이 든다. 이런 점이 이 소설의 결함이다. 내가 보기에 결혼제도는 마땅히 없어져야만 할 '악(惡)'이다. 프리섹스의 실천만이 인류를 권태와 가학(加虐)의 질곡에서 구해 줄 수 있다.

(2007. 3)

진정한 휴가

　최근 몇 년간 제대로 계획을 세워 여름휴가를 떠나본 적이 없다. 황당무계하기까지 한 『즐거운 사라』 필화사건에 걸려들어 마음의 여유를 가질 수 없었기 때문이다. 올해(1995)는 6월 말에 있었던 대법원의 유죄판결이 시대의 추세를 외면한 납득 못할 것이라서, 지금 울화만 푹푹 삭이고 있는 형편이라 휴가 떠날 엄두도 못 내고 있다. 물론 이럴 때 야한 애인이라도 한 명 있다면, 머리도 식힐 겸 마음도 가라앉힐 겸 어디론가 차분한 휴가여행이라도 가봄직한데, 내겐 애인이 없으니 그럴 수도 없다.

　하지만 『즐거운 사라』 사건 이전이라고 해서 여름마다 계획을 세워 피서여행을 떠났던 적은 별로 없다. 결혼생활 3년 동안은 그래도 마누라와 함께 며칠씩 피서를 가곤 했지만 그 이후로는 그 흔한 제주도나 동남아시아 한번 못 다녀온 게 나의 습벽이라면 습벽이다. 다 게으른 성품 탓일 것이다.

　나는 아직도 자동차운전을 하지 않고 있는데, 자가용 족이 늘어난 다음부터 더욱 여행을 싫어하게 된 것 같다. 어딜 가도 자동차들로 길이 막히고 심산유곡마다 아스팔트 도로가 흉물스럽게 닦여 있다. 친구 차를 얻어 타고 피서를 다녀온 적이 몇 번 있긴 한데, 이건 피서가 아니라 고생이었다.

그래서 내게 가장 감미로운 추억으로 남아 있는 피서여행은 10여 년 전까지 10여 차례나 다녀온 내설악 백담계곡이다. 전두환 전대통령이 백담사에 은거한 뒤로 외설악 입구인 용대리에서부터 백담사까지 8킬로미터 계곡길에 아스팔트 포장이 돼버렸다. 그래서 그 이후에는 자연스런 계곡의 맛이 사그라들어 버렸기 때문에 찾아가고픈 마음이 없어졌다. 또 지금은 타계한 윤두선 씨가 운영하던 목조로 된 '백담산장'이 흉물스런 시멘트 건물로 바뀌어버렸기 때문에 더 정이 떨어져버렸다.

학생시절부터 나는 사실 여행을 무척 좋아하여, 설악산, 원산도, 무주 구천동, 삼척 소금강 등을 주로 애용했다. 그때는 '휴가'라는 말이 맞을 정도로 다들 자연 그대로의 맛을 간직하고 있었고, 차분하게 자연의 정적 속에 잠겨 쉴 수가 있었다.

특히 그 중에서도 내설악 백담계곡을 특히나 사랑했던 까닭은, 그곳이 외설악에 비해 훨씬 인적이 드물었을 뿐만 아니라, 관광호텔이나 여관 같은 게 없어 한결 청정(淸淨)한 맛을 더해 줬기 때문이다.

용대리에서 버스를 내려 비포장된 8킬로미터 계곡길을 설렁설렁 걸어 올라가다 보면, 출렁이는 계곡물과 기암괴석이 진실로 절경이었다. 그러다가 백담사(지금보다 훨씬 고풍스럽고 소박했던)에 들러 한숨 쉬고 나서 조금 더 올라가 백담산장에 여장을 푼다. 그리고 산꼭대기까지 올라갈 생각을 하지 않고 그냥 산장 언저리에서만 뭉그적거리며 노는 것이다. 기껏 올라가 봤자 가야동 계곡이나 망경대(望景臺), 오세암(五歲庵) 정도이고, 봉우리를 넘어 산을 '정복'할 생각은 하지 않는다. 그저 매일같이 계곡물에 발이나 담그는 탁족(濯足)이나 즐길 뿐이다. 같이 간 동료는 있어도 좋고 없어도 좋다.

언젠가 친구들이 하도 보채대는 바람에 설악산 정상을 넘어 외설악까

지 내려간 적이 있었다. 그런데 다리만 아프고 힘만 들 뿐, 경치를 즐길
여유도 없었다. 게다가 사람들이 하나같이 꼭대기에 가서 밥을 해먹고
대소변을 보는 바람에 꼭대기로 갈수록 더 더러웠다. 그래서 나는 그때
"산이 있으니까 올라간다"가 아니라 "산이 있으니까 바라본다"라는 나의
요산(樂山) 철학을 다시 한번 다짐해 보았던 것이다.

설악산 다음으로 기억에 남는 곳으로는 서해 바닷가가 있다. 나는 수영
을 못하기 때문에 바다 역시 그저 '바라보고 즐기는' 편이다. 그래서 동
해의 맑은 물이나 일출보다는 서해의 낙조와 황혼이 훨씬 멋지고, 아주
오랜 시간 동안 쌉싸름한 감상(感傷)에 빠져들게 해주는 것이다.

10여 년 전까진 대천이나 원산도 해수욕장이 좋았다. 그리고 남해의 통
영에서 배 타고 가는 연대도의 낙조도 좋았다. 또 그때는 서해라고 해도
바닷물이 요즘처럼 오염되진 않아서, 튜브 타고 물장난 정도 하며 놀기
엔 별 부담이 없었다. 그런데 작년에 어떤 미술잡지 주최 행사 관계로 서
해의 연포 해수욕장에 가보니 물이 많이 탁해져 있었다. 나는 수영과는
상관이 없는 몸이라 낙조를 바라보며 감상을 즐길 수 있었지만, 다른 이
들은 수영하기엔 물이 더럽다고 다들 투덜거렸다.

앞서도 얘기했지만 여름여행은 역시 애인과 단둘이서 떠나는 여행이
가장 짜릿한 쾌감을 준다. 20대 때 나는 여자친구와 둘이서 '가난한 여
행'을 많이 해봤는데, 그때 한국의 비경들을 많이 가봤던 것 같다. 젊었을
때라 그런지 일부러 가기 어려운 장소만 택해서 갔기 때문이다.

휴가는 '휴가'라는 말에 걸맞게 진정 '휴식하는 시간'이 되어야 한다.
가서 먹고 떠들고 춤추고 하다 보면 서울에 있을 때보다 더 피곤해진다.
한여름 피서철에 서울거리를 지나다녀 보면 피서지보다 더 조용하고 한
갓진 느낌을 받게 된다. 그래서 오히려 어디 다른 나라 도시에 휴가라도

와 있는 것 같은 느낌마저 드는 것이다. 그런 한적한 기분을 느낄 만한 피서지가 어디에 있을까. 우리나라는 아직도 '금수강산'이라 찾아보면 아직도 꽤 많이 남아 있을 것이다. 다만 요즘의 내 우울한 심경이 그런 곳을 찾지 못하게 만들고 있을 뿐이다.

재작년엔 친구 화가의 손에 이끌려 억지로 춘천 부근 청평사에 다녀온 적이 있는데, 아주 유명한 곳이 아니라서 그런지 그런대로 쓸 만했다. 이번 여름에도 누군가 끌고 나서는 이가 있으면 아무 데라도 한 군데 다녀올지 모른다. 아니면 혼자서 책이나 한 짐 지고 어디론가 떠날지도 모른다. 한가롭게 독서로 소일하며 가끔씩 탁족, 그리고 저녁놀을 바라보며 이른바 지성이라고 자부하는 인간들이 내게 가한 중세기적 마녀사냥에서 비롯된 울화를 훌훌 털어버리고 싶다. 그러면서 자연의 말없음, 자연의 인내심을 배우고 싶다. 그럴 경우 '휴가'가 아니라 '수양'이 된다. 그러므로 진정한 휴가는 어쨌든 '마음의 휴식'이요 '수양'이 되어야 한다고 나는 생각한다.

(1995. 5)

강소천의 동화 『시집(詩集) 속의 소녀』

　나이가 한 살 두 살 늘어갈수록 점차 어린 시절의 티없던 동심을 그리워하게 되었다. 그렇기 때문에 해묵은 동화책이나 아동잡지를 뒤적이는 버릇이 생겼는지도 모른다. 어쩐지 애틋하게 그리워지는 그러한 어린 시절에의 향수, 그리고 그것에 겹쳐서 오는 원인 모를 대상 없는 동경……. 하여튼 그러한 것이 한데 엉겨서 내게 몰려오는 것이다.

　이럴 때에 나는 다시금 낡은 동화책들을 뒤적이면서 어린 시절의, 아니 어린 시절이라기보다는 지금보다는 좀 더 순진했던 시절의 꿈을 되풀이해 보곤 한다. 지나간 시간은 언제나 그리워지는 게 자연법칙인지도 모르겠다.

　『시집 속의 소녀』도 그런 중에 읽게 된 동화 중의 하나다. 이 책은 초등학생 대상의 동화가 아니라 중학생 정도에 알맞게 쓴 동화였다.

　강소천 선생의 동화에는 다른 동화와는 달리, 우리들의 막연하면서도 무의식적인 동경을 채워줄 수 있는 소박하면서도 한국적인 낭만이 있다. 화려하고 번잡한 외국의 동화와는 달리 강소천 선생의 동화는 지나치게 평범하면서도 그 속에서 크나큰 꿈을 찾을 수 있는 어떤 일종의 신비스런 감흥을 느끼게 하는 매력이 있는 것이다.

　『시집 속의 소녀』는 작자 자신이 어린 시절, 자기에게 코스모스꽃을 한 아름 안겨준 어느 시골 소녀를 생각하면서 쓴 한 편의 환상문이다. 꽃다발 대신에 『무지개』라는 시집을 선물로 준 주인공이 어느날 갑자기 그 생각이 나서 그 시집을 다시 빼들고 그 시골 마을을 찾아간다는, 차라리 한 폭의 아름다운 풍경화라 할 정도로 너무나 아름답기 때문에 그저 좋은 그런 동화다. 하지만 끝은 슬프다. 그 소녀는 이미 폐결핵으로 사망해 버렸다.

우리들의 막연한 어린 시절에의 그리움을 채워주는 강소천 선생의 동화는 이것 말고도 많이 있다. 안데르센의 『인어아가씨』보다는 좀 더 현실적인, 그러면서도 아름답기 그지없는 『인어』, 숲 속의 님프와의 사랑을 그린 『어떤 작곡가』, 중학생들의 꿈많은 시절을 주제로 한 소녀소설 『꽃들의 합창』, 미래에의 동경을 환상적으로 그린 『꿈을 파는 집』, 지나간 시절에의 향수를 표현한 『꿈을 찍는 사진관』 등……

강소천 선생의 동화를 읽고 있으면 어느새 포근하고 안온한 분위기에 빠져들어가는 자신을 발견하게 된다. 내면적으로 우러나오는 싱그러운 미소를 숨기지 못하게 된다. 그리고는 좀 더 부드러워진 자기의 마음을 깨닫게 되는 것이다.

한가한 시간, 잠 안 오는 시간에 이 책을 읽어보라. 딱딱한 인생론보다, 어려운 문학서적보다, 오히려 이 책은 우리 가슴속에 포근하고 인정 어린 향기의 빗줄기를 촉촉이 뿌려줄 것이다.

(1967. 6)

신세대 문화의 재인식

　한국의 성문제를 얘기하자면 청소년 문제와 이른바 '신세대 문화' 얘기를 안 할 수 없다. '사라'가 처벌받은 것도 따지고 보면 청소년 문제를 핑계삼은 것이었고, 새 시대에 맞는 성윤리와 개성 있는 다원주의 문화의 가능성을 다소 낙관적으로 예견해 볼 수 있게 하는 것도 신세대 문화의 급속한 대두가 피부로 느껴지기 때문이다.

　우선 신세대 문화는 청소년 문화에 다름 아니고, 신세대 문화의 대두는 그들을 오랫동안 괴롭혀온 '금지적 규범'에 대한 반발의 결과라는 사실을 확실히 인식할 필요가 있다. 지금 우리나라 청소년들은 이것도 하지 말라, 저것도 하지 말라는 성인들의 금지적 규범 때문에 숨통이 꽉 막힌 상태에서 몸부림치고 있다.

　가난했던 조선시대에도 이도령과 춘향이가 만 15세 나이에 연애도 하고 질탕한 성희까지 벌이는 등 성인 대접을 받았음에도 불구하고, 경제 성장으로 인해 발육이 빨라진 요즘의 청소년들은 자유로운 멋내기나 놀이공간의 확보 등 성적 대리배설의 수단조차 전혀 허용되지 않고 또 성 자체에 대한 '알 권리'조차 박탈당하고 있는 형편이고 보니, 그들이 격심하게 갈등하며 반발할 것은 뻔한 이치다.

　그런데도 어른들이 제시하는 청소년 훈육용 카드는 기껏해야 '명심보

감' 식의 구태의연한 훈계요, 거기다 한 술 더 떠 '너 죽고 나 살자' 식의 '입신출세'를 효도의 근본으로 보는 봉건시대의 유교적 교육철학이 강요된다.

이런 형편이고 보니 지배 엘리트로 출세하려는 극소수의 '독종'을 뺀 나머지 신세대 청소년들은 억울한 열패감(劣敗感)과 막연한 반발심리의 늪에서 허우적거릴 수밖에 없다. 해마다 수많은 청소년들이 억압적 성인문화에 항거하여 스스로 목숨을 끊고 있다.

이 비참한 현실을 만들어놓은 책임은 전적으로 어른들에게 있다. '하지 말라'는 규범밖에 모르는 시대적 적합성을 상실한 어른들의 그릇된 가치관과 의식구조, 그리고 비민주적 사고방식이 신세대 청소년들의 숨통을 조이고 있는 것이다.

이른바 신세대 문화는 봉건적 정신주의 문화에 대항하는 '육체주의 문화'에 다름 아니다. 거기에 덧붙여 소아병적(小兒病的) 민족중심주의 문화의 편견에 반발하는 '혼혈주의 문화'와, 관능미 억압에 반발하는 '탐미주의 문화', 그리고 집단적 전체주의 문화에 반발하는 '비이기적 개인주의 문화'가 신세대 문화의 내용을 이룬다. 그 중 가장 중심이 되는 것은 역시 '육체주의 문화'다.

육체주의란 정치적 이데올로기나 종교, 윤리, 철학 등의 이념적 명분을 위한 투쟁보다 육체적 안락이나 실익(實益)을 더 소중하게 생각하는 가치관을 가리키는 것인데, 한 마디로 말해 평화주의에 바탕한 '실용적 쾌락주의'라고 할 수 있다.

그래서 성관이나 결혼관을 놓고 볼 때 신세대 문화는 '각자 선택'의 방식을 지향한다. 순결 이데올로기를 악착같이 고수한다고 해서 윤리적인 사람으로 간주되는 것도 아니고, 그 반대로 촌스러운 사람으로 간주되는 것도 아니다.

마찬가지로 프리섹스를 실천한다고 해서 타락한 사람으로 취급되는 것도 아니고, 그 반대로 세련된 멋쟁이로 간주되는 것도 아니다. 성적 취향 역시 마찬가지. 그들에겐 동성애까지도 자연스런 사랑의 패턴으로 간주된다. 결혼관 역시 그래서, 결혼이든 동거든 각자가 알아서 하고 안 하는 것이지 일정한 규준이 있는 것이 아니다. 자식문제 역시 마찬가지다. 결혼을 해도 자식을 안 가질 수 있고, 결혼을 안 하더라도 '당당한 미혼모'로 아이 기르는 기쁨을 맛볼 수 있다.

하지만 이런 생각은 고등학교 고학년이나 대학교 초년생 정도의 청소년들 사이에서의 얘기고, 문제는 중학생 정도 나이의 청소년들에게 있다. 여자 중학생이 자꾸 헛배가 불러 병원에 치료를 받으러 갔다가 임신진단을 받는 일이 생길 정도로, 그네들은 여전히 '무지'와 '암중모색' 상태에 있다.

이럴 경우 "아는 것이 힘이다"를 적용하여 성에 관한 정보를 학습시켜야 하고, "하던 지랄도 멍석 깔아주니까 안 한다"는 속담을 적용시켜 더 적극적인 성교육과 대리배설 수단을 마련해 줘야 한다. 요컨대 "강간보다는 프리섹스가 낫고, 낙태보다는 적극적인 피임이 바람직하다"는 식의 좀 더 개방적인 토론 풍토의 확립이 필요한 것이다.

무엇보다도 본능적 쾌락욕구의 정당성을 인식시키는 일이 중요한데, 그 까닭은 쓸데없는 죄의식은 죄를 저지르게 될까 봐 두려워하는 기대불안 심리를 낳고, 기대불안 심리는 곧바로 진짜 성범죄로 이어질 가능성이 높기 때문이다. 또한 성적 표현물들에 대한 무조건적 차단으로 호기심을 부추기기보다는 차라리 자연스런 접촉을 허락함으로써 '시큰둥하게 하기'의 면역효과를 노리는 것이 더 낫다고 본다. (2001. 5)

대학생들의 성의식

　대학생들의 성의식은 한 마디로 말해 '어정쩡한 수준'에 머물러 있다. 완전한 '프리섹스'가 정착된 것도 아니요, 완전한 '순결의식'이 뿌리를 내리고 있는 것도 아니다. 혼전의 성에 대해 물어보면 대부분의 대학생들은 "사랑하면 섹스할 수도 있다"고 대답한다. 언뜻 그럴듯하게 들리는 말이지만, 꼼꼼히 따져서 생각해 보면 이 말처럼 애매모호한 말도 없다. 도대체 '사랑'의 정체가 무엇인지 아리송하기 때문이다.

　내가 생각하기에 진정한 '사랑'이란 성적 합일감(合一感)을 필연코 전제해야 하는 것이다. 이른바 '속궁합'이 안 맞는다면 사랑이란 헛된 신기루에 지나지 않는다. 사랑해서 섹스하게 되는 게 아니라 섹스해서 사랑하게 되는 것이다. 그러므로 사랑하려면 먼저 섹스부터 해봐야 한다.

　그런데도 요즘 대학생들은 성에 대한 자기의 의견을 솔직히 피력하는 것을 꺼린다. 보수적인 성관(性觀)을 구시대의 봉건윤리에서 비롯된 시대착오적 성관이라고 공박하면서도, 섹스 자체에 큰 비중을 두려고 하진 않는다. 그래서 겉보기엔 굉장히 개방적으로 보이는 젊은이들조차 연신 "사랑해야 섹스할 수 있다"는 말을 앵무새처럼 되뇌고 있는 것이다.

　특히 남자 대학생들의 성의식은 터무니없이 이중적이다. 연애할 때는 프리섹스 비슷한 주장을 부르짖다가도 결혼상대로는 순결한 여성을 원한다. 애인이 아닌 여자는 섹시하고 노출이 많은 옷을 입고 다니기를 바라면서, 정작 애인에게는 정숙한 옷을 입을 것을 요구한다. 이건 여대생들 역시 마찬가지라고 볼 수 있다. 성적으로 순결한 남자만을 바라는 건 아니지만, 적어도 자기의 애인은 자기하고만 섹스하기를 바란다.

이런 어정쩡한 성의식은 보수적인 성의식보다 오히려 더 많은 부작용을 초래한다. '사랑한다'고만 말하면 섹스할 수 있기 때문에 엉뚱한 피해자를 많이 낳는 것이다. 연애를 계속하다가 결혼으로 골인하면 그런대로 좋은데, 그렇지 못한 경우가 많으니 탈이다.

일단 한쪽에서 싫증을 느껴 헤어지자고 하면 '순결을 더럽힌 책임'을 물어 육박전이 벌어지고, 치사한 책임추궁과 보복이 이어진다. 피임을 잘하지 못하는 것도 갈등의 원인이 된다. '신성한 섹스의식'에 피임도구를 사용한다는 것은 찜찜한 일이므로 대충 일을 치르다 보면 원치 않던 임신도 생기고, 꺼림칙한 낙태나 '버려지는 아이'도 증가하게 마련인 것이다.

또한 여전히 정신적 사랑이 육체적 사랑보다 우위에 있다고 말하며, 성에 대한 학습의 기회를 스스로 박탈해 버린다. 그러다 보니 당연히 피임이 안 이루어질 수밖에 없고 대개의 남녀들은 암중모색의 독학 끝에 죄의식 섞인 섹스에 빠져들 수밖에 없다. 말하자면 '현명한 성관리'가 이루어지지 않고 '신경질적인 배설'만 이루어지고 있는 셈이다.

이 시대의 성은 전혀 감추어져 있지 않다. 가끔 가다 본때 보이기 식으로 이른바 '음란물 단속'이 이루어지긴 하지만, 영화나 출판물 등을 통해 성은 이제 생활의 일부가 되어가고 있다. 조선시대처럼 문화적 쇄국정책을 써서 빗장 걸어 잠그고 산다면 모르겠으되, '세계화'나 '개방화'가 구호처럼 된 이상 성 역시 개방으로 달려 나갈 수밖에 없다. 현재는 '식용

중심의 시대'가 아니라 '성욕 중심의 시대'가 될 수밖에 없기 때문에, 잘 먹고 자란 대학생들의 성적 욕구는 점점 더 커질 수밖에 없는 것이다.

그런데도 우리나라는 피임교육이나 애무기술 교육에 서툴다. 피임교육을 하자고 주장하면 곧바로 프리섹스를 방조한 것이라고 공격당한다. 또 삽입성교보다 오럴섹스가 더 안전하다고 주장해도 곧바로 변태성욕을 선전했다고 야단맞는다. 그래서 대학생들은 불안할 수밖에 없다. 그들은 여전히 순결의식과 이중적 성관에 얽매여 불안한 섹스를 하고 있는 것이다.

(2007. 8)

馬光洙 약력

1951년 • 3월 10일(음력), 가족이 1·4후퇴 시 잠시 머문 경기도 수원에서 출생. 본적은 서울.
1963년 • 서울청계초등학교 졸업. 대광중학교 입학.
1969년 • 대광고등학교 졸업. 연세대학교 국문학과 입학.
1973년 • 연세대학교 국문학과 졸업. 연세대 대학원 국문학과 입학.
1975년 • 연세대 대학원 국문학과 졸업(문학석사).
       • 방위병으로 군복무.
1976년 • 연세대 대학원 국문학과 박사과정 입학.
       • 이후 1978년까지 연세대, 강원대, 한양대 등 시간강사 역임.
1977년 • 『현대문학』에 「배꼽에」, 「망나니의 노래」, 「고구려」, 「당세풍(當世風)의 결혼」, 「겁(怯)」, 「장자사(莊子死)」 등 6편의 시가 박두진 시인에 의해 추천되어 문단에 데뷔.
1979년 • 홍익대학교 국어교육과 전임강사로 취임. 1982년 조교수로 승진.
1980년 • 처녀시집 『광마집(狂馬集)』(심상사) 출간.
1983년 • 연세대 대학원에서 「윤동주 연구」로 문학박사학위 받음.
       • 학위논문 『윤동주 연구』(정음사, 2005년 개정판부터 철학과현실사) 출간.
1984년 • 연세대학교 국문학과 조교수로 취임. 1988년 부교수로 승진.
1985년 • 문학이론서 『상징시학』(청하, 2007년 개정판부터 철학과현실사) 출간.
       • 시선집 『귀골(貴骨)』(평민사) 출간.
1986년 • 문학이론서 『심리주의 비평의 이해』(편저, 청하) 출간.
1987년 • 평론집 『마광수 문학론집』(청하) 출간.
       • 문학이론서 『시창작론』(오세영 교수와 공저, 방송통신대학 출판부) 출간.
1989년 • 에세이집 『나는 야한 여자가 좋다』(자유문학사) 출간.
       • 시선집 『가자, 장미여관으로』(자유문학사) 출간.
       • 5월부터 『문학사상』에 장편소설 『권태』를 연재하여 소설가로서의 활동을 시작함.
1990년 • 장편소설 『권태』(문학사상사, 2005년 개정판부터 해냄) 출간.

- 에세이집 『사랑받지 못하여』(행림출판사) 출간.
- 장편소설 『광마일기(狂馬日記)』(행림출판사, 1996년 개정판부터 사회평론사) 출간.

1991년
- 1월에 이목일, 이외수, 이두식 씨와 더불어 서울 동숭동 나우 갤러리에서 〈4인의 에로틱 아트전〉을 가짐.
- 문화비평집 『왜 나는 순수한 민주주의에 몰두하지 못할까』(민족과문학사, 재판부터는 사회평론사) 출간.
- 장편소설 『즐거운 사라』(서울문화사) 출간. 간행물윤리위원회의 제재로 출판사 측에서 자진 수거·절판함.

1992년
- 에세이집 『열려라 참깨』(행림출판사) 출간.
- 장편소설 『즐거운 사라』(개정판, 청하) 출간.
- 10월 29일, 『즐거운 사라』가 외설스럽다는 이유로 검찰에 의해 전격 구속되어 서울구치소에 수감됨.
- 12월 28일, 1심에서 징역 8월에 집행유예 2년 판결을 받음.

1993년
- 2월 28일, 연세대학교에서 직위해제됨.

1994년
- 1월에 서울 압구정동 다도화랑에서 첫 번째 개인전을 가짐. 유화, 아크릴화, 수묵화 등 70여 점 출품.
- 『즐거운 사라』 일본어판이 아사히 TV 출판부에서 번역·출간되어 일본에서 번역·소개된 한국소설 중 최초로 베스트셀러가 됨.
- 문화비평집 『사라를 위한 변명』(열음사) 출간.
- 7월 13일, '즐거운 사라' 사건 2심에서 항소 기각 판결을 받음.

1995년
- '즐거운 사라' 필화사건의 진상과 재판 과정, 마광수의 문학세계 분석 등을 내용으로 연세대 국문학과 학생회가 쓰고 엮은 『마광수는 옳다』(사회평론사)가 출간됨.
- 6월 16일, '즐거운 사라' 사건 대법원 상고심에서 상고 기각 판결을 받음. 동시에 연세대에서 해직되고 시간강사로 됨.
- 장편에세이 『운명』(사회평론사, 2005년 개정판부터 『비켜라 운명아, 내가 간다!』로 제목을 바꿔 오늘의 책) 출간.

1996년
- 장편소설 『불안』(리뷰앤리뷰) 출간.

1997년 • 문학이론서 『카타르시스란 무엇인가』(철학과현실사) 출간.
     • 장편에세이 『성애론』(해냄) 출간.
     • 문학이론서 『시학』(철학과현실사) 출간.
     • 시집 『사랑의 슬픔』(해냄) 출간.
1998년 • 장편소설 『자궁 속으로』(사회평론사) 출간.
     • 3월 13일에 사면복권되고 5월 1일에 연세대 교수로 복직됨.
     • 에세이집 『자유에의 용기』(해냄) 출간.
1999년 • 장편에세이 『인간』(해냄) 출간.
2000년 • 장편소설 『알라딘의 신기한 램프』(해냄) 출간.
2001년 • 문학이론서 『문학과 성』(철학과현실사) 출간.
2003년 • 강준만 외 5인이 쓴 『마광수 살리기』(중심)가 출간됨.
2005년 • 1월에 거제문화예술회관 초대로 〈마광수 미술전〉을 가짐.
     • 에세이집 『자유가 너희를 진리케 하리라』(해냄) 출간.
     • 장편소설 『광마잡담(狂馬雜談)』(해냄) 출간.
     • 6월에 서울 인사 갤러리에서 〈마광수 미술전〉을 가짐.
     • 7월에 대구 대백플라자 갤러리에서 〈마광수 미술전〉을 가짐.
     • 장편소설 『로라』(해냄) 출간.
2006년 • 2월에 일산 롯데마트 갤러리에서 〈마광수 · 이목일 전〉을 가짐.
     • 시집 『야하디 얄라숑』(해냄) 출간.
     • 문학론집 『삐딱하게 보기』(철학과현실사) 출간.
     • 산문집 『마광쉬즘』(인물과사상사) 출간.
     • 장편소설 『유혹』(해냄) 출간.
2007년 • 1월에 〈색(色)을 밝히다〉 미술전시회를 인사동 북스 갤러리에서 가짐.
     • 시집 『빨가벗고 몸 하나로 뭉치자』(시대의창) 출간.
     • 에세이집 『나는 헤픈 여자가 좋다』(철학과현실사) 출간.
▪ 홈페이지 : www.makwangsoo.com

나는 ♥헤픈 여자가 좋다

지은이   마광수

1판 1쇄 발행   2007년 10월 25일
1판 1쇄 인쇄   2007년 10월 30일

발행처   철학과현실사
발행인   전춘호

등록번호   제1-583호
등록일자   1987년 12월 15일

서울특별시 서초구 양재동 338-10호
전화번호 579-5908
팩시밀리 572-2830

ISBN 978-89-7775-646-5 03800

●잘못된 책은 교환해 드립니다.